Beuchelt

Konstitutions- und Reaktionstypen in der Medizin mit Berücksichtigung ihrer therapeutischen Auswertbarkeit in Wort und Bild

„Nach ewigen ehernen Gesetzen müssen wir alle unseres Daseins Kreise vollenden."

Konstitutions- und Reaktionstypen in der Medizin mit Berücksichtigung ihrer therapeutischen Auswertbarkeit in Wort und Bild

Von Dr. med. Hellmuth Beuchelt

4. erweiterte und modernisierte Auflage

Mit 100 Abbildungen

HAUG

Karl F. Haug Verlag, Heidelberg

Verlags-Nr. 7139
ISBN 3-7760-0217-4
Gesamtherstellung: Schmidt Offset, Heidelberg

Inhalt

Vorwort zur 4. modernisierten Auflage

Die Bearbeitung dieses für den Praktiker bestimmten Buches erfolgte unter nachstehenden Gesichtspunkten:

I. In der Natur zeigen unbelebte und belebte Körper zwei eng miteinander verbundene elementare Erscheinungen: Masse und Bewegung in der Physik, Struktur und Reaktion (Reizbarkeit) in der Biologie. Im vorliegenden Buch wird diesem Naturgesetz entsprechend (als Leib-Seele-Problem bekannt) bei den menschlichen Typen die Verknüpfung von Körperbau (Konstitution und Habitus) und Reaktion (Reizbarkeit, Charakter, Temperament) ebenfalls als elementare Erscheinung betrachtet; d. h. jeder Typ hat eine morphologische und eine physiologische, bzw. pathophysiologische Komponente.

II. Die historische Betrachtung der menschlichen Grundtypen zeigt, daß die Trennung in „Konstitutionstypen" und „Reaktionstypen" Zeitgeist bedingt ist, indem die Typenbetrachtung einmal mehr von einer morphologischen, ein anderes Mal mehr von einer physiologischen Bezugsbasis ausging. Eine Parallelerscheinung läßt auch den Werdegang der Medizin erkennen: Von der Humoralpathologie (Säftebewegung) über die Zellularpathologie (Struktur) zur zunehmenden Ganzheitsbetrachtung (Leib–Seele). Dieser Erkenntniswandel spiegelt sich auch etwas in der mehrfachen Titeländerung dieses Buches wider: 1. Auflage: „Homöopathische Konstitutions-Typen", 2. und 3. Auflage: „Homöopathische Reaktionstypen" und vorliegende 4. Auflage: „Konstitutions- und Reaktionstypen in der Medizin". Diese letzte Änderung entspricht zugleich einer Berücksichtigung der Erkenntnis der Molekularbiologie.

III. Als deren wichtigstes Ergebnis lehrt die Molekulargenetik: „Die Gene in den Chromosomen sind Moleküle und verhalten sich physikalisch und chemisch wie diese." Von Bedeutung ist ihre spontane Mutationsbereitschaft und ihre Beeinflußbarkeit durch physikalische, chemische klimatische und andere Umwelteinwirkungen.

IV. Mit zunehmendem Alter bedingen diese Reize phänotypische Veränderungen der genotypischen Grundformen der Menschentypen. In der Praxis wirkt sich diese Typenvariabilität verwirrend aus und begünstigt die Neigung zur Resignation. Der Sinn dieses Buches ist die Herausarbeitung der den Genotypen möglichst nahestehenden menschlichen Grundtypen im Sinne von Mustern zur Typenerfassung in der Praxis.

V. Ihre therapeutische Auswertbarkeit ist als Grundlage einer individuellen Konstitutionstherapie gedacht.
Auf die Beachtung einer individuellen Dosierung bei jeder Konstitutionstherapie wird besonders hingewiesen.
Die homöopathische Arzneimittel-Typentherapie erfuhr eine breitere Darstellung, weil sie den Ärzten von der Universität her nicht geläufig ist.

VI. Die Schlußabschnitte „Chromosomenpathologie" und „Humangenetische Probleme" sollen den vielbeschäftigten Praktiker gewissermaßen stichwortartig informieren, um ihn vor Unterlassungssünden zu bewahren, und damit er sich leichter eine eigene Stellungnahme in dieser neuen und noch sehr im Flusse befindlichen Materie verschaffen kann.

Mit meinem Dank an den Verlag verbinde ich zugleich den Hinweis, daß ich die Anregung zu den drei ersten Auflagen dem verstorbenen Verlagsinhaber, Herrn Karl F. Haug, zu verdanken hatte.

Osnabrück, im Mai 1971

Der Verfasser

I. Zum Typenbegriff in der Medizin

Die Menschen sind ihrer Anlage nach verschieden; keiner gleicht völlig dem anderen. Trotzdem lassen sie sich auf Grund von Ähnlichkeiten in Gruppen zusammenfassen und gegeneinander abgrenzen. Man bezeichnet sie als Menschentypen und bedient sich ihrer als Muster bei der Beurteilung der Menschen nach ihrem Körperbau (Konstitution im engeren Sinne) und nach ihrem Aussehen (Habitus). Das wäre der Konstitutionstyp, genauer genommen: die ererbte und vererbbare morphologische Typenkomponente. Außerdem zeigen die Typen noch eine anlagebedingte Dauerreaktion hinsichtlich Charakter, Temperament, Gemütsverfassung und Reizbarkeit. Diese physiologische bzw. pathophysiologische Typenkomponente wird auch als Reaktionstyp bezeichnet. Beide Typen-

Tabelle 1

Astrophysik	Himmelskörper:	+	Bahnbewegungen		=	Verknüpfung als elementare Naturerscheinung
	Massen aller Größenordnung m	+	Anziehung	K	=	$\frac{m^1 \cdot m^2}{r^2}$ = Anziehungskraft
Physik	Körpermasse m	+	Beschleunigung	a	=	$m \cdot a$ = Kraft
	m	+	Geschwindigkeit	v	=	$\frac{m\, v^2}{2}$ = Energie
Biologie	Morphologie:	+	Physiologie		=	Organismus, lebender
	Struktur, Zelle Form, Gestalt	+	Reaktion, Reizbarkeit, Empfindung, Gemütsbewegung, Charakter		=	Vitalität, Lebenskraft
Medizin	Leib	+	Seele		=	Leib-Seele-Einheit
	Konstitutionstyp	+	Reaktionstyp		=	Grundtyp mit Kraft und Energie
	Diagnostische Bedeutung	+	Therapeutische Auswertbarkeit		=	Diagnostischer Blick
(Typenvorläufer:	Schädelform	+	Mimik		=	Physiognomik)

komponenten (Konstitutionstyp und Reaktionstyp) sind eng miteinander verknüpft. In der Biologie ist diese Zusammengehörigkeit als Leib-Seele-Problem bekannt. Daß es sich dabei um eine Elementarerscheinung des Naturgeschehens handelt, lehrt ein Blick auf die exakten Naturwissenschaften. Hier ist uns die Verknüpfung von Materie und Bewegung als Elementarerscheinung geläufig. Die Grundlagen der Physik sind Massen aller Größenordnungen einerseits und deren zugehörigen Bewegungen anderseits. Ihre Verknüpfungen sind uns als Kraft ($m \cdot a$) und Energie $\left(\frac{m \cdot v^2}{2}\right)$ geläufig. Tabelle 1, Seite 9, läßt die Analogie der Leib-Seele-Verknüpfung mit der Masse-Bewegungs-Verknüpfung unschwer erkennen. Sie dürfte zum mindesten ein Ahnen des Elementaren beider Naturerscheinungen vermitteln.

Wie eingangs mit dem Begriff „Muster“ bereits angedeutet, handelt es sich bei den Typen um Orientierungsnormen zur Beurteilung der Menschen, und dies im Sinne ähnlicher Abstraktion, wie sie uns zum Beispiel als Krankheitsbegriff zur Beurteilung Kranker bekannt ist.

Es ist die Absicht dieses Buches, diese Normbegriffe herauszuarbeiten. Ohne sie wäre man bei der Beurteilung der Konstitutions- und Reaktionstypen in der Medizin zur Resignation verurteilt, weil nämlich die Menschentypen keine starren Erscheinungen sind, sondern durch das Vegetativum (Endokrines und autonomes System) mit zunehmendem Alter veränderliche Erscheinungen darstellen!

II. Kurze historische Typenbetrachtung in ihrer Abhängigkeit vom Zeitgeist

Da das Leib-Seele-Problem zeitgeistgebunden ist, indem zu manchen Zeiten (scholastisches Mittelalter) der Seele überragender Wert gegenüber dem „sündigen Leib" beigelegt wurde, erfuhr in anderen Zeiten (Frühzeit der Naturwissenschaft) der Leib erhöhte Beachtung. Deshalb begegnen wir in der Medizingeschichte einer Trennung von Reaktionstypen und Konstitutionstypen, während wir heute auf ihre Verknüpfung als elementare Naturerscheinung besonderen Wert legen.

1. Die Reaktionstypen des Galen (131 – 201 n. Chr.)

Galen verdanken wir eine Zusammenfassung der Medizin der Antike und die Erkenntnis der Naturheilkraft des Körpers, der Vis naturalis medikatrix, auf Grund einer ausgezeichneten philosophischen Ausbildung. Er hat nicht nur in Anlehnung an Aristoteles Reaktionstypen aufgestellt, sondern sie befinden sich auch heute noch im Sprachgebrauch. Der Humorallehre seiner Zeit entsprechend führte er seine Typen auf „falsche Säftemischung" zurück. Er unterschied Phlegmatiker, Sanguiniker, Melancholiker und Choleriker, es handelte sich also um Temperamentstypen. Beim Phlegmatiker machte sich geltend die Trägheit des Schleims (= Phlegma), beim Sanguiniker die Lebhaftigkeit des strömenden Blutes (= Sanguis), beim Melancholiker die depressive Verstimmung der schwarzen Galle (melanos = schwarz) und beim Choleriker die Reizbarkeit der Galle (= Chola) bzw. der Leber.

Weil die Schriften des Galen zur medizinischen Lehrgrundlage des Mittelalters wurden (Scholastik), blieben seine Reaktionstypen auch bis zur Neuzeit (Frühzeit der Naturwissenschaft) bestimmend; und dies um so mehr, als sie auf Grund ihres Mystizismus (Geheimnisvolle Naturkraft und Säftemischung) völlig dem Zeitgeist des Mittelalters entsprachen.

2. Die Konstitutionstypen des naturwissenschaftlichen 20. Jahrhunderts

Die Weiterentwicklung des Typenbegriffes durch die Naturwissenschaft erfolgte unter dem Einfluß der Embryologie (Keimblättertheorie) von der morphologischen Typenkomponente her. Die Tabelle 2, Seite 12, soll dazu die Erinnerung auffrischen, um den Zeitgeist und seine Wandlungen besser zu verstehen.

Ein Blick auf die Tabelle 2 macht verständlich, daß Anfang des 20. Jahrhunderts der Naturforscher Karl HUTER in seiner „Naturell-Lehre“ erstmalig die Konstitutionstypen mit den Keimblättern in Verbindung brachte. „Das werdende Leben zeigt hier die Differenzierung der drei primären Grundanlagen in den drei verschiedenen Keimblattbildungen: 1. für Empfindung, 2. für Ernährung und 3. für Bewegung. Aus dem äußeren oberen Keimblatt entwickelt sich die Haut und das zentrale Nervensystem. Erhält diese Entwicklung das Übergewicht über die zwei andern Keimblattanlagen, so entsteht die Anlage für das primäre Empfindungsnaturell.“ Sinngemäß verknüpft HUTER die Anlage zum primären Ernährungsnaturell mit dem inneren Keimblatt, die Anlage für das primäre Bewegungsnaturell mit dem mittleren Keimblatt. Die zugehörigen Bilder seiner Konstitutionstypen entsprechen durchaus den etwa 50 Jahre später aufgestellten, ebenfalls keimblattverknüpften ektomorphen, entomorphen und mesomorphen Konstitutionstypen des Amerikaners SHELDON, sowie den entsprechenden und fast gleichzeitig erschienenen Konstitutionstypen des Franzosen MARTIN, welche er Ektoblastiker, Entoblastiker und Mesoblastiker nannte.

Tabelle 2

Biologische Reminiszenzen

1651 Harvey: „Omne vivum ex ovo“.

1825 Purkinje entdeckt Zellkern des Vogeleis.

1828 Wöhlers Harnstoffsynthese.

1831 R. Braun entdeckt Pflanzen-Zellkern.

1838 Schleiden: Zelle = Pflanzenbaustein.

1839 Schwann: Zelle = Tierbaustein.

1859 Darwin: Entstehung der Arten durch natürliche Auswahl.

1860 Pasteur: Bakterien entstehen aus Bakterien – keine Urzeugung.

1865 Mendel berichtet über die Vererbung von Merkmalen an rot- und weißblühenden Erbsen. Mit seiner statistischen Methode (= Biometrie) stößt er auf Unverständnis.

1865 V. La Valette St. Georges erkennt Zellnatur von Ei und Samenfäden.

1865 F. Galton: Heredetary genius and character (= Beginn der analytischen Humangenetik)

1866 Ernst Haeckel: Generelle Morphologie mit „Biogenetischem Grundgesetz“ (Ontogenie = kurze Wiederholung der Phylogenie).

1875 Oskar Hertwig: Befruchtung des Seeigeleis durch Kernverschmelzung. Später: Chromosomen sind Vererbungsträger.

1876 F. Galton: The history of twins as a criterium of the relative powers of nature and nurture (= Beginn moderner Zwillingsforschung)

1888 Waldeyer: Chromosomen sind Zellkernbestandteile, die bei der Teilung mikroskopisch sichtbar werden. Sie sind Träger der Vererbung.

1899 Driesch: Neovitalismus (Autonomie der Lebensvorgänge).

1900 Jetzt erst Neuentdeckung der Mendelschen Regeln durch de Vries, Correns und Tschermak: (Vererbungslehre-Neubegründer).

1902 A. Weismann vermutet Erbanlagen im Zellkern. Irrtum: Erworbene Eigenschaften seien nicht vererbbar!

1902 Garrod und Bateson: Anwendung Mendelscher Ergebnisse auf die Alkaptonurie.

1903 H. de Vries: Mutationstheorie: Erfassung der Vererbungsfaktoren in statistischer Gesetzmäßigkeit, nicht kausalgenetisch (= Biometrie).

1906 Ernst Haeckel und Wilhelm Ostwald gründen den Monistenbund im Gegensatz zum Dualismus.

1908 Eugen Fischer: „Die Vererbung der beiderseitigen Rassenmerkmale erfolgt alternativ, und zwar nach den Mendelschen Regeln" (Feststellung an Mischlingsfamilien zwischen Buren und Hottentotten) = Humangenetik!

1911 Morgan: Genkopplung (Crossing over) = Grundlage der Chromosomenkarten.

1924 Spemann u. Mangold: Entwicklung der Organanlagen.

1927 H. J. Muller: Mutationen durch Röntgenstrahlen.

1934 Lyssenko: Neue Erbeigenschaften durch Veränderungen der Umweltbedingungen. (Damals noch nicht bewiesen.)

1940 L. v. Bertalanffy: „Fließgleichgewicht biologischer (offener) Systeme." = Vorläufer der biologischen Kybernetik!

Um 1940 Delbrück, Hershey und Lurias: Gene sind Moleküle und verhalten sich wie diese.

1953 Watson und Crick: Genetischer Code, Doppelspirale der DNS.

1959 Ochoa und Kornberg: Aufklärung der Biosynthese der Nukleinsäuren.

1960 Jakob, Monod und Lwoff: Biologische Gensteuerung durch „Operator" und „Regulator-Gen" über Enzymsynthese und -Blockierung (= Repression).

1962 Crick, Watson und Wilkins: Übertragung der Geninhalte auf neue Zellen.

1964–68 Holley, Khoranau und Nierenberg: Genetischer Code.

Delbrück, Hershey und Lurias: Phagenforschung seit 50 Jahren. Bakterienfressende Viren sind Phagen).

1969 RNS der Phagen koppeln sich an DNS der Bakterien von der Bakterienmembran aus (Zelltransformierung). Nobelpreis.

3. Medizinische Konstitutionstypen um 1920

Bei den uns vom Studium her (um 1920) geläufigen medizinischen Konstitutionstypen (ektodermale Astheniker = Leptosome (leptos = dünn), entodermale Pykniker, mesodermale Athletiker und mesenchymale Dysplastiker) (siehe Tabelle 7, Seite 37) ging man der Keimblattverknüpfung entsprechend primär von der morphologischen Konstitutionstypenkomponente aus. Das hatte den Vorteil, daß die Erbanlage größte Berücksichtigung fand und den Nachteil, daß die Reaktionstypenkomponente vernachlässigt wurde. Die diagnostische Bedeutung des morphologischen Konstitutionstyps stand völlig im Vordergrund. Eine therapeutische Auswirkung der Reaktionstypenkomponente wurde sogar abgelehnt, weil die Chromosomen als konstant und praktisch für unbeeinflußbar galten (siehe Tabelle 2 unter 1902, A. Weismanns Irrtum). Mutationen (künstliche Chromosomenänderungen waren damals nur durch Anwendung stärkster Energien (Röntgen-, Radium- und Höhenstrahlen) auslösbar. Eine Konstitutionstherapie durch Arzneien wurde deshalb als unwissenschaftlich abgelehnt!

4. Entwicklung der Konstitutions- und Reaktionstypen den Erfahrungen und Bedürfnissen der Klinik entsprechend im Sinne ihrer therapeutischen Auswertbarkeit

Dies war der Stand der medizinischen Genetik, als ich 1920 meine Arzttätigkeit begann. Damals erschienen zwei Bücher, die deshalb bahnbrechend für die Medizin waren, weil sie auf anlagebedingte Reaktionsbereitschaften und -abläufe hinwiesen, die sich therapeutisch beeinflussen ließen. Ich meine „Körperbau und Charakter" von Ernst KRETSCHMER und „Die konstitutionelle Disposition zu inneren Krankheiten" von Julius BAUER, Wien. KRETSCHMER wies als Psychiater darauf hin, daß die Schizophrenen fast ausschließlich zu den Asthenikern (= Leptosomen), die Manisch-Depressiven zu den Pyknikern gehörten. Zeitgeistgemäß beginnt mit dem Psychiater KRETSCHMER die Lösung vom Monismus (Ernst HAECKEL und Wilhelm OSTWALD) und von der Morphologie. FREUD und seine Nachfolger (JUNG, ADLER usw. = Psychiater; war kein Zufall!) verhalfen weiter der seelischen Komponente zu ihrem Recht. Hören wir erst einmal BAUER: „Dem in der Naturbeobachtung geübten Blick des Arztes tritt ein scharf umschriebenes Bild einer Persönlichkeit entgegen, das aus der körperlichen Erscheinung (dem Habitus), aus der funktionellen leiblichen Komplexion („das heißt der Verflechtung der morphologischen und physiologischen Typenkomponente" – Der Verfasser) und der geistigen Lebensäußerung (Temperament) erwächst. Die Erkenntnis dieses Bildes und seines Verhältnisses zur Entstehung von Krankheiten (Disposition) ist eine der wichtigsten Aufgaben des Arztes."

Dieses Zitat ist bemerkenswert wegen der diagnostisch wichtigen Betonung der Verknüpfung der Konstitutions- und Reaktionstypenkomponente und wegen der ausgezeichneten Persönlichkeitserfassung im Sinne des ärztlichen Blicks. Er hat auch heute noch im Zeitalter des Computers und der Kybernetik an Bedeutung nichts eingebüßt!

Beim ärztlichen Blick werden wir an die Physiognomik erinnert, das heißt „an die Kunst, die Natur eines Menschen durch aufmerksames Betrachten in gesunden oder kranken Tagen zu erkennen" (Konstitutionskomponente der Schädelformbetrachtung und Reaktionskomponente der Mimikbeobachtung). In der Folgezeit erweiterten fortschreitende Erkenntnisse der Pathologie und der Endokrinologie den Blick für anlagebedingte Reaktionsbereitschaften, die therapeutisch beeinflußbar waren. Um sie von den Konstitutionstypen, die ja als therapeutisch unbeeinflußbar galten, abzugrenzen, wurden sie als Dispositionen, Diathesen und Allergien (Andersempfindlichkeiten: Über-, Unter- und Unempfindlichkeit [= Immunität] bezeichnet). Wie wir noch sehen werden, handelt es sich um medizinische Reaktionstypen mit betonter Ausrichtung im Sinne therapeutischer Auswertbarkeit!

Dies gilt auch für pathologische Konstitutions- und Reaktionstypen der Klinik, bei denen noch der erhöhte Reizzustand einer Keimanlage und damit die morphologische Typenkomponente gut zu erkennen ist. Es ist kein Zufall, daß wir der Pädiatrie diese Typen verdanken, weil das Kind dem Keimanlageneinfluß noch stärker unterliegt als der Erwachsene. Dies entspricht auch dem biogenetischen Grundgesetz, daß „beim niederen Organismus der Weg vom Gen zur Funktion kürzer ist" (SEIDEL, Naturwissenschaftliche Rundschau 22, 1969, S. 141). Auch der Umwelteinfluß ist beim Kinde noch gering, so daß er die genetische Konstitutionstypengrundlage noch nicht verdecken kann. Bereits im Anfang des 20. Jahrhunderts erkannten die Pädiater der Czerny-Schule den asthenischen Neuropathen mit reizbarer Schwäche, den mesenchymatösen pastösen Lymphatiker, den leptosomen Dysplastiker mit Neigung zur exsudativen Diathese. Hierher gehören auch der Habitus asthenicus (STILLER), die erethische Form der Skrofulose des hageren Kleinkindes und die torpide Form der Skrofulose des pastösen Lymphatikers. Ektodermale und mesenchymale Reizbarkeitsunterschiede bestimmten dabei Krankheitserscheinungsform und -verlauf. Sie fanden bereits therapeutische und diätetische Berücksichtigung! Das gleiche galt auch für manche klinische Diathesen der Erwachsenen, bei denen noch weitgehend Keimblattbeteiligung erkennbar ist:

Tabelle 3

Astheniker	Dysplastiker	Athletiker	Pykniker
Ektodermale Diathesen	Mesenchymale Diathesen	Mesodermale Diathesen	Entodermale Diathesen
Vegetative Dystoniker Ekzematiker Asthmatiker (Migräne)	Endokrine Typen Lymphatiker	Rheumatiker Steinkranke	Hepatopathiker Diabetiker

5. Die autonomen Reaktionstypen von Lampert und die klimatologischen von Curry

Bei diesen klinischen Diathesen, bei denen die morphologische Typenkomponente gegenüber der pathologischen Dauerreaktionsbereitschaft zurücktritt, kann die genetische Typengrundlage durch Umwelteinflüsse (Klima, Vegetativum) und durch das Alter weitgehend verändert und verdeckt werden; dies ist verständlicherweise besonders bei chronisch Erkrankten (Allergiker, Asthmatiker, Gichtiker, Rheumatiker, Steinkranke, Galle-Leberkranke und Diabetiker) der Fall. Diese Reaktionstypen mit ihrer weitgehenden therapeutischen Auswertbarkeit stellen den Übergang zu den autonomen Reaktionstypen von LAMPERT und den klimatologischen Typen von CURRY dar (siehe Tabelle 8). Sie lassen als Typengrundlage die therapeutische Auswertbarkeit erkennen. Ihre wissenschaftliche Grundlage ist aus einem

Referat zu entnehmen, das Ende 1969 aus dem Institut für Klimaphysiologie der Universität Freiburg stammt. Nach diesem handelt es sich dabei um autonome Reaktionstypen, die empfindlich sind für „atmosphärische Impulsstrahlen (Spherics genannt)", deren Frequenz und Größe „frappierende Ähnlichkeit mit Signalen unseres Nervensystems" haben und für welche vermutlich die Synapsen (Schaltstellen) des Nervensystems als Antennen wirken. Die vermutliche Wetterstrahlung Manfred von Currys wird somit 50 Jahre später als kilometerlange Wellenstrahlung registriert, die aus den Blitzen und Dunkelentladungen der weltweiten Gewittertätigkeit stammt.

Die Reaktionstypen von Lampert erhalten ebenfalls ihre wissenschaftliche Bestätigung durch folgende Feststellung: „Außerdem besitzen die Impulse bei gegensätzlichen Wettertypen von Warm- und Kaltfronten, bzw. Tropik- und Polarluft, ebenfalls gegenläufige Charakterstika, die offenkundig jeweils von den entsprechenden Nervenästen des Vegetativums, dem aktivierenden Sympathicus und dem passivierenden Vagus, gesondert empfangen werden." Die Polarität der Reaktionstypen Lamperts ist, wie wir bei der Besprechung der modernen Konstitutionstypen Willhart Schlegels noch sehen werden, keine Einzelerscheinung, sondern eine Elementarerscheinung der Klimarhythmik.

Daß bei den Reaktionstypen von Curry und von Lampert die morphologische Konstitutionskomponente mit zunehmendem Alter immer stärker zurücktritt, entspricht der längeren Einwirkung des Umwelteinflusses, durch den die genetische morphologische Typenkomponente des jugendlichen Organismus mehr und mehr überlagert wird.

In Tabelle 8, Seite 39, ist die therapeutische Auswertbarkeit dieser Reaktionstypen in physikalischer, diätetischer und balneologischer Hinsicht angedeutet.

Zum wissenschaftlichen Verständnis sei dazu auf Selbachs Grundregeln der vegetativen Dynamik hingewiesen, die wegen ihrer schweren Zugänglichkeit in der Literatur anschließend wiedergegeben werden (Seite 35).

6. Saller: „Auseinandersetzungen zwischen Erbanlagen und Umwelt"

Was den Umwelteinfluß betrifft, so verdanken wir ausgezeichnete umfassende Untersuchungen bereits um die Mitte unseres Jahrhunderts Karl Saller (München und Stuttgart). Als ärztlicher Direktor des Robert-Bosch-Krankenhauses definiert er 1946 die Konstitution folgendermaßen: „Die Konstitution baut sich auf Erbanlagen auf und wächst aus ihnen. Die Umwelt prägt sie. Erbanlagen werden für die meisten Merkmale nicht als starre Zwangsabläufe übertragen, sondern als plastische Auslaufsmöglichkeiten." Den Ärzten versucht er das „konstitutionelle Denken der Homöopathie" zu vermitteln: „Die

Konstitution muß in der ärztlichen Praxis für die Diagnose und für die Therapie berücksichtigt werden; auch Krankheiten, Heilmittel und Heilmethoden haben Beziehungen zur Konstitution, zu Anlagen und zur Umwelt." Als ärztlicher Direktor des anthropologischen Instituts der Universität München tritt in seiner „Allgemeinen Konstitutionslehre", Hippokrates-Verlag, Stuttgart 1950, das therapeutische Interesse zurück: „Der Genetiker wird in der Konstitution vor allem die Auseinandersetzung zwischen Erbanlagen und Umwelt, das Ausleben verschiedener Erbanlagen in verschiedenen Umwelten in die verschiedenen Konstitutionen sehen." In bezug auf die therapeutische Auswertung sagt SALLER: „Die Konstitutionsforschung sucht vom Genotyp der Erblichkeitslehre ausgehend das zum Phänotypus führende Wechselspiel zwischen Genotypus und Lebenslage und die erbbedingte Grundlage der Phaenotypen in den Genen zu erforschen, um aus den Forschungsergebnissen dann Schlüsse für das praktisch-ärztliche Handeln am Menschen zu ziehen." Seine analytische Gründlichkeit hat leider eine so zahlreiche Typenmannigfaltigkeit zur Folge, daß für den Praktiker die Typenerkennung derartig erschwert wird, daß er leichter zur Resignation als zu konstitutionstherapeutischem Handeln kommt. Glücklicherweise erschien kurz darauf „Körper und Seele" von Willhart S. SCHLEGEL, Hamburg, Fr. Enke Verlag, Stuttgart 1957.

7. W. S. Schlegel: Biometrische Lösung des Typenmannigfaltigkeitsproblems – Konstitutionstherapie für die Praxis

Als Sohn eines Mathematikers löst er das Typenmannigfaltigkeitsproblem elegant mit der Streuungskurve von GAUSS.

Wie aus der Tabelle 4 (Seite 18) zu ersehen ist, geht SCHLEGEL dabei in Abbildung 1 von einer Polarität der Astheniker und Athletiker aus. Die Kurve dieser Variationsreihe läßt ein Maximum der Zwischentypen erkennen, während sich an den Kurvenenden die Idealtypen befinden.

Außer den bekannten morphologischen und Habitus-Merkmalen legt SCHLEGEL noch zur objektiven Definierung der Normaltypen (Idealtypen) folgende Erfahrungswerte fest:

Handumfang: 19 cm für Astheniker und 22 cm für Athletiker (Muskelunterschied).

Beckenausgangsmaß: Entfernung beider tubera ischii: 7,5 cm für Astheniker und für Athletiker.

Als überaus zweckmäßig zur Typenerfassung erweist sich in der Praxis eine weitere Variationsreihe, welche in der Abbildung 2 wiedergegeben ist: Am einen Kurvenpol befindet sich der andromorphe Typ, eine männliche Habitusprägung, am anderen Pol der gynäkomorphe Typ mit weiblicher Typenprägung.

Tabelle 4

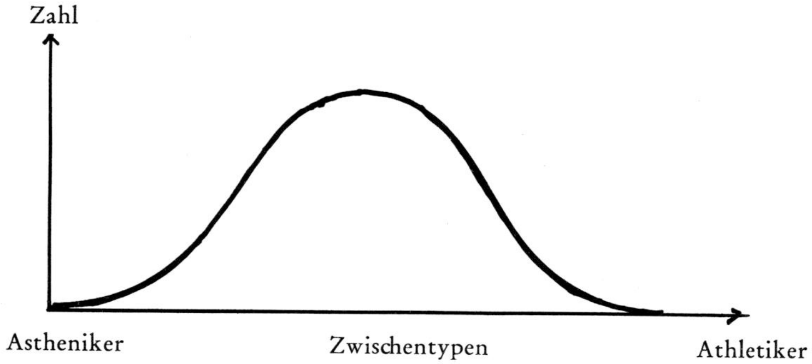

Abb. 1 Typen-Variationsreihe

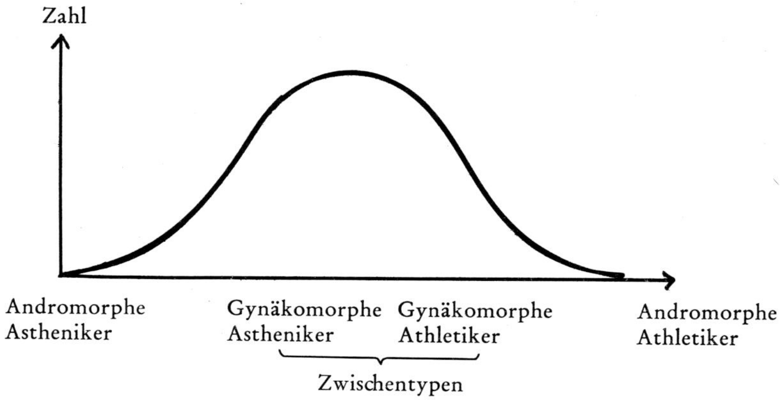

Abb. 2 Typen-Variationsreihe männlicher bzw. weiblicher Prägung
(Andromorph-gynäkomorphe Typenvariationsreihe)

Der andromorphe Typ zeigt Magerkeit und engen Beckenausgang, der gynäkomorphe Typ erhält sein weibliches Aussehen durch stärkeres Fettpolster und weiten Beckenausgang. SCHLEGEL gibt dazu folgende Erfahrungswerte an:

		Zwischentypen		
	Andromorphe Astheniker	Gynäkomorphe Astheniker	Gynäkomorphe Athletiker	Andromorphe Athletiker
Handumfang	19 cm	19 cm	23 cm (Fettpolster)	22 cm (Muskelunterschied)
Beckenausgang	7,5 cm	11 cm	11 cm	7,5 cm

Die Typenskizze (Tabelle 5) soll das Gesagte noch verdeutlichen.

Schlegel legt dabei besonderen Wert auf die praktische Feststellung, daß die männliche und weibliche Prägung n i c h t mit der Geschlechtsdifferenzierung entsprechend den Sexualorganen übereinstimmen muß! Er führt diese Erfahrung darauf zurück, daß die genetische Verankerung dieser Typenprägung nicht in den Geschlechtschromosomen,

Tabelle 5

Typenskizze nach W. Schlegel, „Körper und Seele"
(Andromorph-gynäkomorphe Typenvariationsreihe)

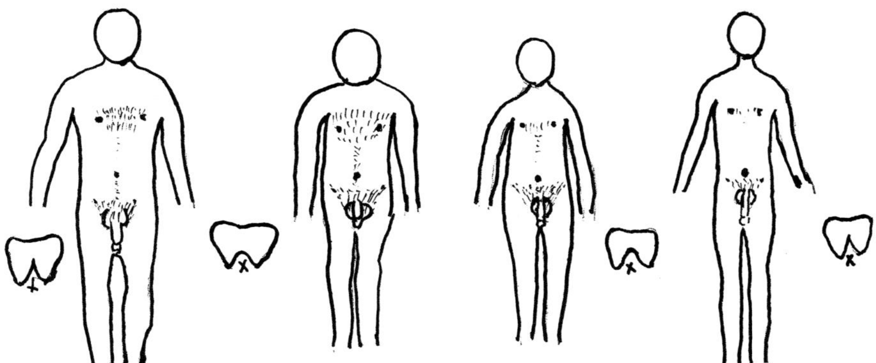

		Zwischentypen		
	Andromorpher Athletiker	Athletiker mit gynäkomorphem Habitus	Astheniker mit gynäkomorphem Habitus	**Andromorpher Astheniker**
Handumfang:	22 cm	23 cm	19 cm	19 cm
* Beckenausgang: Entfernung bei der tubera ischii	7,5 cm	11 cm	11 cm	7,5 cm

sondern in Autosomen anzunehmen ist. Darin liegt auch die Bedeutung und die Problematik der Zwischenstufen dieser Variationsreihe. Niemand wird bezweifeln, daß das Sexualverhalten konstitutionstypisch festgelegt ist. Der S e x u a l t r i e b, der primär auf die Erhaltung und Anerkennung der Persönlichkeit beim Menschen und n i c h t auf die Fortpflanzung gerichtet ist, ist nach Schlegel in erster Linie an die S t e l l u n g i n d e r a n d r o m o r p h - g y n ä k o m o r p h e n V a r i a t i o n s r e i h e gebunden. Dies gilt auch für die Ehe, insofern die beiden Extreme (der ganze Mann zur ganzen Frau) sich zueinander hingezogen fühlen. Eine die Persönlichkeit entfaltende und erhaltende Sexualität gibt der Ehe ihren Wert. Zwischenstufen ergeben oft Eheschwierigkeiten. Die e x t r e m e n Z w i s c h e n s t u f e n s e x u e l l e r A r t dieser Reihe (Homosexualität und Perversitäten) werden als biologische Fortpflanzungsbremsen betrachtet gegenüber antiquierter moralischer Verurteilung. Schlegels folgerichtige Darstellung der Reaktionstypenkomponente ist ebenfalls so aufschlußreich, daß wenigstens eine knappe Wiedergabe in Tabellenform erfolgen soll (Tabelle 6, Seite 20).

Tabelle 6

Konstitutionstypologische Persönlichkeitsdiagnose nach Willhart Schlegel

Charakterbilder

Athletiker	Astheniker
Großer Bewegungsdrang Ruhe und Sicherheit Große Vitalität Mehr körperliche Leistung Geselligkeit liebend	Geringer Bewegungsdrang Verliert leicht den Kopf Rasche Ermüdung Ausgleich durch erhöhte geistige Leistung Mehr Einzelgänger
Andromorpher Typ	**Gynäkomorpher Typ**
(Enger Beckenausgang, hochstehende Symphyse, kurze vordere Rumpfwand) Größerer Wille sich durchzusetzen. Größere Aggressivität	(Weiter Beckenausgang, tiefstehende Symphyse, lange vordere Rumpfwand) Gefühlsbetonter, mitleidiger, mitfühlender

Maßgebend für das Gemeinschaftsleben
Entscheidend für den Persönlichkeitsstil!

Klarer Logiker, Systematiker, Mathematiker. Nüchterner, sachlicher Verstandesmensch mit Ordnungssinn. Nichttänzer, Söldner, Eroberer, Kolonisator. Herrschaftsanspruch, Sachbestimmtheit. Haften bzw. Persevieren der Vorstellungsinhalte.	Anpassungsfähig, anschmiegsam, Einfühlungsvermögen. Tanzt gern. Gefühlsbestimmtheit. Unterordnung, Hingabebedürfnis, triebhafter. Bilderdenken, Bildgedächtnis. Leichtflüssigkeit der Vorstellungen, dadurch eine gewisse Unbeständigkeit.

Mitte beider Typen: gynäkomorpher Mann
oder andromorphe Frau
oft günstig: bildende Künstler,
gute Ärzte und Richter

W. Schlegel stellt zusammenfassend fest, daß zur Beurteilung der Psyche die üblichen Testmethoden nicht an die konstitutionstypologische Persönlichkeitsdiagnose heranreichen!

Therapeutische Konstitutionstypenauswertung nach Schlegel:

„Die Konstitutionstherapie muß der Konstitution Rechnung tragen."

Demzufolge ist die Behandlung von Rheuma, Stenokardie und vegetativer Dystonie bei Asthenikern anders als bei Athletikern. Das gleiche gilt für andromorphe Typen mit Gastritis, Psychopathie und seelischen Konflikten gegenüber mehr gynäkomorphen Patienten, und zwar nicht nur therapeutisch, sondern auch vorbeugend, zum Beispiel in Bezug auf Training und Minderung von Konfliktsituationen. So ist beim Astheniker mit der vorwiegend sympathikotonischen Ausrichtung seiner vegetativen Labilität Umstimmung im Sinne des Vagustonus erforderlich: vorsichtige Dosierung, kein Übertraining, genügend Ruhepausen, Berücksichtigung der Muskelschwäche; Meiden unnötiger Mitbewegungen, Training vormittags besser als abends. Kein Kampf- oder Leistungssport. Athletiker brauchen wegen ihrer Rheumagefährdung Abhärtung, Freiluft, Klimareize, dazu Herz- und Gefäßkontrolle. Andromorphe bedürfen der Lockerung und Entspannung; Gynäkomorphe der Stabilisierung. SCHLEGEL weist auch auf entsprechende konstitutionelle Berufsberatung hin. Wie man sieht, ist seine therapeutische Auswertung seiner Konstitutionstypen bzw. ihrer Reaktionskomponente für die Praxis sehr aufschlußreich und anregend.

8. Die Arzneimitteltypen Rademachers, von Grauvogls und Hahnemanns

Es handelt sich bei diesen um sogenannte Arzneimittel-Konstitutionstypen. Sie wurden aufgestellt von RADEMACHER, VON GRAUVOGL und HAHNEMANN. Während die bisher geschilderten Konstitutions- und Reaktionstypen in der Medizin primär vom morphologischen Krankheitsbegriff ausgehen, nehmen die Arzneimittel-Konstitutionstypen primär ihren Ausgang von der Reaktion des Kranken. Das Arzneimittel wird also der Reaktionstypenkomponente entsprechend gewählt!

Diese Methode war zu ihrer Entstehungszeit so neu, daß sie als unwissenschaftlich abgelehnt wurde. Historisch ist dies durchaus verständlich und keineswegs eine Einzelerscheinung; man braucht nur an GALILEI, FREUD und EINSTEIN zu denken! Je bahnbrechender eine neue Entdeckung oder Erfindung ist, um so stärker ist auch die anfängliche Gegnerschaft entsprechend dem geistigen Beharrungsgesetz.

Reicht ihre Kraft zur Vernichtung nicht aus, so greift sie gern zur Methode des Totschweigens. Diese wirkt zwar verzögernd aber nicht vernichtend (kann 300 Jahre dauern – man denke an GALILEI!). Wenn man sich bewußt wird der eingangs (Tabelle 1) erwähnten Elementarverknüpfung von Masse und Bewegung, von Struktur und Reizbarkeit und schließlich von Körper und Seele, dann wundert man sich eigentlich, daß es relativ lange gedauert hat, bis man bei der Beurteilung und Behandlung der Kranken nicht eher von ihrer Reaktion ausgegangen ist! Nur Unkenntnis und Voreingenommenheit können sich auch heute noch diffamierend auswirken, statt der elementar begründeten Koexistenz im Sinne der Ergänzung zum Wohle der Kranken.

Die Arzneimittel-Typen RADEMACHERS, VON GRAUVOGLS und HAHNEMANNS gehen von verschiedenen Bezugsbasen aus, die zentralbiologisches Geschehen darstellen, das offenbar noch eng an genetisches Geschehen geknüpft ist.

A. Rademacher, ein Schüler von Hufeland, veröffentlichte unter dem Einfluß der beginnenden modernen Chemie seine „Erfahrungsheillehre" (Berlin 1848. G. Reimer-Verlag). Er setzte ärztliche Erfahrung gegen „scholastisches Papierwissen". Beeinflußt von Paracelsus (1493–1541), den er aber kritisch beurteilt, bekämpft er Galen als Initiator der Scholastik des Mittelalters. Eine 25jährige Arzterfahrung läßt Rademacher den Wirkungsunterschied von Konstitutionsmitteln und Organmitteln weitgehend ahnen: „Das in dem belebten Menschenleibe durch die Universalmittel Heilbare, nenne ich den Gesamtorganismus im Gegensatz zu den einzelnen Organen, die erkrankt, unter der Heilgewalt ihrer Eigenmittel stehen (Bd. II, Seite 1)". Weiter schreibt er Seite 3: „Daß es Urleiden des Gesamtorganismus gibt und diese sich von den Urleiden der einzelnen Organe unterscheiden, daran haben auch die schulrechten Ärzte wohl nie gezweifelt. Eine Uraffektion des Gesamtorganismus greift aber den ganzen Leib nie so gleichmäßig an, daß sie nicht in dem einen oder dem anderen Organ mehr oder minder vorwalten sollt." „Wie aber alle solche und denkbare Krankheitsformen gestaltet sein mögen, so können sie doch sämmtlich Offenbarung einer und der nämlichen Affektion des Gesammtorganismus sein und können mithin durch ein und das nämliche Mittel beseitigt werden." Das ist im heutigen Sprachgebrauch Konstitutionstherapie.

Rademacher greift therapeutisch auf die „Universalmittel" der alten Ärzte zurück: Salpeter, Eisen und Kupfer. Seine Beobachtungen Fieber- und Rheumakranker lassen ihn erkennen, daß manche auf Salpeter, andere auf Eisen, dritte auf Kupfermittel günstig reagieren. Er unterscheidet deshalb (Tabelle 9, Seite 40) Salpeter-, Eisen- und Kupferaffektionen des Gesamtorganismus; wir würden heute von Salpeter-, Eisen- und Kupferkonstitutionstypen, bzw. -Reaktionstypen sprechen. Da Rademacher keine direkte Möglichkeit einer Typenerkennung zur Verfügung stand, verfuhr er in der Praxis so, daß er je 3 Tage Salpeter, Eisen- und Kupfermittel verabreichte, um so per exclusionem zum Ziele zu kommen. Mit vollem Recht nannte er deshalb sein Buch „Erfahrungsheillehre". „Unser ärztliches Wissen ist doch Erfahrungswissen" (S. 127).

Bemerkenswert für die damalige Zeit drastischer Mittelanwendung ist auch seine vorsichtige Dosierung, die uns heute besonders für die Schwermetallanwendung, als katalysatorisch bedingt, selbstverständlich erscheint. Die erfolgreiche Natrium- und Kaliumsalz-Anwendung beurteilen wir heute als therapeutische Einwirkung auf den Mineral-Wasser-Haushalt des Kranken.

B. von Grauvogl stellte ebenfalls stoffwechselbezogene Reaktionstypen mit zugehörigen Arzneimitteln auf (siehe Tabelle 9, Seite 40). Seine hydrogenoide Konstitution mit Wasserreichtum der Gewebe gehört zu einem dysplastischen Konstitutionstyp, der als Thuja-Arzneimittel-Reaktionstyp in der Homöopathie bekannt ist (vergleiche dazu Seite 74). Seine beiden anderen Konstitutionstypen, die oxygenoide Konstitution (mit Oxydationssteigerung durch N- und C-Mangel), sowie die carbonitrogene Konstitution (mit Oxydationsminderung infolge von C- und N-Überladung der Gewebe) weisen breitere Bezugsbasen seiner Typen als die RADEMACHER-Typen auf. Außerdem ist VON GRAUVOGL als Vorläufer der homöopathischen Konstitutionstherapie zu betrachten, weil er seine Therapie auf den Ähnlichkeitssatz stützt: „similia similibus curentur", das heißt: Ähnliches werde mit Ähnlichem kuriert. Verglichen wird dabei die Gesamtheit der subjektiven und objektiven Symptome des Kranken mit dem Arzneimittelsymptomenbild, worauf wir noch zu sprechen kommen werden.

In den Tabellen 7 bis 9 sind die Arzneimittel-Reaktionstypen mit ihren Beziehungen zueinander und zu den morphologischen Konstitutionstypen wiedergegeben.

C. Auf die Homöopathie und HAHNEMANN, der ebenfalls ein sehr interessierter Chemiker war, kommen wir später noch zu sprechen. Hier sei nur der Hinweis erlaubt, daß die Konstitutions- und Reaktionstypen der Homöopathie (ebenfalls Arzneimitteltypen) die breiteste Bezugsbasis aufweisen im Hinblick auf zentralbiologisches Geschehen, das noch in engem Zusammenhang mit genetischem Geschehen steht, mit dem wir uns nunmehr vertraut machen wollen.

III. Typenbetrachtung in molekularbiologischer Sicht

(Grundlagen der Vererbung und Bestätigung der Konstitutionstherapie)

Um die Bedeutung der molekularbiologischen bzw. molekulargenetischen Erkenntnisse richtig würdigen zu können, muß man sich vergegenwärtigen, daß noch vor 50 Jahren die Erbanlagen, die Gene, mystische Begriffe waren; mehr erahnt als bekannt. Sicher wußte man nur, daß sie an die Chromosomen gebunden waren. Ihre jeweilige konstante Zahl für alle Organismen verleitete gleichzeitig dazu, die Chromosomen für unbeeinflußbar nach der Befruchtung zu halten. Gestützt wurde diese irrige Annahme (Tabelle 2, 102, A. Weismann) durch die Beobachtung, daß experimentelle Mutationen (Genänderungen) damals nur durch Anwendung stärkster Energien (Röntgen-, Radiumstrahlen) zu erzwingen waren. Eine Konstitutionstherapie im Sinne chemischer Einwirkung auf Gene wurde deshalb als unwissenschaftlich abgelehnt!

Die Molekularbiologie mit ihren aufschlußreichen Erkenntnissen der Eiweißchemie, der Enzymatologie, der Virus- und Phagenforschung hat hier gründlich Wandel geschaffen.

Von der Eiweißchemie her wissen wir, daß 20 verschiedene Aminosäuren regelmäßig in den Eiweißmolekülen vorkommen. Sie sind darin durch Peptidbindung

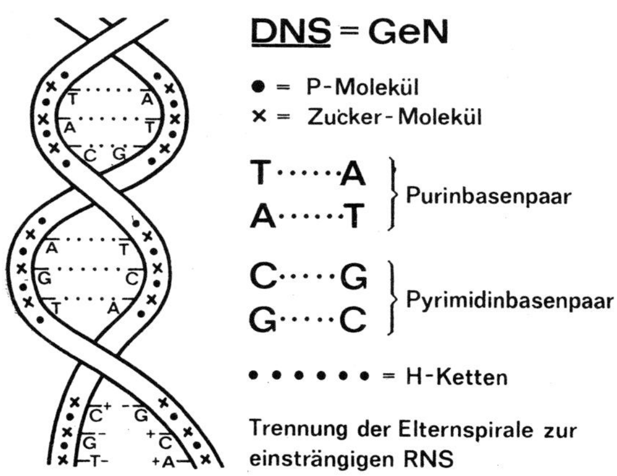

Abb. 3

(mit Polymerisation von Aminosäuren) zu einer Kette verbunden, die gewöhnlich einige Dutzend bis einige Hundert Aminosäuren umfaßt. Die Zahl der Aminosäuren, ihr Polymerisationsgrad, ist charakteristisch für jede Eiweißart, für jedes Protein. Eine weitere Spezifität kommt durch die Reihenfolge zustande, in der die Aminosäuren in der Kette angeordnet sind. Ihre Sequenz befolgt gewissermaßen einen vorgeschriebenen „Text" mit unterschiedlicher Buchstabenfolge (dazu ein Beispiel mit den 4 Buchstaben l, e, b, i. Sie können als „beil, leib, lieb" nur durch Sequenzunterschiede ganz verschiedene Dinge ergeben. Entspräche jedem Buchstaben eine Aminosäure, so hätten wir 3 verschiedene Peptide nur durch die vorgeschriebene, den Worten entsprechende Sequenz. Diese Worte [Kodons] hätten hier als Kode gewirkt.) Der Kode, nach dem sich die Sequenz der Aminosäuren im Eiweißmolekül (Protein) richtet, ist durch die Abfolge ihrer Stickstoffbasen Adenin (A), Thymin (T), Cytosin (C) und Guanin (G) festgelegt. Diese bilden gewissermaßen das Alphabet, aus dem die Kodeworte (Kodons) zusammengesetzt sind. Jedes Kodon für eine Aminosäure besteht aus drei benachbarten Basen, das heißt aus einem Triplett.

Gene sind heute als solche Eiweiß-Riesenmoleküle erkannt. Sie bestehen aber nicht nur aus einer, sondern aus zwei der oben erwähnten Ketten. Diese beiden Stränge bilden eine Doppelspirale, eine Doppelhelix, die chemisch als Desoxyribonukleinsäure (DNS) bezeichnet wird (siehe Abb. 3 und 4). Beide Stränge sind chemisch gleich, verlaufen aber in entgegengesetzter gegenüberliegender Richtung. Beide Stränge sind durch Wasserstoff-Brücken der Basenpaare stabilisiert. Als Basenpaare gehören zusammen: Adenin (A) mit Thymin (T) und Cytosin (C) mit Guanin (G). In jedem Strang wechseln P- mit Z-Moleküle. Die beiden DNS-Spiralen können aber auch teilweise auseinander weichen und sich völlig trennen. An den freigewordenen Basen ist Ergänzung möglich, indem sich A zu T und C zu G finden; Wasserstoffbrücken stellen dabei die Verbindung her. Für die Chromosomen-

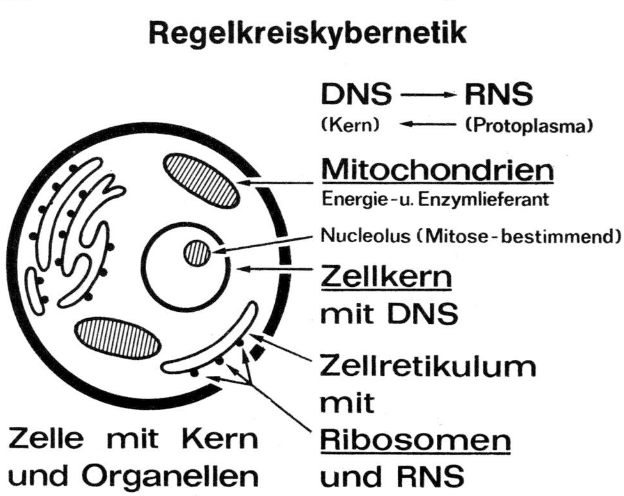

Abb. 4

änderung ist von Bedeutung, daß sich diese Wasserstoffbrückenbindung leicht lösen läßt, weil darauf letztlich jede Konstitutionstherapie beruht!

Die Gene befinden sich in linearen Ketten in den Chromosomen des Zellkerns. Die Vererbung besteht darin, daß die Basentripletts der DNS in ihrer individuellen Sequenz von Generation zu Generation weitergegeben werden.

Damit die Proteinsynthese in den Ribosomen des Zellplasmas arteigen – also Gen-entsprechend – individuell erfolgt, wird enzymatisch im Zellkern die DNS in die sogenannte RNS (Ribonukleinsäure) umgewandelt. Sie ist einsträngig; an die Stelle der Desoxyribose ist die Ribose, eine Zuckerart, getreten, und das Thymin ist in Uracil (U) verwandelt. Die RNS vermag die Kernmembran zu passieren und als Boten- oder Messenger (mRMS) zu den Ribosomen zu gelangen und hier bei der Proteinsynthese Gen-gemäß mitzuwirken, indem die RNS-Sequenz in die korrespondierende Aminosäurensequenz übertragen wird (= Genetische Information). Dabei werden die bei den Proteinen vorkommenden 20 verschiedenen Aminosäuren jeweils durch ein spezifisches kleines RNS-Molekül, die sog. Transfer-RNS (tRNS) transportiert und am Ribosom durch Peptidbindung in der von der mRNS bestimmten Sequenz zum Protein zusammengesetzt. Es gibt viele indirekte Beweise für diesen Zusammenhang zwischen der mRMS-Sequenz und der von ihr spezifizierten Aminosäurenfrequenz. Sie berechtigen dazu, daß man von einem genetischen Kode sprechen kann.

Für jede konstitutionstherapeutische Betrachtung ist nun grundlegend wichtig, daß die durch Enzyme (= ebenfalls hochmolekulare Eiweißkörper mit katalytischer Wirkung) die DNS ihr Cytosin in Uracil umgewandelt bekommen können und dadurch als mRNS die Zellkernwand zu passieren vermögen, um in den Ribosomen in der beschriebenen Weise genverankerte arteigene Eiweißkörper zu bilden.

Wie bei jedem chemischen Gleichgewicht können aber auch umgekehrt deren Proteine unter Vermittlung ihrer tRNS auf den Zellkern und seine DNS-Moleküle einwirken. Es handelt sich dabei im Sinne von L. von Bertalanffy (1940) um sogenannte Fließgleichgewichte. Sie finden sich bei biologischen Systemen, offenen Systemen (im Gegensatz zu geschlossenen konstanten chemischen Systemen), die als „Zustände der Erhaltung im Wechsel" in einem Neben- und Durcheinander chemischer Aufnahme-, Umbau- und Abgabeprozesse bestehen, welche katalytisch mit geringem Energieaufwand durch Enzyme (ebenfalls hochmolekulare Eiweiße) gesteuert werden (Abb. 4). In moderner Dialektik: Es handelt sich um eine Regelkreiskybernetik, gesteuert durch Enzyme, bei der es durch hemmende oder fördernde Rückkopplung auch zu einer chemischen Beeinflussung der DNS des Zellkerns über die tRNS von den Organellen des Zellplasmas (Ribosomen) kommen kann:

$$\text{Kern} \rightleftarrows \text{DNS} \rightleftarrows \text{RNS} \rightleftarrows \text{tRNS} \rightleftarrows \text{Protein des Ribosoms}$$

Mit dieser Biosynthese der Proteine und ihrer enzymatischen Kybernetik hat die Molekularbiologie die chemische und damit auch die medikamentöse Beeinflussung der Konstitution bewiesen: Es gibt also eine Konstitutionstherapie!

Prüfen wir einmal rückblickend unter molekularbiologischem Gesichtswinkel die wiedergegebenen Erfahrungen über klimatische und Umwelteinflüsse bei den verschiedenen Typen (Typen der Pädiatrie, klinische Diathesen, autonome Reaktionstypen von Curry und Lampert) und besonders die umfassenden Untersuchungen von Saller, so finden wir alle ausgezeichnet bestätigt. Gleichzeitig wird auch gezeigt, daß der Weg, den diese Klima- und Umwelteinflüsse im Organismus über das Vegetativum und die Körpersäfte nehmen, nicht an den Organzellen zu enden braucht, sondern über die Organellen des Protoplasmas (Mitochondrien und Ribosomen, Abb. 4) weiter bis in den Zellkern hinein zu den Chromosomen verlaufen kann im Sinne der enzymgesteuerten Proteinkybernetik:

$$\text{RNS} \rightarrow \text{DNS}.$$

Das gleiche gilt auch für die angeführten Arzneimittel-Typen von Rademacher, von Grauvogl und Hahnemann.

Dazu sei ein objektiver Beweis angeführt der „Medical Tribune" (Nr. 34, 1968). In dem Artikel über „Die wachsende Bedeutung der Spurenelemente in der Medizin" heißt es zusammenfassend:

„Die Aktivität einer Vielzahl von Enzymsystemen beruht im wesentlichen auf essentiellen Spurenelementen. Mit Hilfe von Radioisotopen ist es möglich, das Schicksal von Spurenelementen im intakten Organismus genau zu verfolgen." „So wurde zum Beispiel die Beobachtung gemacht, daß ein beliebiges Metall unter Umständen in der Lage ist, seine spezifischen Eigenschaften einem riesigen Enzymmolekül sozusagen aufzuzwingen und folglich die enzymatische Aktivität in bestimmter, mit keinem anderen Metall vergleichbaren Weise zu steuern. Weiterhin wurde nachgewiesen, daß diese riesigen Atome eine wichtige Rolle in bezug auf die DNS und RNS spielen. So scheinen zum Beispiel bestimmte Metalle als Koordinationszentren zu fungieren, indem sie Befehle für die Spiralenkonfiguration dieser Riesenenzymmoleküle erteilen."

So aufschlußreich der genetische Kode für das Vererbungsgeschehen ist, so schwierig ist vieles noch zu verstehen; so kann ein Gen für mehrere Merkmale bestimmend sein, andererseits können auch mehrere Gene für ein Merkmal erforderlich sein.

Bei der Kompliziertheit dieses biologischen Geschehens nimmt es nicht wunder, daß ärztlicher Blick und therapeutische Erfahrung der beglückenden naturwissenschaftlichen Bestätigung manchmal vorausgeeilt sind zum Wohle der Kranken. Dies gilt besonders für die Konstitutions- und Reaktionstypen der Homöopathie.

Der Homöopathie wurde und wird vielfach auch heute noch als unwissenschaftlich vorgeworfen, daß sie primär von der Reaktion des Kranken ausgeht und nicht allein von der morphologischen Krankheitsabstraktion. Ihre Konstitutionstherapie erfuhr Ablehnung, weil die Konstitution als therapeutisch unbeeinflußbar galt. Wegen der relativen Kleinheit ihrer Dosierung wurde sie der Lächerlichkeit preisgegeben, weil katalytische Spurenwirkungen noch unbekannt waren, als HAHNEMANN 1810 sein „Organon der rationellen Heilkunde“ unter dem Motto: „aude sapere“ (wage zu wissen) erscheinen ließ. Alle diese Vorwürfe lassen sich durch die Molekularbiologie als erledigt betrachten.

Wenn man bedenkt, daß Enzyme biologische Katalysatoren sind, daß die Wirksamkeit der Katalysatoren an feine Verteilung (homöopathische Verdünnung!) geknüpft ist, daß z. B. die „Aktivierung von Enzymen durch Metallionen, z. B. durch Natrium, Kalium-, Calcium-, Zink-, Kupfer-, Mangan-, Kobalt- oder Nickelionen (die ersten drei sind viel gebrauchte Konstitutionsmittel!) erfolgt“ (Prof. Dr. E. MUTSCHLER, Stuttgart 1970: „Arzneimittelwirkungen“), so kann man nur staunen, wie recht HAHNEMANN auch mit seiner Dosierung gehabt hat – und dies bereits vor 150 Jahren!

Auch der Ähnlichkeitssatz („similia similibus curentur“ = Ähnliches werde mit Ähnlichem kuriert), welcher der Homöopathie ihren Namen gegeben hat, erhält gerade durch die elementare Verknüpfung des homöopathischen Konstitutionstyps mit seinem zugehörigen Reaktionsmittel einen tieferen Sinn: Beide sind an gemeinsames zentralbiologisches Reaktionsgeschehen geknüpft, das sich beim Kranken genbedingt typenbildend ausgewirkt hat (DNS → RNS) und als homöopathisches Reaktionsmittel über den gemeinsamen Reaktionsweg therapeutisch erfolgreich erweisen kann (RNS → DNS).

IV. Konstitutionstherapie verschiedener Richtungen

Jede Therapie, welche die Konstitution des Kranken berücksichtigt, ist Konstitutionstherapie. Die Molekularbiologie hat dafür das wissenschaftliche Fundament geliefert.

A. Das gilt bereits für die Temperamentstypen des GALEN, weil mit ihnen die unterschiedliche Reizbarkeit der Kranken Berücksichtigung fand. Mehrfach wurde bereits darauf hingewiesen, daß die keimblattverknüpften Konstitutionstypen der Kinder, bei denen der Genotyp noch wenig durch Umwelteinwirkung verändert ist, durch die Czerney-Schule frühzeitig therapeutische Berücksichtigung fanden.

B. Weitgehende therapeutische Konstitutionsberücksichtigung unter Betonung ihrer Dynamik durch Klima- und Umwelteinflüsse, finden wir in den erwähnten Büchern von SALLER. Eine verkürzte Darstellung würde nur entwertend wirken; außerdem sind seine Erfahrungen und Erkenntnisse den Ärzten nicht ganz unbekannt.
Das gleiche gilt für die konstitutionstherapeutischen Ausführungen SCHLEGELS, die etwas angedeutet wurden (Seite 20), um ebenfalls zur Lektüre seines Buches anzuregen.

C. Die therapeutische Berücksichtigung vegetativer Typen von CURRY und LAMPERT fällt ebenfalls in den Bereich der Konstitutionstherapie.

D. Beachtung der Dispositionen, Diathesen und Allergien ist längst als Therapiegrundlage erkannt und molekularbiologisch konstitutionstherapeutisch geklärt.

E. Daß die Impfung reine Konstitutionstherapie darstellt, geht schon aus der Tatsache hervor, daß Antigen und Antikörper hochmolekulare Proteine sind, die wie Schlüssel und Schloß zueinander passen, wobei die Spezifität der Antikörper nur in unterschiedlichen Aminosäurensequenzen gegenüber den Antigenen beruht.

F. Eine bewußte Konstitutionstherapie stellt ebenfalls die Naturheilkunde dar. Sie unterstützt ja die tief konstitutionell verankerte Selbststeuerung des Organismus. Mit ihren biologischen Reizen (Klima, Luft, Licht, Wasser), von denen wir heute wissen, wie tiefgehend sie auf die Konstitution wirken können, paßt sie sich seiner Reizbarkeit (Reaktionsfähigkeit) außerdem weitgehend an.

G. Auch der in neuerer Zeit vorgenommene diätetische Ausgleich (durch Enzymstörungen [Blockierungen] hervorgerufener) erblicher Stoffwechselstörungen schwerster Art ist als Konstitutionstherapie zu betrachten; auch wenn bis heute die genetische Störung noch nicht durch herstellbare Enzyme zu beheben ist. Für die Vielzahl der immer mehr bekannt werdenden erblichen Enzymstörungen sei nur an die mit Schwachsinn verknüpfte Phenylketonurie erinnert. Sie läßt sich aber bereits heute durch rechtzeitige entsprechende Diät glücklich beeinflussen.

V. Biologische Konstitutionstherapie (Phytotherapie und Homöotherapie) im Sinne einer Ganzheitstherapie

Zur Ganzheitstherapie: „In jedem Fall ist zwischen dem angewandten Heilmittel und dem krankhaften Vorgang der Gesamtorganismus mit seinen vielfältigen und individuell so unterschiedlichen Regulationen und Reaktionsmöglichkeiten eingeschaltet." (Prof. Dr. HOFF, Frankfurt/M., in „Wirkprinzipien der Therapie", „Ärztliche Praxis" 89/70). Dieser Erkenntnis entspricht eine biologische Konstitutionstherapie im Sinne einer Ganzheitstherapie.

A. Die moderne Phytotherapie

Sie steht als biologische Wildpflanzentherapie (als älteste Therapie überhaupt) an der Wiege der Menschheit. Ihre Weiterentwicklung geht über die Arzneipflanzen des Altertums, über die Heilpflanzen der Klostergärten, die uns in den „Kräuterbüchern" des Mittelalters überliefert wurden, bis zum Arzneipflanzenanbau der heutigen pharmakologischen Industrie, welche die chemische Konstitution und pharmakologische Wirkung der pflanzlichen Arzneistoffe feststellt und standardisiert in ihren Präparaten dosierungsgerecht dem Arzt zur Verfügung stellt. Eine biologische Ganzheitstherapie dürfte auch die moderne Phytotherapie der Fa. Dr. Willmar Schwabe, Karlsruhe-Durlach, darstellen, weil sie von der Verarbeitung von Wildpflanzen ausgeht. Offenbar spielen dabei neben den Hauptwirkstoffen eine ganze Reihe sogenannter Nebenstoffe eine ganzheitstherapeutisch wichtige Ergänzung. Man wird dabei an den Unterschied in der Kalktherapie erinnert zwischen *Calcium carbonicum* und dem aus Austerschalen gewonnenen *Calcium carbonicum Hahnemanni,* einem bekannten Konstitutionsmittel: Es enthält „94–96 % $CaCO_3$, 2–3 % phosphorsauren Kalk und $^1/_2$ % Kieselsäure, der Rest sind Ballaststoffe mit wichtigen Vitaminen, Fermenten und Katalysatoren".

Aufgrund heutiger molekularbiologischer Erkenntnisse (Enzymologie) kommt den sogenannten Nebenstoffen bzw. Ballaststoffen gerade infolge ihrer Spurenwirkung konstitutionstherapeutische Bedeutung zu.

„Prof. Dr. med. ORZECHOWSKY, Köln, ist der Meinung, daß Naturstoffe aus dem biosynthetischen Arsenal der Pflanzen den menschlichen Zellen nicht so leicht als primär fremd erscheinen werden“ (Ärztliche Praxis 26/1971) – also gleiche Enzymwirkung bei Pflanze und Mensch!

B. Die Konstitutionstherapie der Homöopathie

„Ihr konstitutionelles Denken ist das, was besonders die Homöopathie unter den verschiedenen Richtungen der ärztlichen Praxis auszeichnet.“ (SALLER, Homöopathische Konstitutionslehre, S. 19, Berlin–Saulgau/Württ. 1950, Karl F. Haug Verlag.)

Auf Grund dieser Tatsache, und weil vom Studium her die Homöopathie unbekannt ist, wird im Folgenden genauer auf diese eingegangen. Ich betone, daß darin keine Herabsetzung der unter Punkt A–F skizzierten, dem Arzte bekannten therapeutischen Methoden zu erblicken ist. Jeder gute Arzt kennt seine Grenzen!

1. Kurze Einführung in die Homöopathie

Bekannt ist die sog. homöopathische Dosis als eine unsagbar kleine Dosis mit dem historisch begründeten Beigeschmack des Unwirksamen. Geschichtlich verständlich, weil HAHNEMANN, der Begründer der Homöopathie, erstmalig schwache Dosen zur Unterstützung der Heilkräfte des Kranken in Anwendung brachte, während die Medizin seiner Zeit die Krankheiten mit drastischen Dosen bekämpfte. Sie mußte die Dosierung HAHNEMANNS als unwirksam empfinden, da damals noch nicht bekannt war, daß alle biologischen Reaktionen auf Grund von Reizen homöopathischer Größenordnung erfolgen.

Dazu kam, daß HAHNEMANN auch weltanschaulich der Medizin kritisch und ablehnend gegenüber stand.

Im „Organon“ stellte er erstmalig 1810 seine neue Lehre den Ärzten zur Verfügung. Im § 9 bekennt er sich zum Vitalismus im Gegensatz zum Materialismus der Naturwissenschaften des 19. Jahrhunderts. „Im gesunden Zustande des Menschen waltet die geistartige als Dynamis den materiellen Körper (Organism) belebende Lebenskraft (Autocratie) unumschränkt und hält alle seine Theile in bewunderungswürdig harmonischem Lebensgange in Gefühlen und Thätigkeiten, so daß unser inwohnende, vernünftige Geist sich dieses lebendigen, gesunden Werkzeugs frei zu dem höheren Zweck unsers Daseins bedienen kann.“

§ 11 und § 12 des „Organon“ definieren die Krankheit als eine Folge der Verstimmung der Lebenskraft. §§ 25 bis 27 bringen die Begründung des Ähnlichkeitssatzes, nach dem Ähnliches durch Ähnliches kuriert werde! So lesen wir im § 27: „Das Heilvermögen der Arzneien beruht daher (§§ 12–26) auf ihren der Krankheit ähnlichen und dieselben an Kraft überwiegenden Symptomen, so daß jeder einzelne Krankheitsfall nur durch eine, die Gesamtheit seiner Symptome am ähnlichsten und vollständigsten im menschlichen Befinden selbst zu erzeugen fähige Arznei, welche zugleich die Krankheit an Stärke übertrifft, am gewissesten, gründlichsten, schnellsten und dauerhaftesten vernichtet und aufgehoben wird."

Man beachte, die Krankheit wird hier durch die „Gesamtheit der Symptome" des Kranken ersetzt. Der Vitalist HAHNEMANN wird hier zum Wissenschaftler, seine Lehre, die Homöopathie, zur Wissenschaft vom Kranken Menschen und seiner Heilung! In diesem Sinne sind auch die folgenden Paragraphen zu verstehen: § 12, Anmerkung 1 lautet: „Wie die Lebenskraft den Organism zu den krankhaften Äußerungen bringt, d. i. wie sie Krankheit schafft; von diesem Wie und Warum kann der Heilkünstler keinen Nutzen ziehen und sie wird ihm ewig verborgen bleiben; nur was ihm von der Krankheit zu wissen nöthig und völlig hinreichend zum Heilberufe war, legte der Herr des Lebens vor seine Sinne." Noch deutlicher heißt es im § 14: „Es giebt nichts krankhaftes Heilbare und nichts unsichtbarer Weise krankhaft verändertes Heilbare im Innern des Menschen, was sich nicht durch Krankheits-Zeichen und Symptome dem genau beobachtenden Arzte zu erkennen gäbe, – ganz der unendlichen Güte des allweisen Lebenserhalters der Menschen gemäß."

Dieser Ersatz des mystischen Krankheitsbegriffes, der verstimmten Lebenskraft, durch die Gesamtheit der mit unseren Sinnesorganen feststellbaren Symptome ist deshalb von so großer Bedeutung, weil hier HAHNEMANN der Homöopathie ihre klare und exakte wissenschaftliche Grundlage gegeben hat.

Ich habe wiederholt schon darauf hingewiesen, daß wir einen ganz ähnlichen Vorgang in der Physik kennen. 1827, also wenige Jahre später als HAHNEMANN, ersetzte FARADAY in entsprechender Weise die mystischen Begriffe der unbekannten Elektrizität und des unbekannten Magnetismus durch die wissenschaftlichen, weil meßbaren Begriffe des elektrischen bzw. magnetischen Feldes. FARADAY „ging dabei aus von dem, was er sah." Er bezeichnete Elektrizität und Magnetismus als „Dinge, über die man streiten könnte". Ganz entsprechend verhielt sich HAHNEMANN laut § 28 des „Organon": „Da dieses Naturheilgesetz (vgl. dazu § 27) sich in allen reinen Versuchen (gemeint sind die Arzneimittelprüfungen am Gesunden) und allen ächten Erfahrungen der Welt beurkundet, die Thatsache also besteht, so kommt auf die scientifische Erklärung, wie dieß zugehe, wenig an und ich setze wenig Werth darauf, dergleichen zu versuchen." Die Übereinstimmung beider Wissenschaftler, HAHNEMANN und FARADAY, ist verblüffend. Auf eine Theorie über die Elektrizität oder über die Lebenskraft wird wenig Wert gelegt, weil man darüber streiten kann. Wie man sieht, stützen sich die Grundlagenforschungen der Homöopathie und der Physik in gleicher Weise auf die Erfahrung. Mystische Begriffe werden durch reale, beobachtbare Dinge ersetzt. Niemand wird die wissenschaftliche Handlungsweise FARADAYS bezweifeln, und ebensowenig kann die wissenschaftliche Definition HAHNEMANNS, Krankheit gleich beobachtbares Gesamtsymptomenbild der kranken Menschen, in Zweifel gezogen werden!

Man vergesse nicht: Lebenskraft und Weltäther (nach FARADAY das Medium der Elektrizität und des Magnetismus) sind beide nicht erfaßbar und stellen offenbar unser „Ignorabismus“ dar. In diesem Sinne – Empirie statt Theorie – ist auch die Homöotherapie im Sinne des Ähnlichkeitssatzes zu verstehen: Similia similibus curentur, d. h. Ähnliches werde mit Ähnlichem kuriert. Gemeint ist dabei die Ähnlichkeit des Krankensymptomenbildes (Gesamtheit seiner subjektiven und objektiven Symptome) mit dem Arzneimittelsymptomenbild. Dieser Ähnlichkeitsvergleich ist die Grundlage der Homöopathie (also nicht die Kleinheit der Dosierung!) und hat ihr auch den Namen gegeben: homoion pathos = gleiches Leiden.

Die Gesamtsymptomenbilder ihrer Heilmittel entnimmt die Homöopathie aus der Toxikologie (akute Vergiftungsbilder), aus dem Gebiete der Gewerbekrankheiten (chronische Vergiftungsbilder) und aus dem feintoxikologischen Arzneimittelprüfversuch am geeigneten, nicht auffällig kranken Menschen. Letzteres stammt bereits von HAHNEMANN, der sich seiner wissenschaftlichen Exaktheit durchaus bewußt war, wenn er sagte (§ 108 des „Organon“): „Es ist also kein Weg weiter möglich, auf welchem man die eigenthümlichen Wirkungen der Arzneien auf das Befinden des Menschen untrüglich erfahren könnte – es giebt keine einzige sichere, keine natürlichere Veranstaltung zu dieser Absicht, als daß man die einzelnen Arzneien versuchsweise gesunden Menschen in mäßiger Menge eingibt, um zu erfahren, welche Veränderungen, Symptome und Zeichen ihrer Einwirkung jede besonders im Befinden des Leibes und der Seele hervorbringe, das ist, welche Krankheits-Elemente sie zu erregen fähig und geneigt sei, da, wie (§ 24 bis 27) gezeigt worden, alle Heilkraft der Arzneien einzig in dieser ihrer Menschenbefindens-Veränderungskraft liegt, und aus Beobachtung der letzteren hervorleuchtet.“ Diese neue exakte Grundlagenforschung der Homöopathie stellte im Grunde das Ende der Scholastik in der Heilkunde dar.

Selbstverständlich ist der Totalitätsanspruch HAHNEMANNS, der aus dem zitierten § 108 und besonders aus dem folgenden § 109 (Anmerkung) spricht, historisch geworden: „Es ist unmöglich, daß es außer der reinen Homöopathik noch eine andere wahre, beste, Heilung der dynamischen, (das ist, aller nicht chirurgischen) Krankheiten geben könne, so wenig also zwischen zwei gegebenen Punkten mehr als eine gerade Linie zu ziehen möglich ist.“ Wir müssen heute die in Klammern gesetzte Einschränkung HAHNEMANNS erweitern. Die Relativitätstheorie hat uns gelehrt, daß alle Erkenntnisse standpunktbezogen sind; dies gilt auch für die Heilkunde. Heilen heißt, das sinnvolle Selbstordnen des gestörten Körpers unterstützen. Die Kunst des Arztes beginnt bereits, wenn er den Kranken unter dem Gesichtspunkt betrachtet, ob im Augenblick die Anwendung chemischer Stoffe (Medizin), von Wasser-, Luft-, Lichtreizen (Naturheilkunde), des Homoions (Homöopathie) oder des Logos (Psychotherapie) als erfolgversprechend erscheint. Es führen eben viele Wege nach Rom! Im Sinne der „neuen Logik“ BACONS hat HAHNEMANN auf induktivem Wege die Grundlage zum Heilmittelkodex der Homöopathie, der Materia medica, gelegt: § 143 des „Organon“: „Hat man nun eine beträchtliche Zahl einfacher Arzneien auf diese Art im gesunden Menschen erprobt und alle die Krankheits-Elemente und Symptome sorgfältig und getreu aufgezeichnet, die sie von selbst als künstliche Krankheits-Potenzen zu erzeugen fähig sind, so hat man dann erst eine wahre *Materia medica* – eine Sammlung der ächten, reinen, untrüglichen Wirkungsarten der einfachen Arzneistoffe für sich, einen Codex der Natur usw."

Die Wissenschaftlichkeit der auf Grund der Toxikologie, Gewerbekrankheiten und des am Menschen vorgenommenen Arzneimittel-Prüfversuches gewonnenen Arzneimittel-Gesamtsymptomenbilder ist im Sinne BACONS unbestreitbar, ebenso wie die Wissenschaftlichkeit der feststellbaren objektiven und subjektiven Gesamtsymptomenbilder der Kranken. Auch ihr Ähnlichkeitsvergleich entspricht wissenschaftlicher Logik. Auf Grund des Arzneimittelvergiftungsbildes wird ein ähnlicher Reiz wie der krankmachende Reiz und dazu noch an entsprechender Stelle des gestörten Reizkettengeschehens gesetzt. Daß er sich als umschaltend heilend erweist, hängt mit der Dosierung zusammen. Es gibt offenbar für jedes Arzneimittel einen Dosierungspunkt, wo der starke Reiz zum krankmachenden Reiz (toxische Wirkung) wird, und umgekehrt, wo er als schwacher Reiz auf das krankmachende ähnliche Reizkettengeschehen umkehrend wirken kann (heilende Wirkung). Zum wissenschaftlichen Verständnis sei dazu auf SELBACHS Grundregeln der vegetativen Dynamik hingewiesen, die wegen ihrer schweren Zugänglichkeit in der Literatur anschließend wiedergegeben werden:

1. Die Induktionsregel (DRESEL 1924, DANIELOPOLU): „Vegetative Reize bewirken auf dem Wege der induktiven Tonussteigerung stets eine Erregung beider vegetativen Teilsysteme, u. zw. die Primärerregung des Protagonisten (z. B. des Sympathicus) und die Gegenerregung des Deuteroagonisten (also des Parasympathicus). Auch die Reaktion eines Organs oder Organsystems ist daher stets die Resultante zweier Kräfte. Dieses Kräftespiel zeigt zugleich den inneren Widerstand gegenüber Verschiebungen von einer mittleren Funktionslage an."
2. Die Ausgangswertregel WILDERS (1931): „Je höher der vor der Reizeinwirkung vorhandene Erregungs- bzw. Tätigkeitszustand eines Erfolgorgans war, desto geringer ist die fördernde und desto stärker die hemmende Reaktion und umgekehrt."
3. Die Toleranzregel SELBACHS: „Jenseits der mittleren Funktionslage eines Organs oder Organsystems ist das Reaktionsausmaß auch von der Toleranz der einzelnen vegetativen Partner abhängig. Die Reaktionsgeschwindigkeit ist dabei eine Folge der vorhandenen Anstoßerregbarkeit (stabile und labile Systeme)."
4. Die Relaxationsregel SELBACHS: „Innerhalb einer individuellen Reaktionsbreite seiner Ausgangswertlage kann ein System im stillen Ausgleich (Relaxation = Erschlaffung) nach Reizwirkung die mittlere Funktionslage wieder erreichen. Eine krisenhafte Gegenregulation tritt mit einseitiger Erregung des Protagonisten (Zuerstwirkenden) und nach Erreichen der Kapazitätsgrenze des Systems ein: Sie verläuft als Relaxationshemmung („Kippschwingung")

und Paradoxreaktion mit der Wirkungscharakteristik des Deuteroagonisten (also umgekehrte Reaktion!) und pendelt als gedämpfte Schwingung aus. Vor Erreichen der Kapazitätsgrenze findet sich infolge des zunehmend sich steigernden Wettstreitens der vegetativen Teilsysteme eine wohlcharakterisierte Labilitätsphase."

5. Die Regel der sukzessiven Synchronisierung SELBACHS: „Mit Entfernung von der mittleren Funktionslage vermindert sich die Möglichkeit einer Regulierung im stillen Ausgleich. In zunehmendem Maße damit werden über den Weg der Reafferenz (d. h. der peripher-zentralen Wechselwirkung [v. HOLST]) die Eigenrhythmen der von der Peripherie her bis zum Zentrum phylogenetisch übereinandergestaffelten Funktionsbögen sukzessiv oder krisenhaft zu einer Gegenregulation zusammengefaßt, womit sich dann die Relaxation vorbereitet."

Man könnte etwa folgendermaßen argumentieren: Durch den Ähnlichkeitssatz ist zunächst gesichert, daß das Reiz-Kräftespiel nach der Induktionsregel am gleichen, nämlich kranken Organ oder Organsystem stattfinden kann. Nach der Relaxationsregel kann das krankhaft gereizte Organ im „stillen Ausgleich" der Selbstheilung oder nach der bekannten Erstverschlimmerung bei zu hoher Dosierung seine mittlere Funktionslage (Gesundheit) wieder erreichen; es kann aber auch das krankhaft gereizte Organ durch den homöopathischen, also ähnlichen Arzneimittelreiz bis zur Kapazitätsgrenze weiter erregt werden, so daß es dann zur „Kippschwingung" und Umkehrreaktion des krankmachenden Reizkettengeschehens im Sinne der Heilung kommt! **Darnach käme wissenschaftlich gesprochen die individuelle homöopathische Heilmittelwirkung durch das vegetative System mit seiner charakteristischen Kräftespiel-Dynamik zustande u. zw. einmal auf Grund des Ähnlichkeitssatzes im Sinne der Zielsetzung des therapeutischen Reizes und weiter auf Grund der individuell gewählten homöopathischen Dosis, welche der Reizbarkeit des gestörten Organes oder Organsystems des Kranken entsprechen muß, damit die Reizbarkeitskapazitätsgrenze gerade überschritten wird im Sinne der Heilung, ehe es zur toxischen Wirkung kommt.** Man denke z. B. an Herzmittel, wo toxische und heilende Dosis so nahe beieinanderliegen, daß man individuell die Tropfenzahl nach der Reaktion des Kranken festlegen muß.

Nach dem Gesagten kann man also die Homöopathie kurz definieren als eine individuelle Reaktionstherapie (entsprechend dem Arzneimittel-Gesamtsymptomenbild) auf Grund einer individuellen Funktionsdiagnose (feststellbares subjektives und objektives Gesamtsymptomenbild des Kranken); Ähnlichkeitsvergleich und homöopathische (d. h. individuelle) Dosis sichern dabei Zielsetzung und Auswirkung der vegetativen Dynamik im Sinne der Heilung!

Wie bereits ausgeführt (Seite 21–23) muß man bei der Wahl eines Arzneimittels nicht unbedingt vom morphologischen Krankheitsbegriff ausgehen. Mit gleicher wissenschaftlicher Berechtigung kann man dazu die Reaktion des Kranken auf ein Arzneimittel benutzen, und dies geschieht in der Homöopathie.

Beziehungen zwischen Konstitutions-, Reaktions- und Arzneimittel-Typen

Die folgenden drei Tabellen (7 – 9) sollen den Übergang von den morphologischen Keimblatt-Typen über die vegetativen Reaktions-Typen zu den Arzneimittelkonstitutions-Typen vermitteln.

Als eine Art Brückenschlag ist dazu ferner die anschließende Betrachtung der Keimblattenergetik als Reaktionsgeschehen der morphologischen Keimblatt-Typen gedacht.

Tabelle 7

Normale Konstitutions-Typen der Medizin

Betrachtungsweise: entwicklungsgeschichtliche	Ektodermale Typen	Mesenchymale Typen	Mesodermale Typen	Entodermale Typen
morphologische	Astheniker (Leptosome) Schlank, groß, Kopf groß, Hals, Brust, Extremit. lang. Haare weich, Gesicht spitz. Knochen u. Muskeln schwach.	Dysplastiker Leptosome Dysplastiker = Lymphatiker mit wasserreichem Bindegewebe. Weiche Formen. Hypotonie. Hormonale Typen.	Athletiker Kräftiges Knochen- und Muskelsystem. Breiter Brustkorb, lange Nasenpartie. Mittelgroß bis groß (Typus respiratorius). Kopf groß, länglich, eiförmiges Gesicht. Haare grob, fest.	Pykniker Kräftig, untersetzt, mit starkem Unterhautfettgewebe. Kopf rund, Gesicht breit, schildförmig; Hals kurz, fleischig. Haare spärlich.
psychische	Cerebrale = cerebrotonisch	Vegetative = vegetonisch	Muskulär-respiratorische = somatotonisch	Digestive = viscerotonisch
charakterliche	Körperlich gehemmt, unfähig zu wirklicher Entspannung. Geistig aktiv. Reizbarkeit (auch sexuell) Empfindlichkeit Erschöpfbarkeit.	Labil in Haltung und Bewegung. Wechselnd in Handlungen und Affekten.	Straff in Haltung und Bewegung. Körperlich aktiv, energisch; kaltblütig, rücksichtslos.	Entspannt in Haltung und Bewegung. Animalisch, aktiv und bequem.
emotionelle affektive	Intraversion der Gefühle (Einsamkeit liebender Philosoph) Gefühlsverschlossenheit.	Verschieden nach vegetativer Reaktionslage (Schauspielertyp) Gefühlswechsel.	Extraversion der Handlungen (Eroberertyp) Sport-Filmheld. Gefühlsarmut.	Extraversion der Gefühle (Spießer) Weint erschüttert, Gefühlsergüsse.
temperamentmäßige	Schizothym bis schizophren; empfindlich bis kühl. Steif, gesperrt. Zukunftserwartung.	Hysterisch, wechselnd, übertrieben, zeitlich desinteressiert.	Paranoisch, epileptoid, gleichmäßig, gewandt. Gegenwartsmensch.	Cyclothym bis zirkulär; heiter bis traurig. Natürlich. Vergangenheitswertschätzung.

Tabelle 7

Normale Konstitutions-Typen der Medizin

(Fortsetzung)

Betrachtungsweise:	Ektodermale Typen	Mesenchymale Typen	Mesodermale Typen	Entodermale Typen
reaktive (Maßgebend für die Dosierung)	Reizschwelle erhöht, Reizbarkeit herabgesetzt.	Reizschwelle niedrig bei sympathicotonischer Lage bzw. reaktionsbereiter hormonaler Funktionslage. Reizschwelle erhöht bei parasympathicoton. Lage, bzw. reaktionsarmer hormonaler Funktionslage.	Reizschwelle normal; soweit nicht vegetative Abweichungen zu berücksichtigen sind.	Reizschwelle niedrig, Reizbarkeit erhöht.
energetische	Elektronengeschehen. Nerven-elektrisches Geschehen. Gewitterangst. Verschlimmerung: Polarluft, Elektronenreichtum.	Ionengeschehen. Kolloidgeschehen. Klimatische Typen. Verschlimmerung: Kalte maritime Luft, Ionenreichtum.	Exothermes Geschehen. Gasstoffwechsel. Verschlimmerung: Trockene Kontinentalluft, O-Reichtum, Landluft.	Endothermes Geschehen. Nahrungs-Stoffwechselgeschehen. Verschlimmerung: Warme Seeluft. Feuchte Kontinentalluft (Feuchtwarme Luft, Schwüle) neigt zu zunehmender Ionisierung, O-Armut; CO_2-, N-Reichtum (Kondensationskerne). Stadtluft.
farbenpsychologische	Blau Zukunftsinteresse. Vernunftgebunden. Reizausgleich (Himmel-Blau) Farbe der regulativen Fähigkeit.	Gelb Zeitlich desinteressiert Triebgebunden. Reizentladung (Sonnen-Licht) Farbe der affektiven Fähigkeit.	Grün Gegenwartsinteresse. Objektgebunden. Reizverarbeitung (Blattgrün) Farbe der ungehemmten Objekterfassung.	Rot Vergangenheitsinteresse. Gefühlsgebunden. Reizempfänglichkeit (Erde. Feuerröte) Farbe des psychischen Kontaktes.

Tabelle 8

Die vegetativen Reaktionstypen von Curry und Lampert

A-Typ von LAMPERT =	Übergangstypen		B-Typ von LAMPERT =	
1. Typ sehr deutlich	1. Typ deutlich	1. und 2. Typ nicht deutlich	2. Typ deutlich	2. Typ sehr deutlich
Mikrokinetischer Typ			Makrokinetischer Typ	

Kälte-Typ	Wärme-Typ
Braucht morgens Anlaufzeit zur Leistung; abends arbeitsfreudig.	Morgens arbeitsfreudig.
Meidet deshalb Mittagsschlaf.	Kurzer Mittagsschlaf stärkt.
Warmes Wasser bevorzugt.	Liebt kaltes Wasser.
Schwitzt selten und wenig.	Schwitzt leicht und stark.
Langsame Ermüdung, langsame Erholung.	Rasche Ermüdung, rasche Erholung.
Geringe Fieberneigung, lange Rekonvaleszenz.	Hohes Fieber, rasche Genesung.
Mildes, warmes, heißes Wetter angenehm.	Frisches, kaltes, windiges Wetter angenehm.
Geringe Entzündungsneigung (Insektenstich).	Starke Entzündungsreaktion.
Fleisch- und Brotbedürfnis.	Umgekehrt Rohkostbevorzugung.
Obst-, Gemüse-, Salatabneigung.	
Schlechter Futterverwerter.	Guter Futterverwerter.
Appetitmangel.	Guter Appetit.
Sitzende Beschäftigung bevorzugt.	Bewegungsdrang.
Schlechte Hautdurchblutung.	Gute Hautdurchblutung.
Zurückhaltung in bezug auf Entschlüsse. Reifliche Überlegung. Beharrlichkeit.	Rasch entschlossen, draufgängerisch, einfallsreich.
Weniger erregbar, abwartend.	Rasch Geduld verlierend.
	Schnell erregbar, aufbrausend.
Sorgfältig, liebt Kleinarbeit.	Gibt lieber Direktiven.
Geregelte Lebensweise.	Ungeregelte Lebensweise.
Sparsam mit Worten, nüchtern.	Rededrang, übertreibend.
Distanz haltend, wenig Freunde.	Gesellschaftsmensch, schnell Freunde.

K-Typ von CURRY	G-Typen von CURRY	W-Typ von CURRY
Parasympathicotoniker		Sympathicotoniker
Kaltfrontempfindlich		Warmfrontempfindlich
Braucht Wärme	Gemischt-Typen	Braucht Kälte
Wohlbefinden bei ozonarmer Luft		Wohlbefinden bei ozonreicher Luft

Die Aufstellung dieser medizinischen Reaktions-Typen bedeutet deshalb einen großen Fortschritt, weil sie sich therapeutisch auswerten läßt und der dem Konstitutions-Begriff anhaftenden Unbeeinflußbarkeit Abbruch tut. In diesem Sinne hat sich auch die Beeinflußbarkeit der endokrinen Komponente der Konstitution ausgewirkt.

Wie wir noch sehen werden, lassen sich manche medizinische Reaktions-Typen den homöopathischen Reaktions-Mitteln und Reaktions-Typen zuordnen, wie ich gemeinsam mit Herrn Prof. LAMPERT, dem ich dafür sehr danke, feststellen konnte. Vermittelnd war dabei die vegetative Dynamik, die wie auf Seite 35 u. 36 ausgeführt wurde, offenbar die wissenschaftliche Grundlage homöopathischen Reaktions-Geschehens ist. Man vergleiche dazu die Darstellung bei den einzelnen homöopathischen Reaktions-Typen-

Bildern. Ergaben sich durch die Aufstellung der Reaktions-Typen LAMPERTS bereits therapeutisch wertvolle Folgerungen physikalischer, diätetischer und balneologischer Art, so lassen sich diese offenbar auch nach der homöopathischen Seite hin erfolgreich erweitern.

Tabelle 9

Arzneimitteltypen von Rademacher und von v. Grauvogl

Ektoderm	Mesenchym	Mesoderm	Entoderm
Asthe- niker	Dysplastiker	Athletiker	Pykniker
Cerebraler Typ	Vegetativer Typ	Muskulärrespiratorischer Typ	Digestiver Typ
Elektronengeschehen	Ionengeschehen	Exothermes Geschehen.	Endothermes katalytisches Geschehen
	Hydrogenoide Konstitution von v. GRAUVOGL	Oxygenoide Konstitution von v. GRAUVOGL	Carbonitrogene Konstitution von v. GRAUVOGL
	H- und H_2O-Reichtum der Gewebe. Kolloidquellung. Frostigkeit. Periodizität der Beschwerden. Naßkaltes Wetter verschlechtert. Ozonreiche Luft bessert. Hygroskopische Salze, Na-, K-Salze als Heilmittel. Keine Wasserkuren. Nitrum-Typ von RADEMACHER, weil $NaNO_3$, KNO_3 Heilmittel sind.	Oxydationssteigerung infolge N- und C-Mangels. Erythrocytenschädigungen. Chlorose. Thyreotoxikose. Warmes Wetter angenehm. Unbehagen vor Gewitter und bei Sturm. Keine Wasserkuren. *Ferrum, Kal. jod.*, C-, N,-Stoffe als Heilmittel. Ferrum-Typ von RADEMACHER.	Oxydationsmangel infolge von C- und N-Überladung. Verschlackung, Dysbakterie, abnorme Darmgasbildung. Präcancerose. Venosität. Stoffwechselkomponente des Arthritismus. Ozon und frische Luft bessern. Wasser wird gut vertragen. *Sulfur, Cuprum, Argentum nitricum* als Oxydationsanreger und Sauerstoffüberträger als Heilmittel. Cuprum-Typ von RADEMACHER.

Arzneimitteltypen der Homöopathie

Die homöopathischen Arzneimitteltypen sind auf Grund des Ähnlichkeitssatzes gefunden und deshalb nicht immer keimblatt-, dafür aber mehr terrestrisch orientiert. Es erhebt sich deshalb die Frage, ob und gegebenenfalls wie weit sie mit den medizinischen Konstitutionstypen in Beziehung gebracht werden können. Der bloße Augenschein lehrt bereits, daß dies zumindest teilweise der Fall ist. Man denke an den asthenischen Phosphor-Typ, an den pastösen Calcium-Typ und an den Aurum-Typ des pyknischen Apoplektikers. *Calcium phosphoricum* als Konstitutionsmittel der erethischen Form der Skrofulose zeigen ferner Übereinstimmung klinischer und homöopathischer Konstitutionstypen.

Im Gegensatz zu morphologischen Konstitutionstypen handelt es sich bei den homöopathischen Arzneimitteltypen um Reaktionstypen auf die zugehörigen homöopathischen Konstitutionsmittel. Typ und Mittel gehören in der Homöopathie reaktionsmäßig zusammen. So ist zum Beispiel das Zustandekommen des homöopathischen Phosphor-Typs auf eine zentrale Störung des Phosphorstoffwechsels zurückzuführen. Durch das homöopathische Konstitutionsmittel *Phosphorus* (das heißt Phosphor potenziert verdünnt: D 6, D 12, D 30) ist umgekehrt der Phosphor-Typ regulatorisch tiefgehend zu beeinflussen.

Die Feststellung, daß es sich bei den homöopathischen Konstitutionstypen um biologische Typen auf Grund abwegigen Stoffwechsels- und Reaktionsgeschehens handelt, läßt es angezeigt erscheinen, die anthropologischen Keimblatttypen auf ihre Keimblatt-Energetik hin zu betrachten. Das Ergebnis ist überraschend:

Beim Ektoderm (Nervensystem) handelt es sich energetisch um Elektronengeschehen.

Beim Mesenchym (Bindegewebe) handelt es sich energetisch um Ionengeschehen.

Beim Mesoderm (Gasstoffwechsel) handelt es sich energetisch um exothermes Geschehen.

Beim Entoderm (Ernährungsstoffwechsel) handelt es sich energetisch um endothermales, katalytisches Geschehen.

Das ektodermale Elektronengeschehen im Nervensystem läßt zum Beispiel den Phosphor als Lichtträger, beim Astheniker zum Konstitutionsmittel werden und diesen reaktionsmäßig als homöopathischen Phosphor-Typ in Erscheinung treten. In diesem Falle ist das Similegeschehen gleichsam energetisch mit dem Ektoderm verknüpfbar.

Für das mesenchymale Ionengeschehen ist die HOFMEISTERsche Ionenreihe für den Quellungszustand des Bindegewebes maßgebend:

	Bindegewebsquellung		Bindegewebsentquellung	
In alkalischer Lösung	Na^+	K^+	Mg^{++}	Ca^{++}
In saurer Lösung	NO_3'	Cl'.	SO_4''	HPO_4''

Die Bindegewebsplastik ist eine Folge des Wasserbindungsvermögen; ihre Störungen ergeben den Dysplastiker (von dem immunologischen Geschehen sei hier abgesehen).

Von homöopathischen Dysplastikertypen seien die Natrium-muriaticum-, Kalium-muriaticum-, Natrium-sulfuricum-Typen angeführt. Es handelt sich um Wasserhaushalts-labile Typen, die infolge ihres Gewebswasserreichtums kein Wasser vertragen, bei Regenwetter Verschlimmerung erleiden und auf die Natrium- und Kaliumsalze als hygroskopische Salze therapeutisch günstig ansprechen. Sie sind uns als hydrogenoide Konstitutionstypen v. GRAUVOGLS geläufig ($NaNO_3$, KNO_3). RADEMACHER nennt sie Nitrum-Typen, weil Natrium- und Kalium-Salpeter ($NaNO_3$, KNO_3) ihre reaktiven Konstitutionsmittel sind.

Das mesenchymale Ionengeschehen bestimmt ferner im Sinne des Györgyschen Quotienten die vegetative Tonuslage:

$$\frac{\text{Sympathikotonusfördernd}}{\text{Vagotonusfördernd}} = \frac{K^{+}HPO_4'' \quad HCO_3' \quad OH'}{Ca^{++} \quad Mg^{++} \quad H^{+}}$$

Ihre Labilität liegt auch dem Wechsel des Dysplastikers in seinen Handlungen und Affekten (siehe Seite 37), Schauspielertyp, zugrunde.

Bei dem mesodermalen Keimblattgeschehen handelt es sich um exothermes Geschehen (Gasstoffwechsel), bei dem unter Mitwirkung des Sauerstoffs Wärme als Energie frei wird. Der type respiratoire-musculaire stellt gewissermaßen einen Normaltyp dar, der seine Leistungsfähigkeit seiner reichlichen Sauerstoffzufuhr verdankt.

Entsprechend zeigen die oxygenoiden Konstitutionstypen VON GRAUVOGLS Steigerung des Sauerstoffwechsels, welche durch Kohlenstoff C, Stickstoff N und Ferrum Fe infolge deren Valenzwechsel gegenüber Sauerstoff zentral, das heißt konstitutionell, ausgeglichen werden können. RADEMACHER spricht von Ferrum-Typen. Sie zeigen Verschlimmerung bei Regenwetter mit hohem Ozongehalt der Luft und sprechen auf *Ferrum* usw. therapeutisch gut an.

Die entodermale Keimblattenergetik ist als Nahrungsstoffwechselgeschehen endotherm-katalytischer Natur, bei dem dosiert endotherme Wärmeenergie im Sinne eines labilen Reaktionsgeschehens fermentativ-katalytisch beim Nahrungsmittelabbau neben den chemischen Grundstoffen frei wird. Verschiebungen des Redoxgeschehens nach der Kohlenstoff-, Stickstoffseite führen zur Verschlackung und lassen sich durch das Oxydationsgeschehen fördernde Katalysatoren wie *Cuprum*, *Argentum*, *Aurum* (Schwermetalle), sowie *Sulfur* (bekanntes Reaktionsmittel) ausgleichend beeinflussen. Solche homöopathischen Reaktionstypen sind eben die verschlackten Cuprum-, Argentum-, Aurum- und Sulfur-Typen. VON GRAUVOGL spricht von karbonitrogener Konstitution, RADEMACHER vom Cuprum-Typ.

2. Homöopathische Konstitutions- und Reaktionstypen (Arzneimitteltypen)

HAHNEMANN kannte noch keine homöopathischen Konstitutions-Typen. TISCHNER sagt dazu: „Auch konstitutionelle Gesichtspunkte gewannen an Raum, indem Mittel mit einem breiten Wirkungskreis zu ‚Arzneigestalten' ausgebaut wurden, wozu schon HAHNEMANN mit seinen ‚vielnützigen' Mitteln (Polychreste) den Grund legte. Unter Verwendung von klinischen Erfahrungen entstanden so Konstitutionsmittel, die Ähnlichkeit mit Konstitutionen der Schulmedizin haben, wenn sie auch nicht wesensgleich sind." (TISCHNER: Hahnemanns Lehre im Wandel der Zeiten [Allg. homöop. Ztg. 1955,

4: 107]). Ähnlich äußert sich AEBLY: „Wie sich neben den Krankheitsbegriffen die verschiedenen Konstitutions- und Diathesen-Begriffe ergeben, so haben sich in der Homöopathie aus den Mittelbildern und der ärztlichen Erfahrung die verschiedenen Mittel-Typen als konstitutionelle Typen im Sinne der Homöopathie entwickelt und ihre praktische Brauchbarkeit erwiesen."

Wie bereits festgestellt (Seite 28) wurde, handelt es sich in der Homöopathie um Arzneimittel-Typen auf Grund eines mehr oder weniger genbedingten zentralbiologischen Geschehens. Die Nomenklatur läßt die enge Beziehung von Typ und Mittel leicht erkennen: zum Phosphor-Typ gehört eben das homöopathische Arzneimittel *Phosphorus*, das regulierend entsprechend den Regeln der vegetativen Dynamik SELBACHS (siehe Seite 35) ins gestörte Geschehen einzugreifen vermag.

Nach der Verschiedenheit der biologischen Zentralstörungen lassen sich folgende homöopathische Arzneimittel-Konstitutions-Typen feststellen:

Bei manchen homöopathischen Reaktions-Typen handelt es sich um Haushaltsstörungen der Grundelemente, welche am Körperbau aller Organismen beteiligt sind, wie C, H, O, N, K , Na, Ca, Mg, S, P, Si und deren Salze. Die Grundelemente sind ihrer Natur nach anlagebestimmend. Mit Recht dürften deshalb diese Typen auch als homöopathische Konstitutions-Typen bezeichnet werden.

Anderen homöopathischen Reaktions-Typen liegen katalytische Störungen zugrunde, welche durch Metalle und Schwermetalle beeinflußbar sind. Sie reagieren also günstig auf diese; der Begriff homöopathische Reaktions-Typen ist hier allein zutreffend. Es handelt sich um J, Fe, Al, As, Hg, Ba, Ag, Au und Pt. Von ihnen sind die Schwermetalle überhaupt nicht am Körperbau beteiligt; sie sind im Gegenteil als giftig, d. h. organismenfeindlich, bekannt. Wie sie trotzdem konstitutionell wirken können, wurde bereits beschrieben (Seite 27).

Ordnet man die in diesem Buche zusammengestellten homöopathischen Reaktions-Typen nach ihren typenbildenden Zentralstörungen, so erhält man folgende Gliederung:

Körperaufbaustoff-Störungen bei den homöopathischen Phosphorus-, Sulfur-, Carbo-vegetabilis-, Carbo-animalis- und Silicea-Reaktions-Typen.

Außerdem gehören hierher die homöopathischen Hepar-sulfuris-Reaktions-Typen mit ihrer Calcium-Schwäche und Sulfur-Reizbarkeit und die homöopathischen Calcium-phosphoricum-Reaktions-Typen mit der Schwäche des *Calciums* und dem psychoneurotischen und vasomotorischen Erethismus des *Phosphors* (beides Salze von Grundelementen).

Mineral- und Wasserhaushaltsstörungen bei den homöopathischen Kalium-carbonicum-, Natrium-muriaticum- und Calcium-carbonicum-Reaktions-Typen (Salze der Grundelemente beteiligt), sowie beim homöopathischen Thuja-Reaktions-Typ.

Katalytische Störungen bei den homöopathischen Alumina-, Ferrum-, Mercurius-, Argentum-, Aurum-, Platinum- und Barium-Reaktions-Typen.

Zentralnervöse Störungen bei den homöopathischen Ignatia-, Platinum-, Argentum- und Argentum-nitricum-Reaktions-Typen, sowie den Antimonium-crudum-Reaktions-Typen und schließlich den homöopathischen Magnesium-, Nux-vomica-, Lycopodium- und Sepia-Reaktions-Typen (mit Leberbeteiligung).

Endokrine Störungen bei den homöopathischen Jodum-, Arsenicum-album-, Graphites- und Pulsatilla-Reaktions-Typen.

Die Ähnlichkeitsbeziehung zwischen dem homöopathischen Reaktions-Typ und seinem zugehörigen homöopathischen Reaktions-Typen-Mittel ist an das beiden gemeinsame **zentralbiologische Reaktionsgeschehen** geknüpft; beim Patienten hat es typenbildend gewirkt, beim Mittel garantiert es den wirksamsten Angriffspunkt seiner umstimmenden Reizwirkung. Daraus erklärt sich auch die Erfahrung, daß sich die therapeutische Wirkung homöopathischer Reaktionsmittel bis in die Tiefe der Persönlichkeit zu erstrecken vermag. Homöopathische Mittelwirkung, vegetative Dynamik und Persönlichkeitsumstimmung gehören offenbar zusammen! Das Vegetativum ist aber Mittler zwischen Innenwelt (Reiz- und Reaktionskettengeschehen) des Menschen und seiner Umwelt. Die enge Korrelation der homöopathischen Reaktions-Typen mit der vegetativen Dynamik ist die Ursache ihrer ausgesprochen individuellen Reaktionsweise auf die Reize der Umwelt, wie sie z. B. als persönliche Reaktionsweise in Form individueller Abwandlungen des Schmerzcharakters auf klimatische Reize hin in Erscheinung tritt. Solche Auslösungen, Verschlimmerungen oder persönliche Abwandlungen der Beschwerden entsprechend der Jahreszeit, Wetterlage, dem Sonnenstand (Tag oder Nacht), den barometrischen Hochs oder Tiefs usw., werden als typencharakteristische Reaktions-Weisen diagnostisch und homöotherapeutisch ausgewertet und Modalitäten genannt.

Wie bei der „Anwendung" der einzelnen homöopathischen Reaktions-Mittel im Bilderteil dieses Buches festgestellt werden kann, erfolgt diese

1. auf Grund persönlichkeitsbestimmter Charakter- und Gemütssymptome;
2. bei persönlicher Abwandlung der Beschwerden (Modalitäten);
3. bei persönlicher Abweichung des Reaktions-Grades vom Normalen;
4. bei bestimmten Diathesen mit persönlicher Anfälligkeit und Krankheitsbereitschaft;
5. beim Chronischwerden von Krankheiten infolge persönlicher Abwehrschwäche.

Dies entspricht der im Kapitel 1, Seite 36, gegebenen Definition der Homöopathie als einer individuellen Reaktions-Therapie auf Grund einer individuellen Reaktions- bzw. Funktions-Diagnose.

Es bedarf keiner Begründung mehr, daß die homöopathischen Reaktions-Typen anderer Natur sind als die Konstitutions-Typen der Medizin. Ein Blick auf die „energetische Betrachtungsweise" in der Tabelle der normalen Konstitutions-Typen der Medizin (Seite 38) läßt im Elektronen-, Ionen-, exothermen und endothermen Geschehen eine Verknüpfung mit den Keimanlagen erkennen, wobei **eine** Keimanlage bevorzugt ist. Bei den homöopathischen Reaktions-Typen ist diese Keimanlagenenergetik natürlich wirksam und typenbestimmend. Es sind aber **alle** Keimanlagen mehr oder weniger bei den homöopathischen Reaktions-Typen beteiligt. Beim homöopathischen Phosphorus-Reaktions-Typ wirkt sich die Ektoderm-Energetik, also **eine** Keimanlage gegenüber allen anderen Keimanlagen so stark aus, daß der homöopathische Phosphorus-Reaktions-Typ im Habitus weitgehend mit dem Habitus asthenicus (STILLER) der Klinik übereinstimmt.

Zusammenfassend kann also weitgehende Bestätigung dieser alten homöotherapeutischen Erfahrungen durch die skizzierten molekularbiologischen Mechanismen einwandfrei festgestellt werden!

3. Das Potenzproblem

„Allein die Dosis macht es, daß ein Ding kein Gift ist!"
PARACELSUS

Für alle homöopathisch verordneten Mittel (d.h. nach dem Ähnlichkeitssatz verordneten Mittel), kurz homöopathische Mittel genannt, gilt:

1. Die Potenz des Mittels hat der **Reizbarkeit** des Kranken zu entsprechen; hohe Potenz (D 12, D 30) bei erhöhter Reizbarkeit z. B. der homöopathischen Reaktions-Typen, der Kranken mit Diathesen, Allergien und chronischen Leiden; niedere Potenz (⌀, D 1, D 3, D 6) bei Patienten mit akuter Erkrankung und wenn eine organotrope Wirkung (Wirkung auf ein Organ z. B. die Tonsillen) beabsichtigt ist (Potenzbegriff Seite 47, Punkt 4, und Seite 46).
2. Hohe Potenzen verlangen große Intervalle (Tage, Wochen, Monate), niedere Potenzen kurze Intervalle (Stunden) zwischen den einzelnen Gaben.
3. Stark wirkende Mittel (Schlangengifte, Schwermetalle) werden nicht in zu tiefen Potenzen angewandt: z. B. *Lachesis* nicht unter D 8, D 15. *Naja* nicht unter D 8; *Mercurius solubilis* nicht unter D 6, besser D 12; *Phosphorus* nicht unter D 6, besser D 12 (bei Neigung zu Blutungen nie unter D 8 geben!).
4. *Jod* und *Phosphor* wirken als Calciumsalze weniger stark, dürfen als *Calcium jodatum* D 3 bzw. *Calcium phosphoricum* D 6 verordnet werden, bes. wenn eine mehr organotrope Wirkung auf die vergrößerte Schilddrüse (*Calc. jod.*) oder die Tonsillen (*Calc. phos.*) erfolgen soll.
5. *Echinacea* muß in Urtinktur (⌀) verordnet werden z. B. bei Lymphangitis oder zur Entgiftung bei Infektintoxikationen.
   Das Gleiche gilt für Herzmittel wie *Crataegus, Laurocerasus, Cactus, Convallaria, Adonis, Apocynum, Scilla, Strophanthus, Digitalis*: toxische und therapeutische Dosis liegen bei ihnen so dicht nebeneinander, daß man die Tropfenzahl der Einzelgabe der individuellen Empfindlichkeit des Kranken anpassen muß.

Diese für den Anfänger gegebenen praktischen Winke, die keinen Anspruch auf Vollständigkeit erheben, zeigen deutlich, daß die „homöopathische Dosis" ein recht relativer Begriff ist und im Gegensatz zum Sprachgebrauch in der Homöopathie lediglich den Sinn einer individuellen Dosis hat. Mit dieser knappen Dosierungsanweisung soll aber außerdem das Verständnis geweckt werden für die Tatsache, daß bei den Legenden zu den Bildern, welche Angaben über die Krankenbehandlung enthalten. auch tiefere Potenzen der homöopathischen Reaktions-Typen-Mittel zur Anwendung kamen, wenn nämlich mehr organotrope Wirkungen beabsichtigt wurden. Wie oben ausgeführt wurde, sind zur personotropen Behandlung, einer umstimmenden Behandlung homöopathischer Reaktions-Typen durch ihre zugehörigen homöopathischen Reaktions-Typen-Mittel (Simillima), hohe Potenzen erforderlich. Da diese nur in größeren Intervallen gegeben werden dürfen, kann man sie in der Praxis den Patienten im allgemeinen nur selbst in der Sprechstunde verabfolgen, da die Kranken gewöhnt sind, tgl. regelmäßig ihre Arzneien einzunehmen und ich die Verschreibung von Placebo-Medizin ablehne. Die Angaben in den Legenden sind also so zu verstehen, daß die Patienten die niederen Potenzen in den Intervallen zwischen den Hochpotenzen zu Hause selbst einnahmen, während ich ihnen letztere als Einzelgaben in der Sprechstunde verabfolgte.

Bei den Hochpotenzen beschränkte ich mich dabei auf D 30 (Hahnemann-Potenzen) und dies mit Ausnahme von *Phosphorus* in Globuliform, die der Kranke bequem aus seiner Hand einnehmen kann.

Dem Einwand, daß es sich dabei um unwirksame Mittel gehandelt habe, weil entsprechend der Loschmidtschen Zahl N (sie besagt, daß 6×10^{22} Moleküle in einem Mol eines Stoffes enthalten sind) bei Potenzen über D^{24} ($= 10^{-24}$) kein Molekül des Mittels mehr im Fläschchen gewesen wäre, kann man mit der Feststellung begegnen, daß nach neuesten elektrostatischen Messungen jedes Glas eine gewisse Zahl von Molekülen einer Lösung festhält. Diese lassen sich nicht wieder durch Auswaschen, also weitere Verdünnung, völlig entfernen; sie bleiben also weiter wirksam.

Durch Auskochen der Fläschchen läßt sich ihre Zahl noch vermindern, ob man sie restlos entferner kann, ist mir nicht mehr erinnerlich. Die verblüffende Lösung des Streites um die Wirksamkeit der Hoch- und Höchstpotenzen gibt die Absorptionsfähigkeit der Glaswand; sie verbürgt die Wirksamkeit der Mittel auch in Hoch- und Höchstpotenzen und verrät, daß die Potenzangaben auf den Arzneifläschchen der homöopathischen Mittel von einem gewissen Verdünnungsgrad ab nicht mehr Lösungen entsprechen, die in einmaligen Verdünnungen hergestellt wurden. Unter der historischen Bezeichnung „Potenzierung" versteht man nämlich fraktionierte Verdünnungen im Gegensatz zu einmaligen Verdünnungen. Die fraktionierten Verdünnungen (Potenzen) haben andere physikalische Eigenschaften als die einmaligen Lösungen, wie Karl Beier 1954 bei Nachprüfungen an Elektrolyten im Physikalischen Institut der Universität Leipzig feststellen konnte. „Dem Elektrolyten zugesetzte potenzierte Lösungen übten einen über die Konzentrationsänderung hinausgehenden Einfluß auf den Diffusionsstrom aus. Dieser Einfluß äußerte sich in Plus- und Minusabweichungen gegenüber den Leermessungen. Dieser Einfluß wurde auch noch ausgeübt von sogenannten echten Hochpotenzen in dem untersuchten Bereich von D 23 bis D 30",

d. h. bei 23- bis 30mal fraktionierten Verdünnungen (laut Deutscher homöop. Wochenschrift Nr. 4, 1959, Seite 190).

Damit werden Ergebnisse bestätigt, die bereits Wolfgang OSTWALD (der Begründer der Kolloidchemie) in „Die Welt der vernachlässigten Dimensionen" folgendermaßen beschreibt (im Hinblick auf die Methoden der homöopathischen Medikation): „Der Physikochemiker findet in ihnen folgende interessante Gesichtspunkte mit besonderem Nachdruck hervorgehoben und benutzt, die in der nichthomöopathischen Therapie zwar nicht unbekannt sind, indessen nicht in gleichhohem Maße beachtet werden:

1. Das Prinzip der Wirkung kleinster Stoffmengen.
2. Das Prinzip der Verschiedenheit von Mengenwirkung und Konzentrationswirkung (gekennzeichnet durch die längere Zeit hindurch erfolgende Anwendung kleiner Stoffmengen, bzw. Konzentrationen statt einmaliger Anwendung größerer Stoffmengen und -konzentrationen).
3. Das Prinzip der entgegengesetzten Wirkung verschiedener Mengen bzw. Konzentrationen ein und desselben Stoffes. Hinzu kommt schließlich noch:
4. Die Annahme, daß Stoffe durch sukzessive Zerteilung und Verdünnung andere physikalisch-chemische Eigenschaften erlangen können als in ‚massivem' Zustande." (Begriff der „Potenzierung" HAHNEMANNS!)

In Bezug auf die homöopathischen Verreibungen äußert sich Wolfgang OSTWALD entsprechend zustimmend: „Es ist sehr wahrscheinlich, daß schon lange bei der homöopathischen Rezeptur von der besonderen Wirkung kolloidaler Zustandsformen unbewußt Gebrauch gemacht worden ist, wie dies heute mit notorisch kolloiden Präparaten in der nichthomöotherapeutischen Medizin bewußt geschieht." Daß die physikalische Chemie das Prinzip der Wirkung kleinster Stoffmengen stützt, hat schon Wilhelm OSTWALD (Nobelpreisträger als Begründer der physikalischen Chemie, Vater von Wolfgang O.) mit Willmar SCHWABE gemeinsam in exakten Versuchen für Natriumthiosulfat und Salol mit sicheren physikalisch-chemischen Wirkungen noch bei Verdünnungen von D 8 gefunden.

Hierher gehören auch die Vorstellungen SPERANSKYS, des Nachfolgers von PAWLOW: „Nicht die größte Schädigung ist es, die den tiefgehendsten Krankheitsverlauf entstehen läßt, nein, die leichten und leichtesten Reize sind es, welche die tiefsten und nachhaltigsten Folgen hervorzurufen vermögen." „Hat das gereizte Nervensystem einmal die Führung, dann wird der ursprünglich schuldige Reiz belanglos. Dann ist der Prozeß autochthon und die ursprünglich spezifischen Mittel sind vergeblich."

Fassen wir zusammen: Zentralnervensystem, endokrines und autonomes System scheinen die Angriffspunkte für die homöopathischen Mittel zu sein, soweit sie nicht katalytisch an anderer Stelle ins Reizkettengeschehen eingreifen.

Auf Grund ihrer Erfahrung lehrt die Homöopathie bei konstitutionsberücksichtigender Therapie höhere Mittelpotenzen (D 12–D 30) anzuwenden, was wohl auf katalytische Wirkung nach den Erkenntnissen der Enzymatologie schließen lassen dürfte. Die zugehörige Kybernetik wurde bereits angedeutet. Sie sei ergänzt durch Georg BAYR („Kybernetik und homöopathische Medizin". Heidelberg 1966. Karl F. Haug Verlag). Er stellt dazu fest, daß die klinische Pharmakotherapie eine Energie-Signalsteuerung ist, wobei Dosierung, Qualität und Quantität erforderlich sind. Im Gegensatz dazu bestimmen in der Homöotherapie die eigenen Energiequellen des Körpers seine Reaktionen weitgehend unabhängig von der Intensität des Signals, des Arzneireizes. Er nennt sie Trägersignale. „Die Qualitäten der Signale beruhen auf bestimmten Ordnungszuständen ihrer Trägerprozesse: Beim Lichtsignal ist es der Ordnungszustand seiner Wellenbewegung; beim chemischen Körper ist es der Ordnungszustand seiner Molekularstruktur." „Das homöotherapeutische Agens ist an sich ein pharmakologisches Signal; sobald es in einem aufnahmefähigen Organismus Bedeutung gewinnt, entsteht daraus eine therapeutische Information."

Es ist doch kein Zufall, daß modernste naturwissenschaftliche Erkenntnisse nicht im Widerspruch zur Homöopathie stehen, sondern ihre Wirksamkeit immer besser verständlich machen!

4. Das Problem der Physiognomik

Mit der Wiedergabe von Bildern wird das Problem der Physiognomik akut. In unserer physikalisch-chemisch-technischen Zeit, in der mehr die Krankheit bekämpft, statt daß der Kranke behandelt wird, ist die Physiognomik, d. h. „die Kunst, die Natur eines Menschen in gesunden oder kranken Tagen durch aufmerksames Betrachten zu erkennen", in den Hintergrund getreten. Das Gesicht ist der Spiegel für alle Reaktionen des Körpers auf äußere und innere Reize. Mit großen aufgerissenen Augen fängt der Säugling äußere Reize auf oder drückt er sein Begehren aus, während er mit zugekniffenen Augen zu starke optische Reize abwehrt oder seinem Unbehagen und Schmerz Ausdruck verleiht. Beim Kranken machen sich Funktionsstörungen innerer Organe reflektorisch durch Vermittlung des vegetativen Systems am Gesichtsausdruck bemerkbar. Assoziative Vorgänge in Gestalt der Selbstbeherrschung (bewußte Ausdrucksbewegungen) überdecken beim Erwachsenen teilweise diese unbewußten Reflexvorgänge; mit zunehmender und besonders bei langanhaltender Erkrankung treten letztere aber immer stärker in Erscheinung, um schließlich fixiert zu werden.

Zur Schulung des ärztlichen Blickes seien ein paar knappe Bemerkungen über den Gesichtsausdruck des Kranken gemacht: Gehirnerkrankungen manifestieren sich besonders an der Stirn und Augenpartie, Kreislaufs- und Atmungsstörungen in der Umgebung der Nase und Störungen im Bereiche des Verdauungssystems an der Mundpartie. Die Gramfalte (Omega) auf der Stirn, das starke Hervortreten der Nasolabialfalte, der müde Zug um den Mund und der traurige, hilfesuchende Blick verraten den Melancholiker. Das oft glänzende und halonierte Auge mit den langen Wimpern des Lungentuberkulosekranken gibt ihm einen lebhaften, sprechenden, aber doch kranken Zug, über den auch die zur Schau gestellte sprachliche Euphorie nicht täuschen kann. Der cardiale Gesichtsausdruck ist ein ängstlicher, der in aufgerissenen, Hilfe erwartenden Augen, gehobenen Nasenflügeln und breitem Mund liegt. Die Todesangst bei Angina-pectoris-Kranken zeigt die höchste Steigerung dieser Ausdrucksbewegungen. Magen-, Leber- und Gallenleidende zeigen mürrisch vergrämte, letztere auch melancholische Züge. Beim Gallenkranken mischt sich dazu die Ausdrucksbewegung des bitteren Geschmacks bei welcher Mundpartie und stark ausgeprägten Nasolabialfalten. Bei kritischen Äußerungen nimmt dieser bittere Ausdruck hämischen Charakter an. Der Mangenkranke wird infolge seines Leidens zum pessimistischen, nervösen, ewig unzufriedenen Nörgler mit vergrämter Mundpartie.

Zur Beleuchtung der engen Beziehungen zwischen Konstitution, Physiognomik und homöopathischen Reaktions-Typen braucht man sich nur die Definition der Physiognomik und der Konstitution ins Gedächtnis zurückrufen. Mit Physiognomik bezeichnet man die Kunst, einen Menschen nach seinem Äußeren, besonders nach seinem Gesicht zu beurteilen und von diesem aus auf seine Gemütsart und seinen Charakter zu schließen. Unter Konstitution eines Menschen in ihrer umfassendsten Definition versteht man heute seine ihm eigentümliche körperliche und seelische Beschaffenheit unter besonderer Berücksichtigung seiner Gemütsart, seines Charakters, seines Temperamentes, seiner Leistungsfähigkeit und seiner persönlichen Reaktion auf die Außenwelt, einschließlich seiner Reaktion auf Krankheiten und seiner Bereitschaft dazu. Wie diesem medizinischen Konstitutionsbegriff entsprechend der homöopathische Reaktions-Typ diagnostisch und therapeutisch erfaßt wird, kann man klar aus den Beschreibungen bei den einzelnen Typen unter „Anwendung" ersehen, deren Gliederung genau den einzelnen Punkten der angeführten Konstitutions-Definition entspricht. Daß mit ihr auch auf die Erfassung der seelischen Reaktion Wert gelegt wird, bedeutet eine weitgehende Annäherung an den homöopathischen Reaktions-Typ, dessen subjektive Symptome ja immer weitgehendste Beachtung und Auswertung gefunden haben.
Die Definition der Physiognomik drängt gerade dazu, die homöopathischen Reaktions-Typen im Bilde zu bringen. Eine bessere Ermutigung zur Darstellung der homöopathischen Reaktions-Typen in Wort und Bild kann es nach den vorstehenden Definitionen der Physiognomik und der Konstitution nicht geben.

So wird die homöopathische Erfassung der Persönlichkeit im homöopathischen Reaktions-Typ und dessen Darstellung im Bild geradezu zu einer **homöopathischen Physiognomik** mit der Möglichkeit therapeutischer Auswertbarkeit. Das aber ist der tiefere Sinn der homöopathischen Typenbilder.

In bezug auf die Mimik sei noch daran erinnert, daß sie nicht nur das innere Verhalten verrät, sondern daß sie im Hirnstamm (also nicht in der jüngeren Hirnrinde!) uralt konstitutionell (archaisch) verankert ist. Sie verläuft deshalb weitgehend unbewußt und starr programmiert (Lachen und Weinen sind allen Menschen gemeinsam).

VI. Homöopathische Arzneimittel-Typen in Wort und Bild

Das Gesicht ist so sehr der Spiegel der Seele, daß man unter Physiognomie eines Menschen im Sprachgebrauch in erster Linie an sein Gesicht denkt. Bei der Bildwiedergabe der homöopathischen Reaktions-Typen wurde deshalb im Sinne einer homöopathischen Physiognomik das Gesicht in den Vordergrund gestellt. Typencharakteristische Körperveränderungen wurden durch Wiedergabe eines größeren Teiles des Körpers berücksichtigt.

In jedem Kranken tritt dem Arzte eine geschlossene Persönlichkeit entgegen. Ihre physiognomische Erfassung setzt ihn rascher in die Lage, im Sinne des Ähnlichkeitssatzes den Kranken in vergleichende Beziehung zu den dargestellten homöopathischen Reaktions-Typen zu bringen. Dabei wurde zur leichteren Persönlichkeitserfassung, wie bereits ausgeführt, die A n w e n d u n g der homöopathischen Reaktions-Typen-Mittel nach folgenden Gesichtspunkten gegliedert, um das seelische Moment und die Reaktions-Komponente schärfer herauszustellen:

1. Anwendung auf Grund persönlichkeitsbestimmter Charakter- und Gemütssymptome;
2. Anwendung bei persönlicher Abwandlung der Beschwerden (= Modalitäten, hervorgerufen durch das vegetative System);
3. Anwendung bei persönlicher Abweichung des Reaktionsgrades vom Normalen;
4. Anwendung bei bestimmten Diathesen mit persönlicher Anfälligkeit und Krankheitsbereitschaft;
5. Anwendung beim Chronischwerden von Krankheiten infolge persönlicher Abwehrschwäche.

In dieser Reihenfolge steckt zugleich eine B e w e r t u n g der Symptome in dem Sinne, daß unter 1 und 2 die wertvollsten Leitsymptome zu finden sind. Nach 5 zu nimmt ihr Wert für die Homöotherapie ab, weil die **Organ**störung dabei immer mehr in Erscheinung tritt, welche ihr von einem gewissen Grade ab Grenzen setzt.

Betonen möchte ich, daß die Bilder keine Standardbilder der homöopathischen Reaktions-Typen darstellen; dazu ist die Variationsbreite derselben viel zu groß. Aber gerade wegen dieser Variationsbreite muß eine Anleitung zur physiognomischen Erfassung in der Mannigfaltigkeit der Erscheinungen homöopathischer Reaktions-Typen gegeben werden. Dazu soll mit diesem Buche ein Anfang gemacht werden. Es lohnt sich, wie ich aus eigener Erfahrung bestätigen kann. Man sieht sich immer mehr in die homöopathischen Reaktions-Typen hinein, was bei der Zeitknappheit in der Sprechstunde therapeutisch sehr wertvoll ist.

Bei den Kinder-Bildern sei daran erinnert, daß in den ersten beiden Lebensjahren sich vor allem die angeborene Komponente der Konstitution auswirkt. Sie erregen deshalb unser besonderes Interesse. In den Folgejahren macht sich zunehmend die innersekretorische Komponente geltend, am stärksten bekanntermaßen zur Zeit der Geschlechtsreife. Man denke dabei z. B. an die altersbedingten Calcium-carbonicum-Typen: kindliche Rachitiker, Lymphatiker; dickschwammige Mädchen, bzw. feminine Knaben in der Pubertät und mattherzige adipöse Erwachsene mit großen Bäuchen.

Auch Typen-Wechsel kommt dabei vor, bes. zwischen dem Calcium-carbonicum- und dem Calcium-phosphoricum-Typ.

In der Reifezeit wirken sich beim Menschen zwei Außenwelteinflüsse an erster Stelle konstitutions-beeinflussend aus: das Klima mit dem Wetter und die Ernährung. In Erscheinung treten sie meist als Diathesen, Anfälligkeiten und Allergien, Überempfindlichkeiten. Die zugrunde liegende erbliche Konstitutions-Komponente kann dabei verstärkt oder abgeschwächt werden; vor allem aber kann es zur Entwicklung schlummernder Anlagen kommen, die sonst nie in Erscheinung getreten wären. So entstehen auch Misch-Typen, welche das Erkennen erschweren.

Die Ausfallserscheinungen der Klimax und des Alters sind so ausgesprochen und bekannt, daß sie keine diagnostischen Schwierigkeiten bereiten.

Die **Legenden zu den Bildern** geben knappeste Auszüge aus den Krankengeschichten wieder. Zu den angewandten Potenzen möchte ich sagen, daß ich neuerdings auf Grund der beschriebenen Testergebnisse gleichzeitig Hochpotenzen mitgebe u. zw. selbst in der Sprechstunde wegen der einzuhaltenden Pausen. Ich höre schon den Einwand, dies sei unwissenschaftlich und meine Ergebnisse seien unbrauchbar. Dazu kann ich nur sagen, daß meine Kranken Menschen sind und keine Kaninchen. Über die Brauchbarkeit meiner Erkenntnisse entscheidet in letzter Linie der Heilerfolg; er spricht für ihre Richtigkeit!

Noch eine Bemerkung zur Anordnung der Bilder. Wissenschaftlich wäre eine Zusammenfassung der homöopathischen Reaktions-Typen nach ihren typenbildenden-zentralbiologischen Grundstörungen (vgl. dazu S. 23). Die alphabetische Anordnung hätte den Vorzug rascher Auffindbarkeit im Buche gehabt. In beiden Fällen wären ähnlich aussehende Typen auseinandergerissen worden, was aus differentialdiagnostischen Gründen abzulehnen wäre und nicht im Sinne der Physiognomik liegen würde.

Wegen ihrer Sinnfälligkeit wird deshalb von einer Typen-Einteilung in korpulente Typen und hagere Typen ausgegangen.

Sie stellt die Grundgliederung der folgenden differentialdiagnostischen Typen-Übersicht dar.

1. Differentialdiagnostische Typen-Übersicht

Bei den korpulenten Typen wurden Kalium carbonicum, Barium carbonicum, Calcium carbonicum, Hepar sulfuris und Thuja als dysplastische Typen zusammengefaßt, weil ihnen kolloidchemisch-verständliche Störungen des Bindegewebes (Quellung und Tonus) zugrunde liegen, welche die Plastik des Körpers bestimmen.

Ihnen schließen sich die korpulenten Stoffwechsel-Typen an, bei denen das Fettgewebe für den Habitus bestimmend ist. Ursächlich können dabei die gestörte innere Atmung (Bommer) im Sinne der Verschlackung und Stoffwechselverlangsamung (Antimonium crudum und Aurum), eine endokrine Störung wie bei Pulsatilla (Hypophyse, Ovar) und Graphites (Ovar) oder eine fokaltoxische Störung auf skrofulöser Basis (Mercurius) in Frage kommen.

Bei den hageren Typen, die alle stark neurasthenische Züge im Sinne der reizbaren Nervenschwäche tragen, möchte ich als neurotische Typen Alumina, Argentum, Magnesium, Ignatia und Platinum zusammenfassen, weil bei ihnen die zentralnervöse Störung im Vordergrund steht. Als asthenische Typen seien Calcium phosphoricum, Phosphorus, Silicea und Natrium muriaticum angeführt, weil bei ihnen die körperliche oder psychische Schwäche besonders auffällt.

Es folgen die endokrinen Typen wie Arsenicum und Jodum (beide hyperthyreoid). Sie leiten weiter zu den Kreislaufs-Typen mit Ferrum (Blutbeschaffenheit und Blutverteilung) sowie Sulfur und Carbo vegetabilis (beide venöse Typen). Den Schluß bilden die Leber-Typen: Nux vomica (hager, gastrisch, biliös), Lycopodium (gastrisch venös mit magerem Ober- und dickem Unterkörper) und Sepia (ptotisch, klimakterisch; wirkt breiter als sie ist).

So kommen wir zur folgenden differentialdiagnostischen Zusammenstellung:

A. Korpulente Typen

I. Dysplastische Typen, gedunsen

56 1. Kalium carbonicum: Seltener auch nicht korpulent. Herz- und Rückenschwäche. Ödembereitschaft. Stechen.

60 2. Barium carbonicum: Zurückgebliebene Kinder mit schlaffer Faser und Drüsen. Mißtrauische kindische Greise mit erschlaffter Faser.

65 3. Calcium carbonicum: Körperlich und geistig „mattherzig". Erkältlich, naßkalte Füße, starke Regel. Fett mit viel Wasser.

71 4. Hepar sulfuris: Mit sich unzufrieden. Überempfindlich gegen Berührung, Schmerz, Kälte und Zugluft. Feuchte Wärme bessert, schlechte Heilhaut.

5. Thuja: Aufgeschwemmt, frostig. Katarrhneigung. Hydrogenoider Typ mit Verschlechterung durch Nässe, Kälte, Wetterwechsel. Schweiß stinkt. Warzen, Polypen. Parallergie (Tripperfolgen, Impfschäden).

II. Korpulente Stoffwechsel-Typen, verfettet

6. Antimonium crudum: Widerspenstiges Kind. Wunde Nase. Sommerdiarrhoe. Milcherbrechen. Saures verschlechtert. Verdrießliche Erwachsene, gichtisch-rheumatisch. Hyperkeratose. Extreme Hitze und Kälte, Kaltwaschen und Baden werden nicht vertragen.
7. Aurum: Apoplektiker, rotes Gesicht, roter Hochdruck. Schwerlastender Gang. Nimmt alles schwer. Suicidneigung.
8. Pulsatilla: Blonde Mädchen und Frauen, kalte Hände und Füße. Fett- und Wärmeunverträglichkeit. Schwache, verzögerte Regel (Hypophyse, Ovar). Venöse Ältere mit heißem Kopf, kalten Füßen und Gelenkrheuma.
9. Graphites: „Fett, faul, frostig, verstopft, gefräßig“ und traurig. Regel blaß, spärlich, verzögert, scharfe Leukorrhoe (Hypovariell). Ekzeme, Haar- und Nägelerkrankungen. Rhagaden (Hypothyreoid-myxödematös).
10. Mercurius: Übelriechende klebrige Schweiße. Entzündungen der oberen Luftwege und Mandeln. Fokaltoxikose. Erkältungsneigung (Kälte, Nässe, Zugluft). Frieren wechselt mit Hitze. Nässende Ekzeme. Dermatitis.

B. Hagere Typen mit neurasthenischen Zügen

III. Neurotische Typen mit reizbarer Nervenschwäche

11. Alumina: „Verschrumpelte“ Hypochonder mit Befürchtungen. Trockenheit der Haut und Schleimhäute. Frostig, wetterempfindlich. Koordinationsstörungen (motorisch, sensibel, trophisch, sekretorisch), kein Schwarzbrot, keine Kartoffel. Glaserkittstuhl. Profuse Leukorrhoe.
12. Argentum: Alt aussehender Gastritiker, geborener Neurotiker mit fortschreitender Abmagerung. Wutausbrüche, Lampenfieber. Ißt gern Zucker, der Sodbrennen, Blähungen und Durchfall macht. Vergrößerungsgefühl (Magen, Bauch, li. Ovar).
13. Magnesium carbonicum: Bes. überempfindliche Frauen und unruhige Kinder. Wechsel von Gereiztheit und Harmonie. Gefäßspasmen. Spasmen der Hohlorgane. Vor und während der Regel schlechter. Wärme bessert. Reizblase. Hyperthyreose. Chronische Tonsillitis.
14. Magnesium muriaticum: Obstipation mit trockenem Schafkot. Ikterus. Kopfschmerz besser durch Druck und warme Umhüllung, bei Regelwiederkehr in der Klimax.
15. Magnesium phosphoricum: Neuralgie- und Krampfmittel. Schmerzen kommen und vergehen rasch. Migräne (Hinterkopf-Stirn) mit Sehstörungen. Nabelkoliken. Ovarialneuralgie rechts. Kinderkrämpfe.

16. Magnesium sulfuricum: Leber-Gallen-Beteiligung. Durchfall, grauer Stuhl. Fettintoleranz. Bahnfahrt wird nicht vertragen. 3 Uhr Erwachen. Ängstliche Träume.

17. Ignatia: Launische Frauen und Kinder. Affektwechsel. Klagt nicht, seufzt und weint tagelang. Zornig bei Widerspruch. Migräne mit Clavus hystericus (Schläfe) und Urina spastica. Kinderkrämpfe nach Züchtigung.

18. Platinum: Meist dunkle Mädchen und Frauen. Sexualtrieb (Onanie, Nymphomanie) auf Gemüt projiziert: erotische Träume, Überheblichkeit, Weinen; Sorge ums eigene Ich. Verschlossen. Angst vorm Tode. Pruritus. Vaginismus. Globus hystericus (Hals). Regel profus, dunkel.

IV. Asthenische Typen mit körperlicher und seelischer Schwäche

19. Calcium phosphoricum: Meist dunkel, zartgliedrig, schlank. Geistig reizbar, körperlich schwach. Ehrgeizig. Schulkopfschmerz, Magenschwäche. Erkältungsneigung durch Schwitzen. Milch macht Erbrechen. Schinken bevorzugt. Nabelkoliken, Weichleibigkeit. Knochenwachstumsschmerzen.

20. Phosphorus: Blonde, geistig regsame Jugendliche; engbrüstig, hochgeschossen (als Kinder auch kleinwüchsig). „Möchte gern und kann nicht". Überempfindlichkeit gegen Gerüche, Geräusche, Licht, Elektrizität, Gewitter. Ohnmachts- und Blutungs-Neigung. Zittrige Schwäche, Stolpern. Kaltes wird rasch erbrochen. Schmerzlose Diarrhoe, reichliche Schweiße.

21. Silicea: Eigensinnige Kinder mit dickem Bauch (Muskelschwäche). Jugendliche Skrofulöse mit übelriechenden Schweißen (wunde Finger und Zehen). Chronische Drüsenschwellung (Fisteln). Frostig, reizbar; Katarrhneigung. Körperlich und geistig rasch erschöpft (auch durch Coitus). Lähmig, zittrige Glieder. Tagesschläfrig, nächtliche Unruhe mit schreckhaften Träumen.

22. Natrium muriaticum: Müder Rücken, Kissendruck bessert. Halsabmagerung (Schilddrüse). Verschlossen, aufbrausend bei Zuspruch. Durst. Salzgier. Abwehrgeschrei der Kinder.

V. Endokrine Typen mit Grundumsatzsteigerung

23. Arsenicum: 3 hyperthyreoide Typen (athletisch, dyspeptisch und kachektisch). Als Kinder zart, geweckt, ängstlich, beim Erwachsenen Schutz suchend. Angst, Unruhe. Aufschreien. Neuralgien mit Schwäche, Brennen; schlimmer kurz nach Mitternacht. Allergische Ekzeme mit Brennen und Jucken; Wärme bessert. Stinkende, brennende Durchfälle. Nässe, Kälte, Tiefs verschlechtern. Nur Kopfschmerz besser durch Kälte. Gangrän. Sepsis.

24. Jodum: Ewig Hunger, trotz Essens keine Gewichtszunahme. Ungeduld, wenn Tisch nicht gleich gedeckt ist. Zittrige Schwäche. Trotz Frostigkeit wird Wärme (Zimmer, Sommer) nicht vertragen. Unruhe bis Angst, fahrig. Drüsenkinder mit Husten, schlimmer im warmen Zimmer und bei Rückenlage.

VI. Kreislaufs-Typen mit fehlerhafter Blutverteilung und venöser Stase

25. Ferrum: Blutarme, blasse Kinder mit großen Augen, sichtbaren Venen. Jähe Gesichtsrötung. Übernehmen beim Spiel, Kollaps; Nasenbluten. Anämisch-chlorotische Mädchen mit heißem Kopf, kalten Händen und Füßen. Hellrote Blutungen (Nase, Niere, Blase, Uterus), Ohrensausen, Ohnmacht. Dyspepsie (faule Eier). Durchfall gleich nach dem Essen oder nachts. Reizblase.
26. Sulfur: Stubenhocker mit gebücktem Gang. Unreine, faltige Haut mit Hitze, Jucken und Brennen. Rötung der Körperöffnungen. Scheitelhitze bei kalten Füßen. Flau im Magen gegen 11 Uhr vormittags. Venöse Stase, seelische Stase: Egozentrische Hypochondrie. Ermüdbarkeit. 3 Uhr Erwachen. Arbeitsscheu. (Hepatocardialer Pykniker mit rotem Gesicht und rotem Hochdruck, ähnlich Aurum-Typ. Abdominalplethora mit Zwerchfellhochstand.)
27. Carbo vegetabilis: Livides Gesicht. Lufthunger. Hautkälte. Kalte Schweiße. Gastrocardialer Symptomenkomplex, ranziges Aufstoßen. Kollapsneigung, Carcinom. Venöse Stase.

VII. Leber-Typen mit gelblicher Gesichtsfarbe

28. Nux vomica: „Staatshämorrhoidarier", gehetzter Geschäftsmann mit falscher Lebensweise (Gastrisch biliös). Kopfschmerz (Kater), 3 Uhr wach. Spastische Obstipation mit vergeblichem Drang.
29. Lycopodium: Dunkle Augenschatten, scharfer Verstand. Oberkörper abgemagert. Unterkörper gedunsen. Liebt süße Schleckereien. Völlegefühl. Venöse Stase. Kind schreit tags und nachts, viel Gase, offener Mund.
30. Sepia: Gelber Nasen-Stirn-Sattel. Düstere Miene, verbraucht. Ptose der Eingeweide, die durch in die Breitegehen die Magerkeit etwas verdeckt. Genitalstörung, bes. in der Klimax. Hautjucken mit Brennen der Genitalien. Ekzeme, bes. der alternden Haut.

Diese grobsinnige Einteilung in korpulente und hagere homöopathische Reaktions-Typen gilt nur cum grano salis.

So finden wir beide Typen bei Sulfur, Phosphorus, Silicea, Kalium carbonicum, Natrium muriaticum, Lycopodium und Magnesium, wenn auch meist einer vorherrscht. Das liegt am Ionen-Wasser-Haushalt und an der wechselnden Beteiligung der Drüsen (Leber, Keimdrüsen und Schilddrüse), welche zum Teil durch die Lebensweise (Leber) und besonders durch das Lebensalter bestimmt wird.

Entscheidend für die Mittelwahl ist deshalb stets die Psyche nebst den Modalitäten und erst in zweiter Linie der Habitus.

Je stärker sich bei einem homöopathischen Reaktions-Typ Seelisches und Vegetatives im Habitus auswirken, um so leichter ist es, ihn im Bilde wiederzugeben. Andererseits läßt sich die Tatsache nicht leugnen, daß die Psyche nur begrenzt den Habitus prägt. Dies ist der Grund, daß diesem Buche bei der Wiedergabe der folgenden Bilder der homöopathischen Reaktions-Typen natürliche Grenzen gesetzt sind.

2. Bilder der Homöopathischen Arzneimittel-Typen

Korpulente Typen

Dysplastische Typen, gedunsen:

Homöopathischer Kalium-carbonicum-Typ

Der Kalium-carbonicum-Reaktions-Typ ist ein blasser, anämischer, ängstlicher, muskelschwacher, frostiger Neurastheniker, mehr oder weniger gedunsen infolge seiner Ödembereitschaft (oft mit Oberlidsäckchen). Kurzatmigkeit infolge von Herzmuskelschwäche mit Reizleitungsstörungen und Dyspnoe. Rücken- und Kreuzschwäche sind charakteristisch. „Alles: Schreck, Anstrengung, Erkältung, Magen- oder Regelstörung, Coitus schlägt sich beim Kali-carbonicum-Kranken aufs Kreuz" (Stiegele). Die Muskelschwäche tritt am stärksten an den Lenden, im Rücken, Kreuz und in den Beinen, welche plötzlich versagen, in Erscheinung. Vagotonische Verschlimmerung zwischen 3—5 Uhr morgens (Atemnot, Bruststechen, Krampfhusten, Pulsaussetzen, auch grobes Rasseln mit zähem übelriechendem Auswurf). Die Schmerzen sind vorwiegend stechend (Hals, untere Luftwege, rechte Brust, Leber, Rectum, Nieren; re. Schulterblatt und besonders Kreuz). Partielle Schweißneigung besteht an der Stirn und im Kreuz. Zur allgemeinen Frostigkeit gesellen sich Empfindlichkeit gegen Zugluft und Kälte, Erkältungsneigung und Kälte einzelner Körperteile (im Ohr, in der Brust, im Bauch und den Gliedern) mit neuralgischen Schmerzen, die sich bei Wärmezufuhr an andere Stellen verziehen. Dysmenorrhoe mit Rücken- und Kreuzschmerzen, welche in die Oberschenkel ausstrahlen. Der Husten wird schlimmer beim Niederlegen, im Liegen auf der kranken Seite (Stauung in Muskulatur) im Gegensatz zu *Bryonia.* Gegen die Magen-Darm-Atonie mit venöser Stase (große, schwierig zu entleerende Stühle, brennende Hämorrhoiden) wird zur Unterstützung gern *Lycopodium* herangezogen.

Der homöopathische Kalium-carbonicum-Reaktions-Typ entspricht dem **Reaktions-Typ A nach Lampert:** Vagotonische Einstellung, Wärmeverlangen, blasse Haut (s. S. 18).

Anwendung von Kalium carbonicum

1. **auf Grund persönlichkeitsbestimmter Charakter- und Gemütssymptome**
   Hastig, schreckhaft, ängstlich (will nicht allein sein), schmerzüberempfindlich. Depression mit Neigung zu Weinen; überhaupt reizbar und rasch erschöpft (Neurasthenie). Gedanken- und Gedächtnisschwäche. Kurzer Schlaf bis 3 Uhr. Kopfstechen mit anämischem Schwindel.

2. bei persönlicher Abwandlung der Beschwerden
(= Modalitäten, hervorgerufen durch das vegetative System): Die Schmerzen sind stechend, scharf, unabhängig von Bewegung und wandernd; Bewegung bessert meist. Verschlimmerung durch Zugluft, Kälte und Niederlegen (Husten, Herzstechen), sowie nach Verkehr. Besserung durch Wärme und Umhergehen. Vagotonische Verschlimmerung gegen 2—3 Uhr morgens (Herzhusten, Schlaflosigkeit). Liegen auf kranker Seite verschlimmert. Profuser Schweißausbruch bei geringster Anstrengung mit Schwächegefühl, auch nachts. Abneigung gegen Milch und Fleisch.

3. bei persönlicher Abweichung des Reaktionsgrades vom Normalen
Reizbarkeitserhöhung mit rasch folgender Schwäche (= Neurasthenie).

4. bei bestimmten Diathesen mit persönlicher Anfälligkeit und Krankheitsbereitschaft
Erkältungsneigung infolge Durchblutungsschwäche und Hydrämie der Schleimhäute: Chronische Rhinitis und Sinusitis mit Verstopfung, besser an der Luft (aber Kopfweh), Nasenbluten morgens; Laryngitis, Bronchitis, Pleuritis, Lungentuberkulose mit hartem Husten und Bruststechen (Krampfhusten 3 Uhr). Bronchialasthma. Liegen auf kranker Seite verschlechtert.
Erschöpfungszustände nach Infektionskrankheiten.
Rheumaneigung mit Rücken-, Hüft- und Kreuzweh. Muskel- und Gelenk-Rheumatismus. Gliederschwäche mit Zittern und Einschlafen (stechende Schmerzen). Plötzliches Versagen der Beine. Wärme bessert. Bewegung verschlechtert nicht, bessert eher. Bedürfnis zum Anlehnen oder Niederlegen.

5. beim Chronischwerden von Krankheiten infolge persönlicher Abwehrschwäche
Außer der erwähnten Erkältungs- und Rheumaneigung spielt hier die nervöse und myocarditische Herzschwäche (Herzangst, Herzstechen) eine Rolle, sowie ihre Kreislauffolgen (kalte Hände und Füße), Menorrhagien, scharfer Fluor, habitueller Abort, Stechen in den Brüsten, Coitusabneigung.
Am Verdauungskanal: Paradentose, Pharyngitis mit zähem Schleim (Räuspern, Grätengefühl), Durst, Mundtrockenheit. Blähungskoliken, harte Stühle mit erfolglosem Drang. Brennende Hämorrhoiden. Dyspepsie alter Leute.
Am Urogenitalsystem: Uratreicher Urin. Bei Frauen unwillkürlicher Abgang beim Husten. Ziehen in Hoden und Samensträngen. Nach Verkehr Schwächegefühl und Kreuzschmerzen. Auch Amenorrhoe. Schleimhautreizung des weiblichen Genitales.

Mittelbeschaffenheit und Dosierung

Kaliumcarbonat, Pottasche (K_2CO_3). Dilutionen und Tabletten D 3, 4, 6, 12, 30. Am häufigsten gebraucht werden D 6 und D 12.

Typenbilder

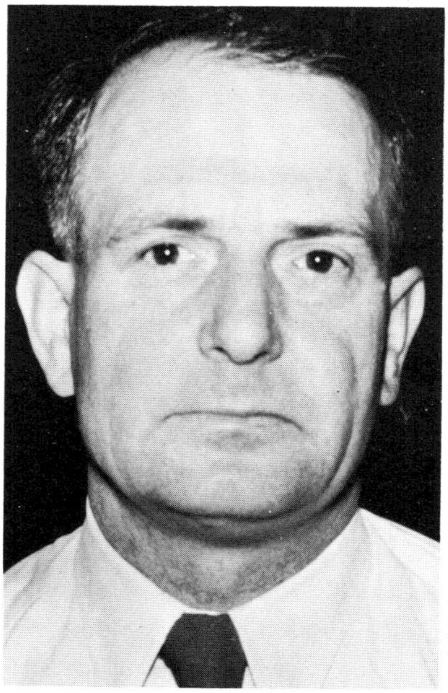

Abb. 1. Kalium-carbonicum-Typ

Der 45jähr. neurasthenische Kranke mit dem leicht gedunsenen Gesicht klagte über chronische Rückenschwäche, Schweißneigung und Frostigkeit. Als Ausdruck der vorhandenen Vagotonie waren der Blutunterdruck (RR 115/75), das nächtliche Herzklopfen und der Herzhusten gegen 3 Uhr morgens zu werten.
Behandlung mit *Kalium carb.* D 6 wegen Hypotonie und Rückenmuskelrheumatismus mit Bandscheibenaffektion. Schmerzfreiheit erreicht.

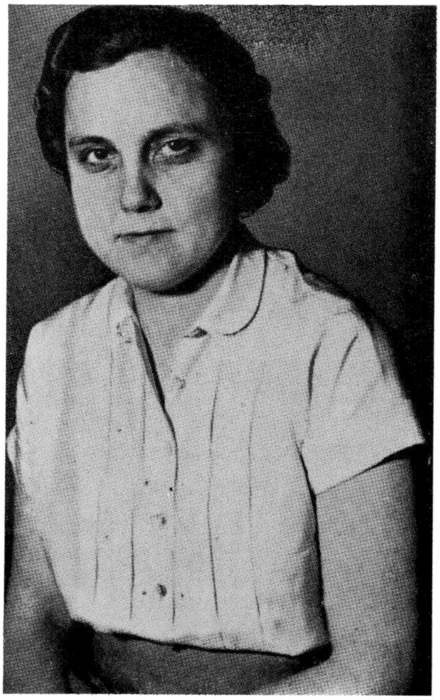

Abb. 2. Kalium-carbonicum-Typ

Blasses, anämisches 36jähr. Fräulein mit dunklen Augenringen und gedunsenem Gesicht.
Behandlung mit *Kalium carbonicum* D 4, 6, 12 wegen Kurzatmigkeit, Rücken- und Kreuzschwäche (Schneidermeisterin). Besserung auch der Frostigkeit und der schwachen Regel.

Krankheitsbild

31jähr. Frau klagt über Kreuzschwäche und hat Angst wegen „Bandscheibenzermürbung", weil die in die Beine ausstrahlenden Schmerzen seit 1/2 J. bestehen. Da die ängstliche Pat. auch über Frostigkeit und „Pusten" mit Bruststechen beim Treppensteigen klagt, wird die Befragung im Sinne des Kalium-carbonicum-Bildes weitergeführt: Die stechenden Brustbeschwerden treten bereits beim frühzeitigen Erwachen auf, es bestehen Erkältungsneigung, bes. bei Zugluft, und rasche Ermüdbarkeit. Der Blutdruck von 105/65 entspricht der Vagotonie. Verordnung: 3mal tgl. 1 Tbl. *Kal. carb.* D 6. Sie bessert binnen 14 Tagen die Kreislaufschwäche (RR 110/75). Weiter *Kal. carb.* D 6 3mal tgl. 1 Tbl., 16 Tage später sind auch die Kreuzschmerzen so gebessert, daß von einer Rö.-Aufnahme des Kreuzes abgesehen wird.

Kal. carb. D 12 2mal tgl. 1 Tbl. haben nach weiteren 3 Wochen die Kreuzschwäche und die Brustbeschwerden beseitigt, so daß sogar die Wäsche wieder selbst gewaschen werden konnte. Der entstandene Muskelkater wurde mit *Arnica* D 6 3mal 1 Tbl. tgl. rasch behoben. RR 115/80.

Einer Familienangehörigen mit Bronchialasthma, Reizhusten, der 3 Uhr morgens einsetzt, stechendem Charakter der Finger-Handrücken-Ekzeme, Kälteempfindlichkeit und Funktionsschwäche des Kreuzes wurde *Kalium carb.* D 6 18 Uhr gegeben (7 Tr. auf 1 Teelöffel Wasser). Die Kalium-Wirkung war ihr nicht bekannt. Von selbst wurden folgende Angaben gemacht:

18.05 Uhr 1. Fließschnupfen, anschließend versetzte Nase.
2. Kurz darauf: Stechen in den alten Handrücken-Ekzemen.
3. Anschließend: Herzunruhe.
4. Pochen in den Schläfen. Stechen in einem Schneidezahn mit einer Wurzelhautentzündung.

18.10 Uhr 5. Darmblähung, verstärkte Darmbewegung.
Pause.

21.00 Uhr „Es arbeitet wieder in mir!"
1. Die Nase fließt wieder. (Der Zahn ist besser.)
2. Neue rote Pickel zeigen sich an den Fingerrücken. „Sie springen richtig heraus. Die alten Ekzemstellen jucken jetzt nicht mehr."

21.30 Uhr 3. Einige Hustenstöße setzen ein. (Das Herz ist jetzt ruhig.)

21.35 Uhr 4. Das rechte Ohr ist abwechselnd auf und zu. Heftiges Stechen im Zahn. (Kein Schläfenpochen diesmal.)

22.00 Uhr 5. Aufstoßen, Meteorismus und Flatulenz werden unangenehm empfunden.

Beurteilung: Beim Einnehmen bestanden Zahnschmerzen und unerhebliches Ekzemjucken. Alle übrigen Symptome traten erst als Kalium-carb.-Wirkung auf. Bemerkenswert ist der Symptomrhythmus 1 bis 5: Schleimhaut-, Haut-, Brust-, Kopf- und Bauch-Kongestion, sowie seine vollständige Wiederholung nach 3 Stdn. mit geringen Organabwandlungen.

Ich habe noch nie ähnliche Beobachtungen machen können und auch in der Literatur nichts Entsprechendes gefunden. Deshalb möchte ich zur Nachprüfung anregen. Bei Bestätigung könnte man zu einer Erweiterung der Arzneimittelprüfung kommen im Sinne einer Wirkungsbestätigung des Simile. Man stellt dazu mit höheren Potenzen beim Kranken die Erstwirkung seines Simile fest.

Jede Methode zur Verbesserung und Kontrolle unserer Arzneimittelprüfungen dürfte willkommen sein. Entsprechende Beobachtungen bitte mitteilen.

Homöopathischer Barium-carbonicum-Typ

Das Barium-carbonicum-Kind macht einen schwerfälligen, trägen Eindruck, ist ängstlich und lernt spät sprechen und laufen. Es ist körperlich und geistig zurückgeblieben und zeigt schlechte Leistungen in der Schule. Adenoide Vegetationen, derbe chronische Drüsenschwellungen und die Neigung zu Erkältungen sind Ausdruck der zugrunde liegenden torpiden Form der Skrofulose. Sie ist auch die Ursache für die chronische Lidrandentzündung, den Ohrenfluß und die stinkenden Fußschweiße bei kalten Füßen. Auffällig ist ferner das nächtliche Speichellaufen. Es handelt sich um einen pastösen-lymphatischen Typ mit „schlaffer Faser" (aufgetriebenem Leib) und schlechter Durchblutung, sowie exsudativen Hautaffektionen (Kopfschorf, Ohrekzem, Lippenrhagaden). An der gedunsenen Nasen-Mund-Partie ist der Typ oft gut zu erkennen.

Beim pyknischen Greis wirkt *Barium carbonicum* offenbar auf Grund der „erschlafften Faser" des Herzens und der Gefäße. Der gestörte Hirngefäßkreislauf (Cerebralsklerose) führt zu Kopfschmerz mit Lockerheitsgefühl im Gehirn, Schwindel, Schlaflosigkeit und Intelligenzeinbuße infolge Gedächtnisverlustes. Der mißtrauische Greis mit kindischem Wesen erwacht nachts mit Hitze- und Quetschungsgefühl in den Fußsohlen (Aufstehen bessert) und ist durch Jucken geplagt, das auch durch Kratzen nicht gelindert wird. Trophische Störungen führen zur Kahlköpfigkeit. Für das senile Barium-Herz (Myocardschaden) sind charakteristisch: Leeregefühl in der Herzgrube, Bradycardie und Herzklopfen, das beim Liegen auf der linken Seite schlimmer und durch Darandenken erneuert wird. Der trockene, erstickende Husten (Herzasthma) ist schlimmer nachts und im Liegen; im Kehlkopf neben Stimmlosigkeit oft das Gefühl, als ob Rauch eingeatmet würde.

Der homöopathische Barium-carbonicum-Reaktions-Typ entspricht dem **Reaktions-Typ B nach Lampert:** Sympathicotonische Einstellung, Starkschwitzer, Ansatzneigung, Darmatonie.

Anwendung von Barium carbonicum

1. auf Grund persönlichkeitsbestimmter Charakter- und Gemütssymptome

I. Bei ängstlichen Kindern, die nicht spielen und lernen wollen und spät sprechen lernen;

II. bei mißtrauischen, ängstlichen kindischen Greisen mit Schwerfälligkeit, Schlaflosigkeit und Gedächtnisschwäche.

2. bei persönlicher Abwandlung der Beschwerden

(= Modalitäten, hervorgerufen durch das vegetative System): Empfindlichkeit der Kinder und Greise gegen nasse Kälte und Zugluft mit Erkältungsneigung.

3. bei persönlicher Abweichung des Reaktionsgrades vom Normalen

Tonisierende Wirkung auf die schlaffe oder erschlaffte Faser der Drüsen, der Muskulatur, des Herzens und der Gefäße. Ba ist Ca verwandt. Torpide Form in bezug auf Skrofulose.

4. bei bestimmten Diathesen mit persönlicher Anfälligkeit und Krankheitsbereitschaft

Anfälligkeit des Bindegewebes:
I. beim Kinde im Sinne der schlaffen Faser an der Haut, an den Drüsen als adenoide Vegetationen, chronische Tonsillitis, skrofulöse Halsdrüsen, Hilusdrüsentuberkulose, Mesenterialdrüsenschwellung, Struma fibrosa; an den Schleimhäuten der Augen, Ohren, Nase als skrofulöse Affektionen;
II. beim Greis als erschlaffte Faser an Herz und Gefäßen (Myocardschaden, Aortenaneurysma, Arteriosklerose mit Hypertonie); an der Haut (Pergamenthaut, Glatze); an den Drüsen (indolente Tumoren der Hoden, Ovarien, Mammae, Prostata, Lipome, Fibrome, Adenome); am Magen-Darm-Kanal (schlaffer Magen, Darm. Gasbauch, Mastdarmvorfall, Hämorrhoiden. Atonische Obstipation mit hartem knolligen Stuhl); an den Luftwegen (Altersbronchitis, chronische Heiserkeit).

5. beim Chronischwerden von Krankheiten infolge persönlicher Abwehrschwäche

HAHNEMANN hebt in „Die chronischen Krankheiten", Bd. 2 [1835] auf Grund der Arznei-Prüfungen von „Baryta carbonica" folgende „Beschwerden" und „chronische Übel" hervor: Weinerlichkeit, Ängstlichkeit. Kahlköpfigkeit. Ohrausschlag, Sausen und Klingen. Lidentzündung mit Lichtscheu. Trübsichtigkeit. Gesichtsausschlag. Mundtrockenheit, Durst. Aufstoßen, Übelkeit, Magendrücken. Schwieriger, knotiger Stuhl. Harndrängen. Schwäche des Geschlechtsvermögens. Weißfluß vor der Regel. Trockene Nase. Nachthusten, Brustverschleimung, Herzklopfen. Steifheit des Kreuzes und des Genicks. Einschlafen des Armes und der Finger. Ziehen in den Beinen. Fußgeschwüre. Stinkender Fußschweiß. Schwere im ganzen Körper; allgemeine Nerven- und Körperschwäche. Verkältlichkeit. Nachtschweiße. Nächtliches Muskelzucken. Warzen.

Mittelbeschaffenheit und Dosierung

Bariumcarbonat ($BaCO_3$) tbl. D 4, 6, 12 und 30. Langsame Wirkung; die Anlaufzeit beträgt etwa 2—3 Wochen, ehe eine deutliche Wirkung feststellbar ist.

Auf die Verwandtschaft von *Barium* und *Calcium* sei des besseren Verständnisses wegen nochmals hingewiesen.

Barium jodatum tbl. D 4 wird gern gegeben, wenn derbe Halsdrüsen vorhanden sind, und die Kinder mehr asthenischen Habitus zeigen.

Typenbilder

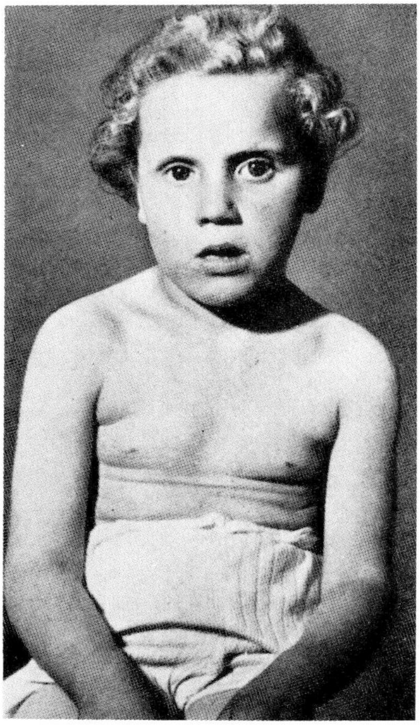

Abb. 3. Barium-carbonicum-Typ

Pastös-lymphatisches Mädelchen, das einen schwerfälligen und trägen Eindruck macht. Der offene Mund verrät die adenoiden Vegetationen.

B e h a n d l u n g mit *Barium carbonicum* D 4 und wegen der derben, vergrößerten Halsdrüsen (torpide Form der Skrofulose) zeitweise mit *Barium jodatum* D 4. Drüsenrückbildung, Abnahme der Erkältungsneigung: Atmung mit geöffnetem Munde in Wegfall gekommen.

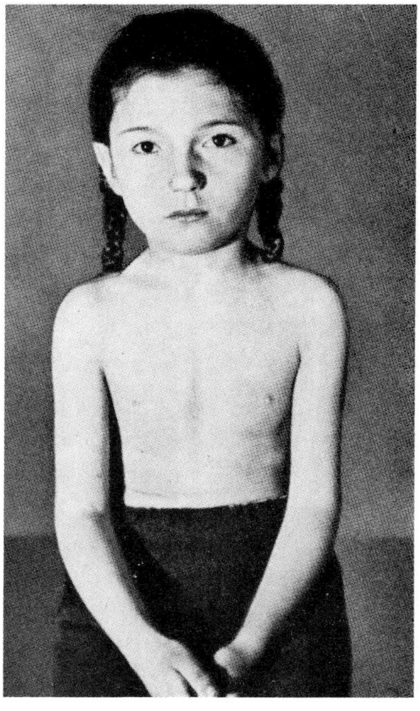

Abb. 4. Barium-jodatum-Typ

7jähr. Mädchen. Kleinwuchs mit 113 cm und 17,5 kg statt 125 cm und 25 kg. Ängstlich, hat spät Laufen und Sprechen gelernt.

B e h a n d l u n g mit *Barium jodatum* D 4, 6, wegen vergrößerter Halsdrüsen. Besserung auch des Appetits und des Schlafes. In 3 Monaten 3 cm gewachsen und 1 kg zugenommen.

Abb. 5. Barium-carbonicum-Typ

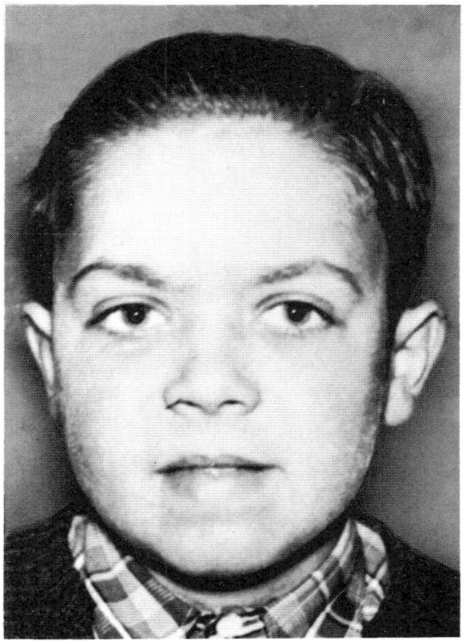

Der 15½jähr. Knabe ist 139,5 cm groß und wiegt 32,5 kg; seinem Alter nach müßte er 169,7 cm und 56,5 kg haben. Nasenmundpartie ist gedunsen. Es handelt sich um das für Barium carbonicum charakteristische Zurückbleiben in der körperlichen und geistigen Entwicklung. Es hat bei ihm solange angehalten, daß daraus ein Zwergwuchs resultierte. Behandlung mit *Barium carb.* D 4 wegen Skrofulose mit adenoiden Vegetationen und Halsdrüsenschwellung. Besserung auch der Erkältungsneigung.

Abb. 6. Barium-carbonicum-Typ

Schwerfällige, pyknische Frau von 63 J. mit erschlaffter Faser (Gesichts- und Hautfalten am Hals). Der Gesichtsausdruck verrät ihre Schwermut und Ängstlichkeit. Sie kommt wegen Herzverfettung mit Kurzatmigkeit, Schwindel, Schlaflosigkeit und Gedächtnisschwäche: Behandlung mit *Barium carbonicum* D 4 und D 30. (Wegen Blasenschwäche mit Inkontinenz zeitweise auch *Causticum* D 6.)

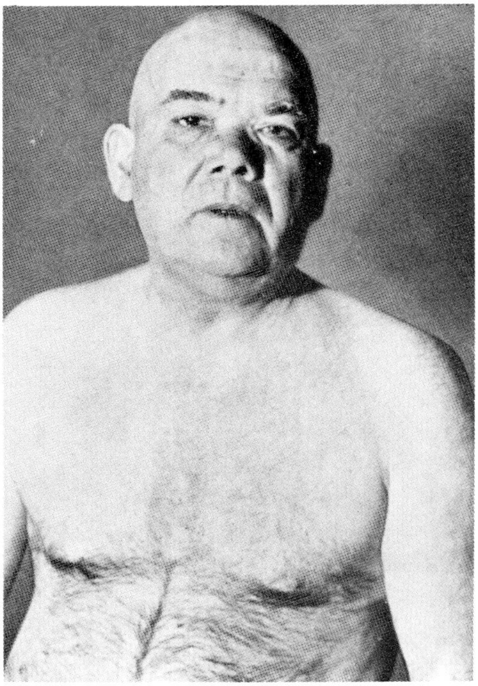

Abb. 7. Barium-carbonicum-Typ

62jähr. schwerfälliger Pykniker mit Glatze. Die Sattelnase soll auf launische Gemütsverfassung hinweisen. Die tiefen Furchen um Mund und Nase gehören zum Typ der erschlafften Faser, ebenso der aufgetriebene muskelschwache Gasbauch.
Behandlung mit *Barium carbonicum* D 4 wegen Arteriosklerose mit Hypertonie (RR 205/90); beseitigt neben *Crataegutt* auch die Schlaflosigkeit und bessert die Gedächtnisschwäche.

Krankheitsbild

83jähr. Frau verläßt ihr Haus nicht mehr und ist ziemlich teilnahmslos infolge Herz- und Altersschwäche. Sie nimmt seit vielen Jahren keine Arznei aus Angst vor „Vergiftung". Infolge eines Sturzes erlitt sie starke Prellungen am li. Unterschenkel mit Bluterguß und war infolgedessen einige Wochen völlig ans Bett gefesselt. Daher ließ sie sich überreden, tgl. 2 Tbl. *Arnica* D 6 und *Barium carb.* tbl. D 4 zu nehmen. Nach 4 Wochen kann sie wieder laufen, die jahrelange Obstipation ist fast behoben und die ödematöse Analpartie mit Hämorrhoiden hat normales Aussehen. Sie nimmt *Barium* nun in größeren Abständen und fühlt sich wie neugeboren, kauft im Städtchen wieder selbst ein, was sie viele Jahre nicht mehr getan hat, und nimmt lebhaft Anteil am Tagesgeschehen. Ihren 85. Geburtstag feiert sie in einer Rüstigkeit, die allgemeines Aufsehen erregt. Im Haushalt wird sie wieder so aktiv, daß sich die 60jähr. Tochter an die Wand gedrückt fühlt.

Der Fall ist deshalb interessant, weil feststeht, daß die Pat. bestimmt kein anderes Mittel gebraucht hat.

Homöopathischer Calcium-carbonicum-Typ

Die plumpen und trägen Calcium-carbonicum-Reaktions-Typen zeigen altersbedingte Unterschiede. Wie bei seinem Gegenspieler in der Na-K-Ca-Isoionie des Blutes, dem Natrium muriaticum, haben wir zwei Calcium-carbonicum-Grund-Typen im ersten Kindesalter, die sich als polare Typen in bezug auf den Gewebswassergehalt erweisen, als Ausdruck der Labilität wasserreichen Gewebes dieses Alters:

1. Den häufigeren exsudativen Typ (fett und gedunsen) infolge von Wasserretention.

2. Den selteneren pädatrophischen Typ (mager, trocken und faltig) infolge von Wasserverlusten.

Später werden wir sehen, daß der Calcium-Typ innersekretorisch durch eine Unterfunktion der Epithelkörperchen, Schilddrüse und Keimdrüse bei Überfunktion des lymphatischen Apparates (Thymus, Lymphdrüsen) gekennzeichnet ist. Da mit zunehmendem Alter der Thymus seine physiologische Rückbildung erfährt und die Keimdrüsenschwäche sich auswirkt, bietet der Calcium-Typ in den einzelnen Lebensabschnitten ein verschiedenes Bild.

3. Die erste Lebenszeit zeigt bei den meist blonden, blauäugigen Kindern die Störung des Kalkstoffwechsels bei Vitaminschwierigkeiten in Form der Rachitis: Mangelhafte Knorpelverkalkung, verzögerter Fontanellenschluß. Kraniotabes, Kopfschweiße, Rosenkranz, Epiphysenverdickung. Dentitionsstörungen. Dyspepsie mit Kalkseifenstühlen. Gasbauch. Gneiss. Milchschorf. Spasmophilie. — Blaß, aufgeschwemmt oder abgemagert trotz guten Appetits (s. oben).

Wie beim Barium-Typ treffen wir beim Calcium-carbonicum-Kind auf spätes Laufen- und Sprechen-Lernen mit langsamer geistiger Entwicklung und geringem Intellekt.

Im zunehmenden Kindesalter tritt uns der Calcium-carbonicum-Typ als Lymphatiker entgegen: Das weniger wasserreiche Gewebe dieses Alters hat seine Wasserverlustneigung verloren. Pastöser Habitus, blasses gedunsenes Gesicht, geblähter Bauch, geistig träge und gehemmt, depressiv-ängstlich. Drüsenschwellungen, adenoide Vegetationen, chronische nässende, schorfige Ekzeme, empfindlich gegen Kälte und Feuchtigkeit, leichtes Schwitzen mit viel Durst und naßkalte Füße. Obstipation mit interkurrenten, dyspeptischen Durchfällen.

In der Schule sind die Kinder träg und interesselos. Sie versagen durch rasche Ermüdung, Mangel an Selbstvertrauen und Gedächtnisschwäche. Dazu treten Niedergeschlagenheit, Eigensinn und Angst, die sich besonders in unruhigem Schlaf mit Aufschreien und nicht Alleinseinwollen im Dunkeln geltend machen.

In der Pubertät machen die blonden, dick schwammigen Mädchen einen scheinbar robusten Eindruck, sind aber in Wirklichkeit kraftlos und anfällig. Die Unterfunktion der Ovarien macht sich geltend in Schwierigkeiten der Geschlechtsentwicklung mit schmerzhaften, zu frühen, zu starken und zu lang anhaltenden Menses, oft auch milchigem Weißfluß.

Die Knaben zeigen zu dieser Zeit häufig einen femininen Habitus mit Neigung zum Dickwerden.

Im weiteren Lebensverlauf bleibt bei Erwachsenen die Neigung zur Adipositas mit Schwitzen und Erkältlichkeit bei Kräftemangel, Muskelschlaffheit, lähmender Mattigkeit und Mattherzigkeit sowie Kältegefühl in den Gliedern bestehen; Füße naßkalt. Hinzu kommen Katarrhe der Atemwege und Rheumatismus. Hartnäckige Ekzeme und Obstipation mit harten weißen Stühlen kehren öfters wieder. Die adenoiden Vegetationen lassen große, zerklüftete Mandeln zurück. Die Lymphdrüsenschwellungen treten immer weniger in Erscheinung. Die Wasserhaushaltsstörungen sind bei geringerem Wassergehalt mit zunehmendem Alter von Stoffwechselverlangsamungserscheinungen (Adipositas) abgelöst worden.

Auch die Psyche entspricht der „Mattherzigkeit" (Stiegele) in der Verschlimmerung durch geistige und körperliche Anstrengungen. Das Eingenommensein des Kopfes läßt Gelesenes nicht verstehen, Gesprochenes wird nicht aufgefaßt; Gedächtnisschwäche. Rasende Kopfschmerzen (als ob er platzen wollte), bei Eiskälte des Kopfes außen (mit Hitze im Innern) mit Verschlimmerung durch Kälte, sind vergesellschaftet mit der Angst, verrückt zu werden, nächtlichem Grübeln, Selbstgesprächen und Alleinseinwollen. Mutlosigkeit und Schwarzsehen sind die Folgen, welche durch starkes Herzklopfen und Engbrüstigkeit körperlich verstärkt werden (Sitzenmüssen nach wenigen Schritten).

Der homöopathische Calcium-carb.-Reaktions-Typ entspricht dem **Reaktions-Typ B nach Lampert.** Sympathicotonische Einstellung, Starkschwitzer, Ansatzneigung, Rohkostverlangen, starke Insektenstichreaktion.

Anwendung von Calcium carbonicum

1. **auf Grund persönlichkeitsbestimmter Charakter- und Gemütssymptome**
   Traurig, verstimmt und ärgerlich reizbar mit Angst vor Schicksalsschlägen (Krankheit, Unglück, Verstandesverlust); Versagen des Gedächtnisses (falsche Worte), unfähig zu geistiger Arbeit. Als Kinder faul, Interesselosigkeit, Angst vorm Zubettgehen, im Dunkeln, vorm Alleinsein. Schlaflos mit Angstträumen und Aufschrecken.

2. **bei persönlicher Abwandlung der Beschwerden**
   (= Modalitäten, hervorgerufen durch das vegetative System): Bei vegetativen Störungen wie Angiospasmen (Migräne), Vagotonie mit Kältegefühl, nassen Händen und Füßen sowie sauren Schweißen. Bei Verschlimmerung der Beschwerden durch Kälte, Nässe und kalte Luft sowie durch Essen und Anstrengungen. Bes-

serung im Freien. Abneigung gegen Gekochtes und Fleisch (Vitaminmangel), sowie Milch, die erbrochen wird. Verlangen nach Unverdaulichem und Eiern (zur Säurebindung).

3. **bei persönlicher Abweichung des Reaktionsgrades vom Normalen**
Bei anaphylaktisch-allergischen Erkrankungen wie Heufieber, Bronchialasthma, Urticaria, Quinckeschem Ödem, Serum- und Arzneiexanthemen. Bei Mattherzigkeit und Zirkulationsverlangsamung mit allgemeiner Reaktionsverzögerung.

4. **bei bestimmten Diathesen mit persönlicher Anfälligkeit und Krankheitsbereitschaft**
Bei Kalkstoffwechselstörungen des Knochensystems (Rachitis, Arthrosis deformans), der Nebenschilddrüsen (Tetanie, Spasmophilie, Eklampsie; Hypocalcämien in der Gravidität und Stillzeit). Entquellende, gefäßdichtende und entzündungshemmende Wirkung bei Haut- (Milchschorf, nässende seborrhoische Ekzeme) und Schleimhauterkrankungen mit Anfälligkeit gegen Erkältungen und Infekte. Bei Skrofulose der Augen, Ohren und Drüsen, bes. des Halses. Bei fokalen Infekten Erwachsener von den Mandeln aus (bei Kindern mit adenoiden Vegetationen).

5. **beim Chronischwerden von Krankheiten infolge persönlicher Abwehrschwäche**
Bei Schleimhauterkrankungen mit Neigung zu Polypenbildung und Ulcerationen (Augen, Ohren, Nase) in Gestalt chronischen Bronchialkatarrhs, Emphysems, der Lungentuberkulose mit Krampfhusten. Magen-Darm-Affektionen mit sauren Durchfällen, Verdauungsstörungen alter Leute; chronische Obstipation mit weißen Kalkseifenstühlen. Hepatopathie mit Hämorrhoiden. Amenorrhoe lymphatischer Mädchen. Endometritis mit scharfem, dickem Fluor.
Aus den Prüfungen von Hahnemann (Die chron. Krankheiten, Bd. 2 [1835]) seien dazu noch angeführt: Abendlicher Kopfschweiß, Haarausfall. Zuschwären der Augen. Ohrbrausen. Böse Nase mit gelbem, stinkigem Eiter. Ranula. Abscheu gegen warme Speisen und Fleischspeisen. Heißhunger früh. Blähungsversetzung, brennende Aderknoten. Brennender Weißfluß vor der Regel. Stockschnupfen. Kribbeln, Absterben und Taubheit der Finger. Beinschwere. Rote Flecke an den Unterschenkeln. Fußkälte. Fußschweiße. Dickwerden der Jünglinge. Mattigkeit, Kälteempfindlichkeit. Nachtschweiße, fliegende Hitze mit nachfolgendem Frost. Bei verfrühter starker Regel.

Mittelbeschaffenheit und Dosierung

Innere schneeweiße Teile zerbrochener Austernschalen (Ostrea edulis): 95% $CaCO_3$, 2—3% phosphorsaurer Kalk, 1/2% Kieselsäure; Rest besteht aus Ballaststoffen mit Vitaminen, Fermenten und anderen Katalysatoren. Tabletten D 6 und D 12.

Typenbilder

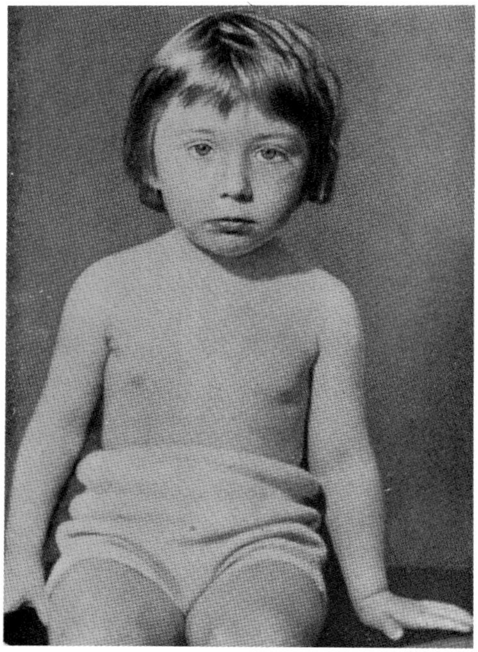

Abb. 8. Calcium-carbonicum-Typ

3jähr., blondes, blauäugiges, ängstliches, lymphatisches Mädelchen, das erst mit 14 Monaten Laufen gelernt hat. Die gedunsene Nasen-Mund-Partie weist auf die torpide Form der Skrofulose hin.
B e h a n d l u n g mit *Calcium carbonicum* D 6 wegen Appetitlosigkeit, Kopfschweißen, schlechten Zähnen, adenoiden Vegetationen, Halsdrüsen und Obstipation; beseitigte auch die Erkältungsneigung.

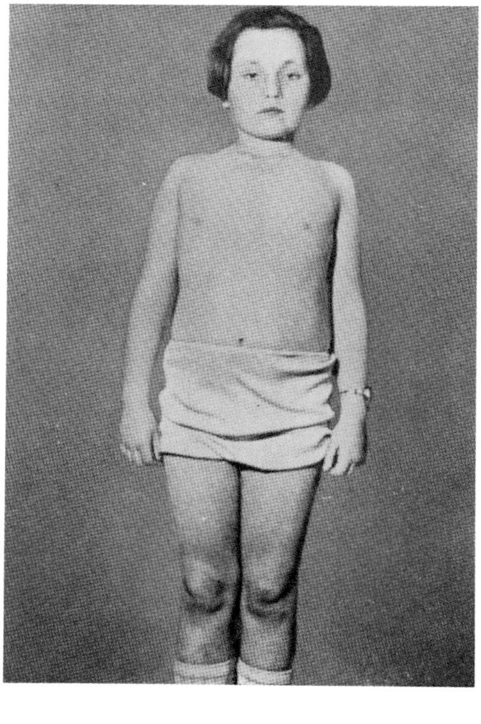

Abb. 9. Calcium-carbonicum-Typ

Das 10jähr., dickschwammige Mädchen ist das weibliche Gegenstück zum Knaben der Abb. 10 auf Seite 54. Es macht ebenfalls einen scheinbar robusten Eindruck, ist aber in Wirklichkeit kraftlos und anfällig.
B e h a n d l u n g mit *Calcium carbonicum* D 6 und D 30 wegen hartnäckiger Obstipation mit harten, weißen Stühlen und wegen milchigem Fluor bessert auch die rasche Ermüdbarkeit durch geistige und körperliche Anstrengungen in der Schule; zugleich Minderung der Schweiße und Frostigkeit.

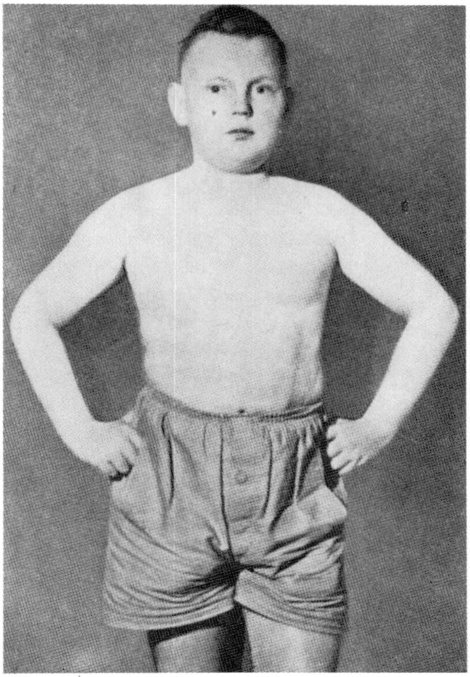

Abb. 10. Calcium-carbonicum-Typ

12jähr. Knabe mit blassem, gedunsenem Gesicht, 145 cm und 43 kg (statt 147 cm und 37 kg). Infolge seiner weichen, schwammigen Züge und seines Fettpolsters wirkt er feminin. Hoden äußerlich normal. Spreiz-Senk-Füße als Folge seiner Muskel- und Bänderschwäche. Er hat viel Durst und ißt gern Ei.
B e h a n d l u n g mit *Calcium carbonicum* D 6 und D 30 wegen Schlafstörungen mit Angstträumen und Aufschreien, sowie wegen Mattherzigkeit mit Herzklopfen und Brustenge, beseitigt auch die Schweißneigung (immer kalte, nasse Füße) und die Anfälligkeit zu Erkältungen und Infekten.

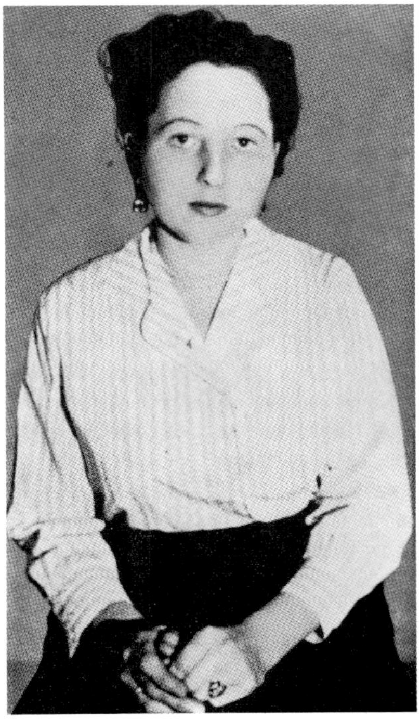

Abb. 11. Torpider Kalkstoffwechsel-Typ

Die kreidige Blässe des 30jähr. Frl., besonders um die Augen herum, mit den weichen Zügen verrät die torpide Form der Skrofulose, welche hier dem Calcium-carbonicum-Typ zugrunde liegt.
B e h a n d l u n g mit *Calcium carbonicum* D 6, 12, 30 wegen habitueller Obstipation, starker Regel und Hypotonie (RR 98/95). Besserung auch der Frostigkeit u. Erkältungsneigung; RR 120/75.

Abb. 12. Calcium-carbonicum-Typ

30. J. Vollschlank, mattherzig, muskelschwach, frostig. Vagotonie RR 110/80. Behandlung mit *Calc. carb.* D 6, D 12 wegen habitueller Obstipation mit weißem Stuhl. Kopfschmerzen mit Verschlimmerung durch Kälte und naßkalte Füße auch gebessert.

Krankheitsbild

Eine korpulente Frau von 40 J. klagt über Herzklopfen und Brustbeklemmung; bei Spaziergängen könne sie mit ihrem Manne nicht mehr Schritt halten. Mein erster Gedanke war Herzschwäche *(Crataegus).* Als sie aber weiter angab, daß sie an Gedächtnisschwäche leide und im Theater der Handlung nicht mehr folgen könne, stellte ich meine Fragen im Hinblick auf *Calcium carbonicum:* Frostigkeit wurde bejaht, die Regel sei stark (*Graphites* schied aus) und hielte lange an; schon als Mädchen hätte sie unter Weißfluß gelitten. Sie neige zu Erkältungen (zerklüftete Mandeln bestätigten es) und Schweißen, bes. naßkalten Füßen. Nach Aussagen der Eltern hatte sie spät laufen und sprechen gelernt und in der Schule Schwierigkeiten gehabt. Experimenti causa wurde von einem Herzmittel anfangs abgesehen und als Konstitutionsmittel *Calcium carbonicum* anfangs tbl. D 12 3mal tgl. 1 Tbl., nach 14 Tagen D 30 tgl. 1 Tbl. gegeben. Das seelische Befinden besserte sich offensichtlich, bes. hinsichtlich der Gedächtnisschwäche und des mangelnden Selbstvertrauens. Wegen der Mattherzigkeit mochte ich der Kranken *Crataegus* nicht weiter vorenthalten. Weitere Verordnung: 2mal wöchentlich *Calcium carbonicum* tbl. D 30 und 3mal tgl. 7 Tr. *Crataegutt* vor dem Essen auf einem Teelöffel Wasser. Nach 4 Wochen konnte die Patientin ihren wanderfreudigen Gatten wieder ohne Schwierigkeiten auf den Spaziergängen begleiten und brauchte nur noch hin und wieder *Crataegutt* einzunehmen. *Calcium carbonicum* tbl. D 30 einmal in der Woche wurde noch 2 Monate lang beibehalten.

Homöopathischer Hepar-sulfuris-Typ

Der Hepar-sulfuris-Typ ist ein blonder, schlaffer, leicht schwitzender Lymphatiker mit schlechter Heilhaut, Erkältungsneigung und auffälliger Überempfindlichkeit gegen Berührung, Schmerzen, trockene oder feuchte Kälte und Zugluft; Wohlbefinden bei feuchter Wärme. Psychisch ist er reizbar, jähzornig und mit sich selbst nicht zufrieden, auch trüb gestimmt, quält sich mit unangenehmen Erinnerungen.

Der homöopathische Hepar-sulf.-Reaktions-Typ entspricht dem **Reaktions-Typ B nach Lampert.** Sympathicotonische Einstellung, Starkschwitzer, Entzündungsneigung, Reizkostverlangen, erregt, aufbrausend.

Anwendung von Hepar sulfuris

1. auf Grund persönlichkeitsbestimmter Charakter- und Gemütssymptome
Traurig, ängstlich, reizbar bis zum Jähzorn. Unzufrieden mit sich selbst. Nagelkopfschmerz (re. Kopfseite bevorzugt) und Schmerz über der Nase. Drehschwindel.

2. bei persönlicher Abwandlung der Beschwerden
(= Modalitäten, hervorgerufen durch das vegetative System): Überempfindlichkeit gegen Schmerzen und Berührung, Zugluft und Kälte. Splittergefühl begleitet Entzündungen. Saure oder übelriechende (wie alter Käse) Schweiße, die nicht erleichtern; nachts schlimmer. Besser durch feuchte Wärme und bei feuchtwarmem Wetter. Verlangen nach Reizmitteln (scharf gewürzte oder saure Speisen, Alkohol); Ablehnung von Obst, Süßem und Fett.

3. bei persönlicher Abweichung des Reaktionsgrades vom Normalen
Der Hepar-sulfuris-Typ zeigt nervöse Reizbarkeitssteigerung (mit nachfolgender Schwäche) des Zentralnervensystems, der Haut, der Schleimhäute und der Gewebe. Das Konstitutions-Mittel *Hepar sulfuris*, eine Kalkschwefelverbindung, entspricht der Sulfur-Reizbarkeit und Calciumschwäche mit „Zügelung" (Stiegele) ihrer beiden Komponenten: *Sulfur* bewirkt dabei Herabsetzung der zentralnervösen Reizbarkeit, Milderung der Haut-, Schleimhaut- und Gewebsreizungen; Beseitigung der venösen Stase. *Calcium* bedingt Gefäßverdichtung, Entzündungshemmung, sowie Minderung der Kaltluftempfindlichkeit und Erkältungsfolgen. Beide Komponenten zusammen beheben die reizbare Schwäche und beleben den Stoffwechsel der jugendlichen Lymphatiker.

4. bei bestimmten Diathesen mit persönlicher Anfälligkeit und Krankheitsbereitschaft
Vulnerable Haut, kälte- und berührungsempfindlich, mit Neigung zu Eiterungen: Pyodermie, Intertrigo; Furunkel und Abscesse. Erkältungsneigung infolge raschen Schwitzens bei geringster Anstrengung. Tonsillitis mit Absceßneigung und Split-

tergefühl. Skrofulöse Affektionen der Schleimhäute (Augen, Ohren, Nase) und der Drüsen. Schleimhautanfälligkeit der Luftwege und des Genitales mit Kälteverschlimmerung, Eiterung und Absceßbildung.

5. **beim Chronischwerden von Krankheiten infolge persönlicher Abwehrschwäche**
   Hierher gehören die bereits erwähnten Haut- und Schleimhautaffektionen, sowie die chronischen Schleimhauterkrankungen der Luftwege mit dicken Absonderungen (Sinusitis, Laryngitis, Bronchitis mit Hustenanfällen und Pneumonie mit verzögerter Lösung), des Urogenitalsystems (Scharlachnephritis, Cystopyelitis und Gonorrhoe mit blutigeitrigem Sekret) und der Verdauungswege (Aphthen, Gastritis acida mit fauligem Foetor. Darmkatarrhe mit sauren oder schleimigen, stinkenden Stühlen. Appendicitis; Meteorismus und venöse Stase).

Mittelbeschaffenheit und Dosierung

Hepar sulfuris calcareum H., Kalkschwefelleber (CaS mit Ballaststoffen); aus einer Schmelze zu gleichen Teilen von Schwefelblume und dem feingepulverten, weißen Inneren der Austernschalen. Tabletten D 4 (zur Absceßreifung), D 6 und D 12.

Typenbilder

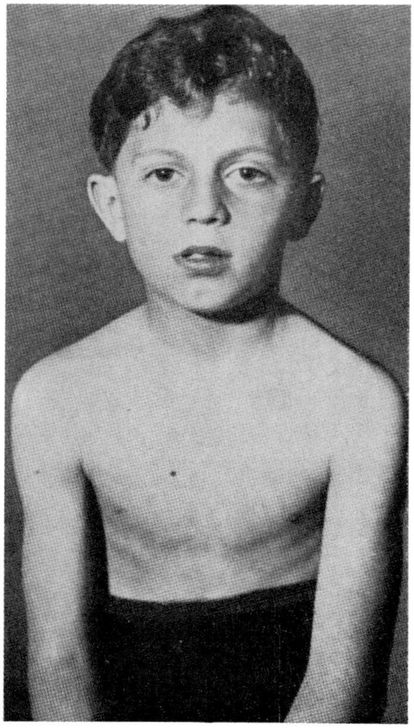

Abb. 13. Hepar-sulfuris-Typ

Ein leichtschwitzender, nervöser Lymphatiker, ein Hepar-sulfuris-Typ. Die gedunsene Nasen-Mund-Partie und der geöffnete Mund verraten die zugrundeliegende Skrofulose mit Erkältungsneigung infolge adenoider Vegetationen.

Behandlung mit *Hepar sulfuris* D 12 wegen Appetitlosigkeit und Zurückbleibens in der Entwicklung; 131 cm und 25 kg (statt 135 cm, 30 kg). Beseitigung auch der nächtlichen, sauren Schweiße und der Anfälligkeit für Erkältungen und eitrige Mandelentzündung.

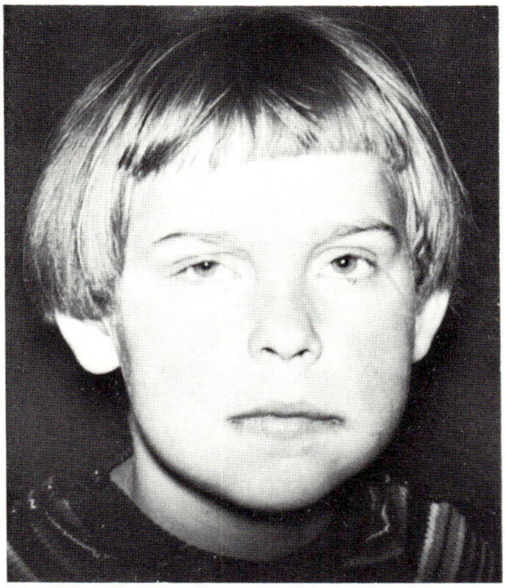

Abb. 14. Hepar-sulfuris-Typ

Das skrofulöse, frostige 11jähr. Mädchen zeigt außer der gedunsenen Nasen-Mund-Partie chronische Blepharitis und schlechtheilende wunde Mundwinkel. Es neigt zu sauren Schweißen und sauren, Unverdautes zeigenden Durchfällen. (Häufiger ist Glaserkittstuhl wie bei Silicea.)
Behandlung mit *Hepar sulfuris* D 12 wegen chronischer Blepharitis mit Aphthen. Schweiß- und Erkältungsneigung ebenfalls gebessert.

Krankheitsbilder

Bei einem 6jähr. Mädchen mit schlechter Heilhaut, das seit einigen Monaten an einer eitrigen Mittelohrentzündung im Anschluß an Scharlach litt und operiert werden sollte, gab ich *Hepar sulfuris* D 6 wegen der allgemeinen Schmerz-, Berührungs- und Kälteempfindlichkeit 3mal tgl. 1 Tbl. Nach 8 Tagen erheblich verstärkte Absonderung; deshalb *Hepar sulf.* D 12 3mal tgl. 1 Tbl. Bei der nächsten Vorstellung nach 8 Tagen war nur noch geringes dünnflüssiges Sekret vorhanden, das unter *Silicea* D 12 2mal tgl. 1 Tbl. nach weiteren 8 Tagen versiegte.

Man vergleiche dazu auch das Krankheitsbild zu *Thuja* (S. 62/63).

Homöopathischer Thuja-Typ

Der Thuja-Reaktions-Typ ist ein aufgeschwemmter frostiger Mensch. Er entspricht der hydrogenoiden Konstitution nach v. GRAUVOGL. Seine Wasserhaushaltsstörung macht sich in katarrhalischen, rheumatischen und neuritischen Affektionen geltend mit Verschlimmerung der Beschwerden durch Nässe, Kälte und Wetterwechsel, durch Aufenthalt in feuchten Gegenden, an Binnenseen, durch Genuß wasserhaltiger Früchte.

Die chronische Grundkrankheit des Thuja-Menschen wurde von HAHNEMANN als Sykosis (Gonorrhoefolgen) bezeichnet. Sie entspricht der Skrofulose bzw. dem Lymphatismus der Klinik. Im modernen Sprachgebrauch würde man den Thuja-Typ als parallergisch bezeichnen. Als solche parallergischen Reaktionen sind Trippersiechtum (bes. bei Frauen) und Pockenimpfschäden aufzufassen. An der Haut und den Schleimhäuten führen sie zu proliferativen Processen: Warzen, Feigwarzen; Polypen, Papillomen, Ranula, Naevus. Auffällig ist der übelriechende Schweiß, auch bei jungen Personen, der durchdringend und raumerfüllend ist.

Der homöopathische Thuja-Reaktions-Typ entspricht dem **Reaktions-Typ A nach Lampert:** Vagotonische Einstellung, Frostigkeit, Wärmeverlangen, Hautblässe, langsames Denken, Rohkostabneigung.

Anwendung von Thuja occidentalis

1. auf Grund persönlichkeitsbestimmter Charakter- und Gemütssymptome
Depressiv, paranoisch („Körper zu dünn; falle auseinander"). Nagelkopfschmerz am Scheitel und li. Stirnhöcker. Schwindel und Blutwallungen zum Kopf. Bedürfnis, Kopf und Gesicht warm zu halten. Langsames Denken und Sprechen.

2. bei persönlicher Abwandlung der Beschwerden
(= Modalitäten, durch das Vegetativum hervorgerufen): Hydrogenoide Verschlimmerung der Beschwerden durch Kälte und Nässe (See) und Wetterwechsel, abends und nachts. Muskel- und Gelenkschmerzen, besser durch Bewegung im Freien. Wärme bessert allgemein. Übelriechende starke Schweiße an unbedeckten Körperstellen; mehr Linksmittel. Wallungen bei kalten Händen und Füßen. Rasches Kommen und Gehen der Beschwerden.

3. bei persönlicher Abweichung des Reaktionsgrades vom Normalen
Parallergische Reaktion in Gestalt des Bronchialasthmas und besonders des chronischen Trippersiechtums im Sinne des hydrogenoiden Typs nach v. GRAUVOGL; ferner in Form von proliferativen Processen an Epithelien der Haut (Warzen, bes. der Hände und Füße, Condylome), der Drüsen (schmerzhafte Schwellungen der Speichel- und Leistendrüsen, Chalazion, Ranula und andere Retentionscysten) und der Schleimhäute (Polypen, Papillome).

4. bei bestimmten Diathesen mit persönlicher Anfälligkeit und Krankheitsbereitschaft

Lymphatische, gichtische und rheumatische Diathese mit vorstehenden Modalitäten und Neigung zu Erkältungen und fokalen Infekten, bes. als Folgen chronischer Durchnässung.

5. beim Chronischwerden von Krankheiten infolge persönlicher Abwehrschwäche

Ekzema madidans, crustosum, impetiginosum mit Kribbeln, Jucken und Brennen der schmutzig-spröden oder fettigen Haut. Seborrhoe. Impffolgen. Pemphigus. Psoriasis, Nagelkrankheiten. Haar trocken, glanzlos, fällt aus. Arthralgisch-myalgisch-neuralgische Leiden mit obigen Modalitäten; Metacarpophalangealarthrosen. Chronische Gonorrhoe und Adnexitis; Polyposis. Chronische Katarrhe der Luftwege: Conjunctivitis, Blepharitis, Iritis, Ozaena, Laryngitis mit Polypen, Tracheobronchitis. Bronchialasthma.

Chronische Affektionen der Verdauungsorgane: Chronische Tonsillitis, Stomatitis aphthosa, Glossitis; Dyspepsie nach Fettem und Zwiebeln. Gasincarceration. Pfortaderstauung mit Hämorrhoiden, Rhagaden, Analekzem. Afterbrennen. Tagelange Obstipation, dann profuse Diarrhoen.

Erwähnt seien noch einige eigentümliche Symptome, die HAHNEMANN in seiner „Arzneimittellehre“, Bd. 5 [1826] anführt: Kopfeingenommenheit, Denkunfähigkeit. „Langsames Besinnen und langsames Sprechen — sie sucht im Reden die Worte“. Augendrücken. Nasenbluten, Zucken an der Oberlippe. Schmerzhaftes weißes Bläschen an der Seite der Zunge. Geschwollene Speicheldrüsen; viel Speichelauswurf. Inneres Halsweh mit Reiz zum Schlingen. Lätschiger, süßlicher Geschmack im Munde. Gleich nach dem Essen Drücken in der Magengrube. Vollheitsdruck in der rechten Bauchseite. Kollern im Unterleibe. Ziehender Schmerz im Schoß. Brennen im After. Viel Harnabgang. Nach dem Harnen, Empfindung, als ob eine Feuchtigkeit darin hervorliefe; Tröpfeln aus der Harnröhre. Brennen in der Harnröhre und den weiblichen Schamteilen. Nachts, lang dauernde Rutesteifigkeit. Schweiß des Hodensacks. Klammschmerz in den weiblichen Schamteilen. Brustdrücken. Ziehender Schmerz im Rücken. Spannschmerz im Kreuz. Willkürliches Armzucken am Tage. Feines Stechen in den Fingern. Knacken in den Gelenken des Ellbogens, der Knie und Fußgelenke, beim Ausstrecken der Glieder. Jucken, wie Flohstiche, an dem Leibe, dem Rücken, den Armen und Beinen, besonders abends und nachts. Nachtschlaf voll Träumereien und Aufschrecken, ängstliche Träume. Alle Morgen, Frost ohne Durst. Weitgehende Nachdenklichkeit über die geringste Kleinigkeit; alles ist ihm zuwider.

Mittelbeschaffenheit und Dosierung

Essenz aus frischen, zu Beginn der Blüte gesammelten Zweigen mit Blättern des Lebensbaumes, Thuja occidentalis. (Ätherische Öle mit Thujon, Pinen und Fenchon; Pinipikrin, Gerbstoffe). Tabletten oder Dilutionen D 6, D 12, D 30.

Typenbilder

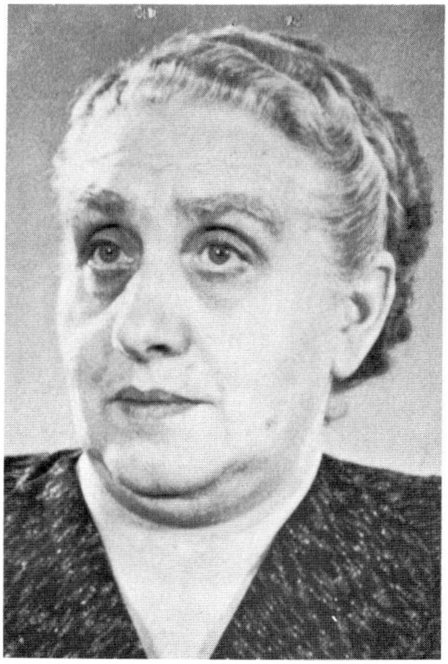

Abb. 15. Thuja-Typ

Nebenstehendes Bild der 59jähr. frostigen Patientin läßt den lymphatischen Charakter des Thuja-Typs am schlaffen Doppelkinn und an den dunklen Ringen um die Augen gut erkennen. Das Gesicht spiegelt die Labilität des Wasserhaushalts im Sinne des hydrogenoiden Typs v. GRAUVOGLS wieder und verrät die Neigung zu Erkältungen, Gicht und Rheuma nach chronischen Durchnässungen.
Der Gesichtsausdruck ist depressiv und entspricht langsamem Denken und Sprechen.
Die gerade noch sichtbare Warze im unteren Teil der linken Wange deutet auf die Neigung des parallergischen Thuja-Typs zu proliferativen Processen an den Epithelien der Haut und Schleimhäute. Behandlung mit *Thuja* D 6 wegen chronischem Gelenkrheumatismus der Hände und Knie. Verschwinden auch der starken Schweiße und der Wallungen bei kalten Händen und Füßen.

Abb. 16. Thuja-Typ

Dieser männliche Thuja-Typ (50 J.) läßt ebenfalls im Gesicht die Labilität des hydrogenoiden Typs erkennen (schlaffe Wangen-Kinnpartie). Der Gesichtsausdruck ist auch depressiv. Die Gesichtswarzen sind gut zu erkennen und entsprechen den proliferativen Haut- bzw. Schleimhautprocessen des Typs.
Behandlung mit *Thuja* D 6 und D 12 wegen chronischer Tonsillitis mit hepatopathischen Beschwerden (Dyspepsie nach fetten Speisen, Gasincarceration) und venöser Stase. Zugleich Nachlassen der Erkältungsneigung und der Frostigkeit.

Abb. 17. Thuja-Typ

So tritt der Thuja-Typ in jungen Jahren (17 J.) in Erscheinung. Die etwas gedunsene Nasen-Mund-Partie des jungen Mädchens bei sonst energischen Zügen erweist sich im Verein mit übelriechenden Schweißen als skrofulös. Die Haut ist seborrhoisch. Außer der Wangenwarze weisen beide Hände mehrere harte Warzen auf. Behandlung mit *Thuja* D 6, 12 und 30 wegen Tonsillitis, Lumbago und Ischias infolge Durchnässung. 2 J. später: Schweiße, Erkältungsneigung und Warzen völlig geschwunden.

Krankheitsbild

Eine vollschlanke, 45jähr. Frau kommt verzweifelt in die Sprechstunde, um sich Rat zu holen wegen einer erneuten Unterleibsoperation, die ärztlicherseits als unerläßlich vorgeschlagen wurde.

Vor reichlich einem Jahr wurde eine operative Verkürzung der Mutterbänder wegen Senkungsbeschwerden bei der sonst unterleibsgesunden, kräftigen Frau (1 Kind, normale Regel) vorgenommen. 14 Tage später trat eine schwere Beckenentzündung mit Eiterbildung ein, welche wochenlang angehalten hätte und schließlich zu 2 Fisteln neben dem rechten äußeren Labium und einer Fistel in der Bauchmitte oberhalb der Schamhaargrenze geführt habe. Wegen der erheblichen Beckenschmerzen und der starken eitrigen Absonderung aus allen 3 Fisteln (es muß dauernd eine Vorlage getragen werden) soll jetzt erneut operiert werden. Pat. wehrt sich instinktiv gegen jeden weiteren operativen Eingriff. Unter Berücksichtigung des Verlaufs muß ich ihr rechtgeben. In diesem Zustande halte ich eine erfolgreiche Operation für sehr unwahrscheinlich und sogar die Gefahr schweren Siechtums für gegeben. Ich nehme deshalb die Verantwortung auf mich und erkläre der Pat., ich wolle sie versuchsweise 4 Wochen homöopathisch behandeln, dann könnten wir beide weitere Entscheidungen treffen. Sie ist glücklich darüber, was ich als günstige Vorbedingung für die homöopathische Behandlung buche. Innerlich gebe ich *Hepar sulfuris* tbl. D 12 und *Silicea* tbl. D 12 3mal tgl. 1 Tbl. vor bzw. nach dem Essen; die Fisteln spritze ich mit Aqua silicata aus (mit abgefeilter Nadelspitze). Um nicht zu ermüden, gebe ich nur einige weitere bemerkenswerte Daten wieder. Nach 4 Wochen ist der Reizzustand überwunden, und die Schmerzen sowie die Eiterungen sind sehr zurückgegangen. Ich atme auf. Von Operation ist keine Rede mehr; die Pat. hat größtes Vertrauen bekommen und hofft wieder. Nach weiteren 8 Wochen tritt die Regel nicht mehr alle 14 Tage ein, die obere Fistel neben dem rechten äußeren Labium hat sich geschlossen; die beiden anderen zeigen noch mäßige eitrige Absonderungen, die am Schamhaarrand auf der Bauchdecke wird blutig serös. Um weiterzukommen, fahnde ich nach dem Konstitutions-Mittel. Da Pat. frostig und aufgeschwemmt ist und Nässe, Kälte und Wetterwechsel schlecht verträgt, erhält sie *Thuja* tbl. D 6 2mal tgl. 1 Tbl.. 4 Wochen später haben sich auch die beiden letzten Fisteln geschlossen. Pat. ist überglücklich, keine Vorlage mehr gebrauchen zu müssen, und hat ihre frühere Lebensfreude wieder bekommen. Die von ihr aufgeworfene Frage nach einer eventuellen Schuld des Chirurgen (nicht aus Rentensucht, sondern mehr aus berechtigter weiblicher Neugier heraus) habe ich in dem Sinne beantwortet, daß offenbar infolge einer Bindegewebsschwäche durch erhöhten Wassergehalt ihre Abwehrkraft bei der Operation mobilisierten Keimen gegenüber ungenügend war. Die günstige *Thuja*-Wirkung spricht ja für einen parallergischen Typ (Trippersiechtum). Für Gonorrhoe waren keine Anhaltspunkte zu finden. Heute, nach ³/₄jähr. Behandlung, ist Pat. völlig ausgeheilt.

Korpulente Stoffwechsel-Typen, verfettet

Homöopathischer Antimonium-crudum-Typ

Das mürrische und widerspenstige Antimonium-crudum-Kind ist gut genährt, pastös, läßt sich nicht angreifen, will auch als Kleinkind nicht umhergetragen werden und verrät seine skrofulöse Natur durch wunde Nasenlöcher, Rhagaden, Herpes und urticarielle oder impetiginöse Ekzeme. Es leidet an Magen-Darm-Störungen durch Überessen, durch kalte oder saure Speisen. Darauf sind die geklagten Stirnkopfschmerzen, das verdrießliche Wesen und die Müdigkeit nach dem Essen zurückzuführen. Charakteristisch sind ferner die weißbelegte Zunge und das erschöpfende Erbrechen bei Kleinkindern. Strahlende Hitze (Sonne, Ofen) und Kaltwaschen oder Kaltbaden werden nicht vertragen.

Bei den Erwachsenen handelt es sich um ältere reizbare und verdrießliche Personen mit Mangel an Lebenslust und Tagesschläfrigkeit. Ängstlich und schreckhaft besonders nachts. Vormittags schläfrig mit öfterem Gähnen. Schlaflosigkeit oder unruhiger Schlaf mit viel Gähnen; Erwachen mit Zähneknirschen; große Munterkeit im Bett mit Frostempfindung. Gräßliche oder wollüstige Träume. Hyperthymie mit sexuellem Einschlag. Die gastrointestinalen Erscheinungen entsprechen denen der Kinder. Durchfall wechselt mit Verstopfung; der flüssige Stuhl enthält kleine, feste Klumpen. (Auch Colitis membranacea und ulcerosa, sowie Schleimhämorrhoiden mit Morgendurchfällen reagieren günstig auf *Antimonium crudum*, wenn die Modalitäten zutreffen). Die chronischen Darmstörungen führen im Sinne der Verschlackung zu gichtisch-rheumatischen Beschwerden mit arthritischen Veränderungen der kleinen Gelenke. Nagelwachstumsstörungen, Warzen und schmerzhafte Schwielen der Fußsohlen, juckende Ekzeme sowie gastrointestinale Urticaria sind typen-charakteristisch (unter Berücksichtigung der Modalitäten!).

Der homöopathische Antimonium-crudum-Reaktions-Typ entspricht dem **Reaktions-Typ A nach Lampert:** Vagotonische Einstellung, Gastritis acida.

Anwendung von Antimonium crudum

1. auf Grund persönlichkeitsbestimmter Charakter- und Gemütssymptome
Als Kinder unleidlich und widerspenstig, abgeneigt gegen jede Berührung. Erwachsene sind übellaunig, verdrießlich, ängstlich; obige Schlafstörungen.

2. bei persönlicher Abwandlung der Beschwerden
(= Modalitäten, durchs Vegetativum hervorgerufen): Verschlimmerung oder Auslösung der Beschwerden an der Haut und den Schleimhäuten durch extreme Temperaturen, durch nasse Kälte (Kaltbaden, Eisessen) oder strahlende Hitze (Ofen, Sonne). Verschlimmerung durch Überessen und Genuß von Saurem (auch Wein).

3. bei persönlicher Abweichung des Reaktionsgrades vom Normalen
Reaktions-Mittel mit Reizwirkung auf die Haut (Ekzem, Hyperkeratosen) und auf die Schleimhäute (Luftwege, Magendarm) im Sinne der dem *Arsen* verwandten Antimon-Komponente (Sb), sowie mit Stoffwechselbelebung auf Grund der Schwefel-Komponente (S), bei torpider Skrofulose mit Conjunctivitis, Rhinitis; Katarrhen der Luftwege, Pertussis, Bronchialasthma; sowie bei Rheuma oder Gicht.

4. bei bestimmten Diathesen mit persönlicher Anfälligkeit und Krankheitsbereitschaft
Torpide Skrofulose, Vagotonie mit Eosinophilie, zäher Schleimbildung, Bronchialasthma; sowie Gastritis acuta mit dickbelegter weißer Zunge; Duodenitis, Colitis mucosa, wobei Durchfall mit Verstopfung wechselt. Bei gastrisch bedingten Hautaffektionen (Säurewirkung) wie Urticaria, juckenden Ekzemen, Impetigo, Rhagaden an Haut- und Schleimhautgrenzen. Bei gastrisch bedingter Gicht mit Tophi.

5. beim Chronischwerden von Krankheiten infolge persönlicher Abwehrschwäche
Die bereits angeführten Krankheiten zeigen nach Hahnemann („Die chronischen Krankheiten", Bd. 2 [1835]) folgende charakteristische subjektive Symptome: Traurig verstimmt und gereizt; spricht nicht. Heftiger drückender Kopfschmerz. Kribbelnde Knötchen des Haarkopfes. Ohrkribbeln. Ohrenbrausen und -klingen. Trockene Lippen; wunde schmerzende Risse in den Mundwinkeln. Starkes Bluten der Zähne. Speichelfluß. Durst, bes. abends. Heftiges Erbrechen mit Bangigkeit und Leibschmerzen. Stuhl, der früher fest war, wird nun dünn. Schmerzhafte Durchfälle. Afterschleim bei Abgang von Blähungen; Aderknoten. Trockener, kratzender, erschütternder Husten, auch mit Urinabgang. Engbrüstigkeit mit Herzklopfen. Hautjucken mit roten Pünktchen. Ziehschmerzen in Gliedern und Gelenken. Fußsohlenprickeln, Frostballen. Verschlimmerung durch Weintrinken. Späteinschlafen, munter im Bett.

Mittelbeschaffenheit und Dosierung

Schwarzes Schwefelantimon (Sb_2S_3) aus dem schwarzen Spießglanz. Tabletten D 4 u. D 6. *Antimonium crudum* ist ein Kinder- und Greisenmittel.

Typenbilder

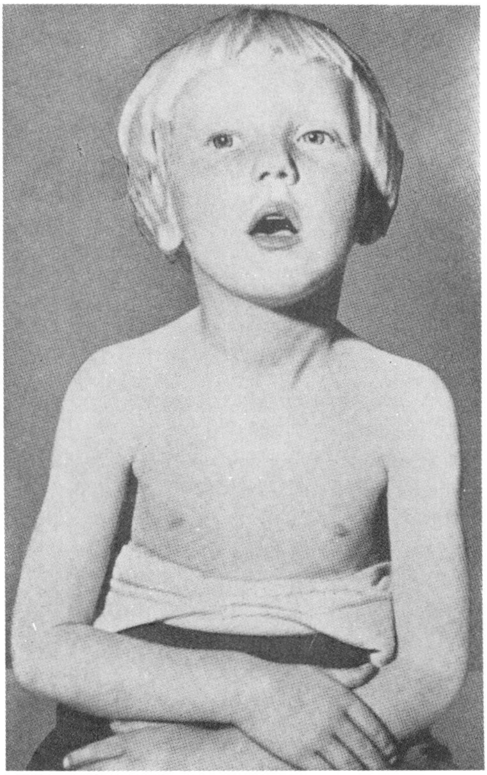

Abb. 18. Antimonium-crudum-Typ

Das 5jähr., mürrische und widerspenstige Mädchen stellt einen Antimonium-crudum-Typ dar. Es verrät seine skrofulöse Veranlagung durch die innen wunden, geröteten Nasenlöcher und durch ein Ekzem unterhalb der Augen und auf beiden Wangen, das sich durch saure Speisen verschlimmert. Die Atmung mit offenem Mund ist eine Folge der Neigung zu Katarrhen der Luftwege.
Behandlung mit *Antimonium crudum* D 6 wegen des juckenden Ekzems von Gesicht und Händen, sowie wegen Rhinitis und Gastritis mit weißem Zungenbelag.

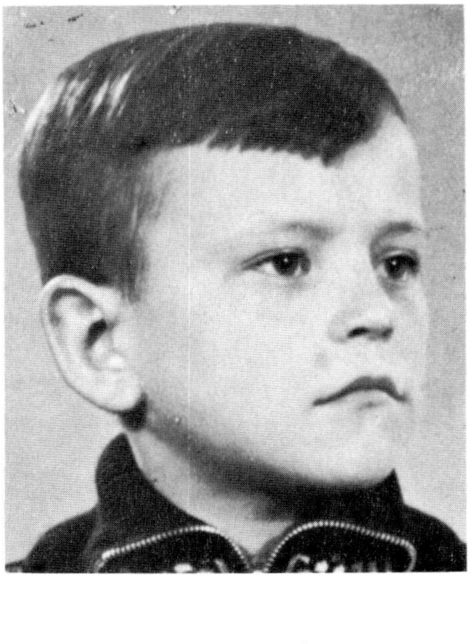

Abb. 19. Antimonium-crudum-Typ

Dieser 11jähr. Antimonium-crudum-Typ läßt seine Neigung zu Schleimhautaffektionen der Luftwege am Herpes der Oberlippe (rechts) und den wunden Nasenlöchern erkennen. Als weitere Zeichen seiner torpiden Skrofulose sind vergrößerte Halsdrüsen festzustellen. Nässe, Kälte und Sonnenhitze mag er nicht. Seine Anfälligkeit im Sinne der Gastroduodenitis mit dicker, weißbelegter Zunge dürfte die Ursache einer gewissen Widerspenstigkeit sein.
Behandlung mit *Antimon. crud.* D 4, 6, 12 wegen Skrofulose mit vergrößerten Halsdrüsen, chron. Rhinitis, Gastritis acida und gastrisch bedingten Hautaffektionen.

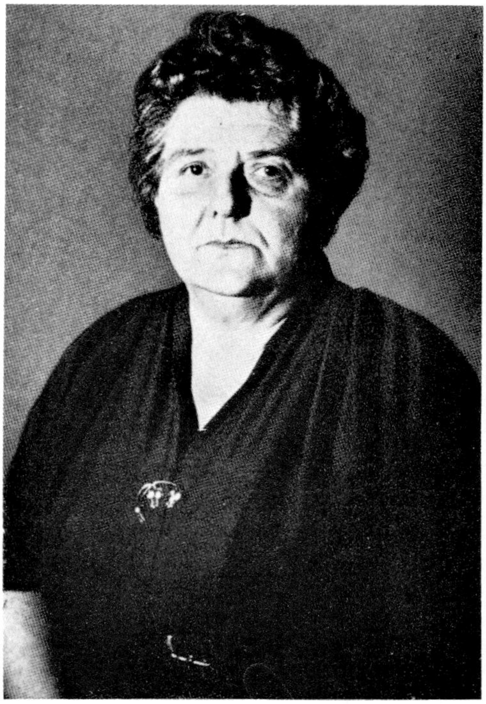

Abb. 20. Antimonium-crudum-Typ

56jähr. gichtisch-rheumatische Pyknikerin. Behandlung mit *Antimonium crudum* D 6, 12 wegen chronischer Magendarmstörungen mit Wechsel von Durchfall und Verstopfung. Verschlimmerung auch der Schmerzen der kleinen Gelenke durch Überessen und durch saure Speisen und Getränke. Besserung auch der verdrießlichen, ängstlichen Verstimmung und der Neigung zu Gähnen, „daß die Kinnlade wehtut".

Krankheitsbilder

Bei fieberhaften Erkrankungen des Kindes ist es wichtig, sein allgemeines Verhalten zu beachten:

Nach NASH: „In vielen Fällen von gastrischem oder remittierendem Fieber, bei denen sich *Antimon* als ausgezeichnetes Mittel erweist, wurde ich durch das die Krankheit begleitende psychische Verhalten darauf aufmerksam gemacht. Das Kind ist sehr schlechter Stimmung, aber es will nicht wie im Sinne von *Chamomilla* immer getragen und beruhigt werden und zeigt Übellaunigkeit, sowie es nur eben beobachtet wird."

Frl. E. Sch., 72 J. alt, leidet seit über 2 J. an Durchfällen, ihr Arzt konnte keinen krankhaften Befund erheben; die von ihm angewandten Mittel bewirkten jeweils das Gegenteil der beabsichtigten Wirkung. Die Stühle erfolgten besonders bei Sauermilch. *Antimon. cr.* D 4 3mal tgl. 1 Tbl. Bericht nach 4 Wochen: sehr gute Wirkung, Stühle weniger häufig und geformter, hat vor allem jetzt nachts Ruhe, braucht sich auch mit dem Essen nicht mehr in acht zu nehmen, verträgt Sauermilch, Gemüse, auch ein Gläschen Wein.

Bericht nach 1/2 J.: benötigt die Arznei nur mehr sehr selten, hat aber auch dann raschen Erfolg.

„Wenn unter den Anzeigen für den organischen Stoff das alternierende Auftreten von Verdauungsstörungen und rheumatischen Erscheinungen genannt wird, so mag an den Begriff Darmgicht der alten Ärzte erinnert sein, dem wir auch unter den in der homöopathischen Arzneimittellehre von jeher sehr beachteten Wechselzuständen begegnen." (STIEGELE).

Homöopathischer Aurum-Typ

Der Aurum-Reaktions-Typ ist als herz- und gefäßkranker Typ weniger ein eigentlicher Konstitutions-Typ, sondern mehr ein ausgesprochener Arznei-Typ: Gefäßsklerose, Lues und üppige Lebensweise, Hg-Mißbrauch. Er entspricht dem vollblütigen, korpulenten, kurzatmigen Habitus apoplecticus oft mit rotem Hochdruck, gerötetem Gesicht und der Neigung, alles schwer zu nehmen; auch sein Gang und seine Haltung sind schwer lastend. Auffällig sind die Reizbarkeit, Lärmüberempfindlichkeit (aber Musik beruhigt) und die Niedergeschlagenheit (bis zum Suicid), sowie die nächtliche Verschlimmerung der Beschwerden. Hierher gehören auch manche reizbare Frauen in der Menopause. Das apathisch depressive Verhalten wechselt mit kurzer vielgeschäftiger Betriebsamkeit. Der geringste Mißerfolg macht verzweifelt. Widerspruch reizt zu Jähzorn. Auch religiöse Wahnvorstellungen. Schlafstörung mit bösen, auch sexuellen Träumen.

Der homöopathische Aurum-Reaktions-Typ entspricht dem **Reaktions-Typ B nach Lampert:** Sympathicotonische Einstellung, Hautrötung, Starkschwitzer, Wärmeabneigung, Ansatzneigung, erregt, aufbrausend.

Anwendung von Aurum, Aurum muriaticum natronatum

1. **auf Grund persönlichkeitsbestimmter Charakter- und Gemütssymptome**
   Cerebralsklerotische oder luische Depression mit Melancholie bis zum Lebensüberdruß, ärgerlicher Gereiztheit, innerer Unruhe und mangelnder Entschlußkraft, sowie Gedächtnisschwäche.
2. **bei persönlicher Abwandlung der Beschwerden**
   (= Modalitäten, hervorgerufen durch das vegetative System): Vasomotorenstörungen mit Blutwallungen zum Kopf, Schwerekopfschmerz, bes. nachts, „als ob das Blut in den Adern koche". Verschlimmerung der Beschwerden nachts, früh, in der Ruhe, durch Kälte und geistige Arbeit.
3. **bei persönlicher Abweichung des Reaktionsgrades vom Normalen**
   Katalytische Schwermetallwirkung aufs Gehirn (Hirnsklerose) und das vegetative System (Vasomotoren, Struma) im Sinne einer Anregung des Systems der inneren Atmung (BOMMER).
4. **bei bestimmten Diathesen mit persönlicher Anfälligkeit und Krankheitsbereitschaft**
   Chronische Infektarthritis und sklerotische Herz- und Gefäßstörungen (Coronarsklerose, Angina pectoris, Aortenaneurysma und Myocardschaden) sowie Beckenplethora (Ovarien, Uterus). Skrofulöse Erkrankungen des Auges und der Nase (Lupus); Drüsen- und Hodentuberkulose, sowie Prostatahypertrophie, Myome und Lebercirrhose.

5. beim Chronischwerden von Krankheiten infolge persönlicher Abwehrschwäche
Gewebsaktivierung und Abwehrsteigerung über das reticuloendotheliale System, bes. des Knochenmarks, bei chronischen Erkrankungen wie Infektarthritis, luischen Herz- und Gefäßstörungen und den angeführten tuberkulösen Affektionen.

Mittelbeschaffenheit und Dosierung

Aurum metallicum (metallisches Goldpulver, auch in kolloider Form als *Aurum colloidale),* sowie *Aurum muriaticum natronatum* ($NaAuCl_4$). Zwischen *Aurum metallicum* und *Aurum muriaticum natronatum* bestehen keine großen Unterschiede in der Wirkung. Man wendet beide meist in der 4. oder 6. Potenz an; bei tuberkulösen oder luischen Organerkrankungen auch D 3. In beiden Fällen bevorzugt man lieber *Aurum jodatum* tbl. D 3 — D 4. Von *Aurum colloidale* tbl. D 5 wird erfolgreiche Anwendung bei Coronarsklerose, Lebercirrhose, Prostatahypertrophie und Sterilität beschrieben. Bei Herz- und Gefäßstörungen, bei denen die depressive Verstimmung mit Suicidneigung im Vordergrund steht, empfiehlt STIEGELE *Aurum metallicum* D 15.

Typenbilder

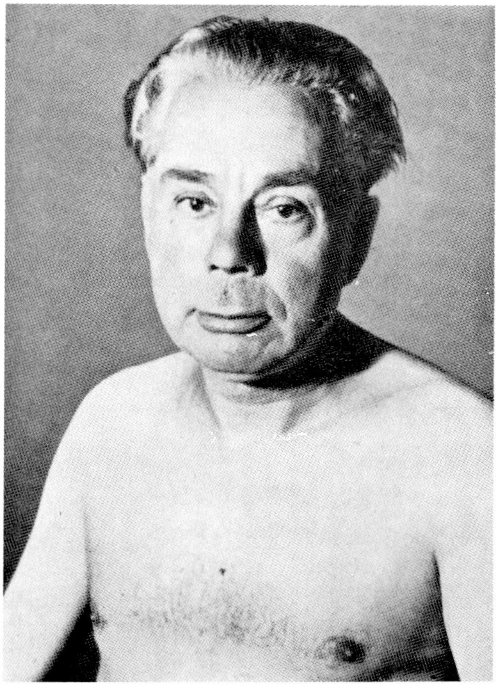

Abb. 21. Aurum-Typ

Ein vollblütiger, melancholischer, ärgerlich-reizbarer Aurum-Typ. Die roten Wangen verleihen ihm ein blühendes Aussehen; die dicke Unterlippe verrät die Vorliebe für üppige Kost. Behandlung mit *Aurum jodatum* D 3 und *Aurum muriaticum natronatum* D 30 (neben *Crataegutt)* wegen Gefäßsklerose (RR 210/100); bessert auch den Schwerekopfschmerz, die Blutwallungen zum Kopf, die Schlafstörungen mit bösen Träumen und die innere Unruhe.

Abb. 22. Aurum-Typ

61jähr. Frau mit Habitus apoplecticus, ein weiblicher Aurum-Typ mit rotfleckigem Gesicht infolge Kapillargefäßstauung. Augen und Mund-Partie verraten die schwermütige Verstimmung.
Behandlung mit *Aurum muriaticum natronatum* D 4 und D 30 wegen Myocardschadens mit Schwindelanfällen und Kurzatmigkeit (RR 175/90). Besserung auch der Schlafstörung mit innerer Unruhe und der allgemeinen Reizbarkeit.

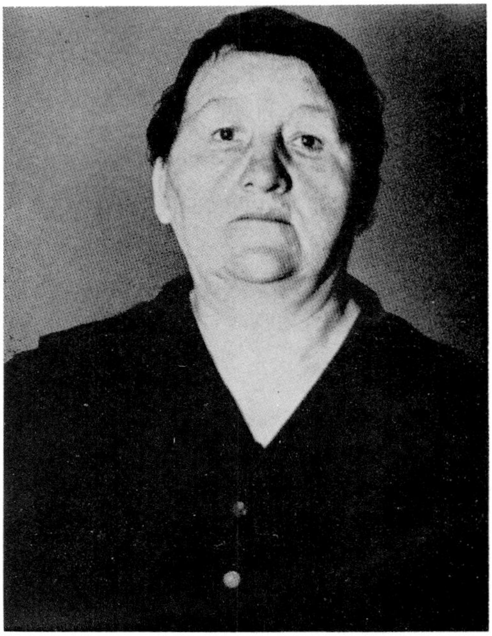

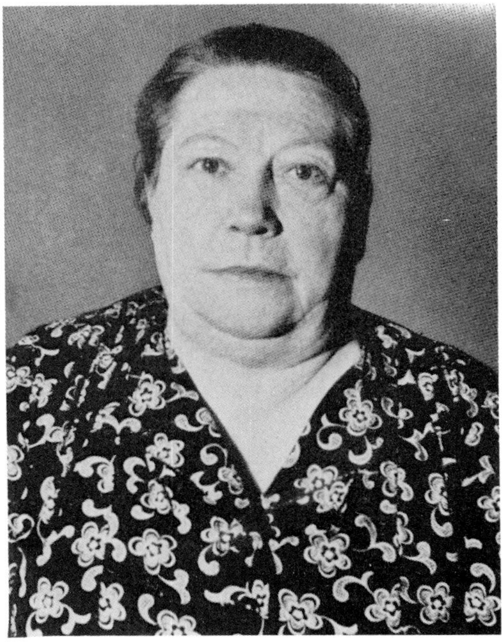

Abb. 23. Aurum-Typ

Weiblicher Aurum-Typ (66 J.) mit dem breiten, schweren Gesicht und dem kurzen, verfetteten Hals entspricht dem vollblütigen, kurzatmigen Habitus apoplecticus. Das gerötete Gesicht (Kapillargefäßstörung an Stirn und Wangen) läßt den Aurum-Typ als herz- und gefäßkranken Typ (Herzverfettung, Atheromatose) erkennen. So sehen oft reizbare Pyknikerinnen in der Menopause aus.
Behandlung wegen Fettherzens mit Kurzatmigkeit (RR 160/80) und wegen Infektarthritis der Extremitäten mit *Aurum muriaticum natronatum* D 4 (neben *Crataegutt);* besserte auch die depressive Verstimmung, den Schwerekopfschmerz und die innere Unruhe.

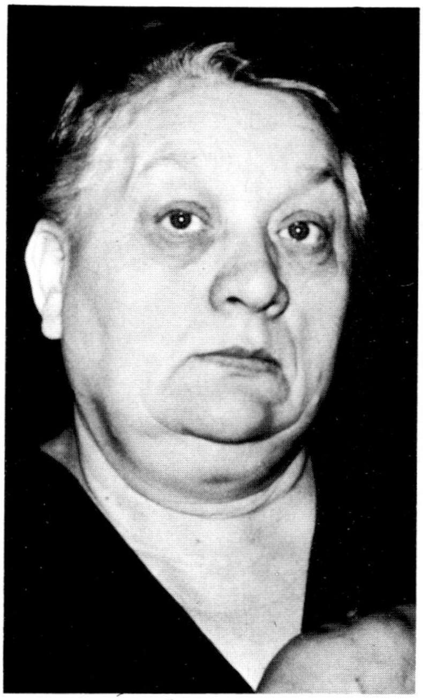

Abb. 24. Aurum-Typ

Die untersetzte Frau (63 J.) zeigt mit ihrem schwerlastenden Gang und dem kurzen, fleischigen Nacken den Habitus apoplecticus. Unverkennbar ist auch die depressive Verstimmung mit Angst.
Kalte Hände und Füße, Brustbeklemmungen mit zeitweisen Blutwallungen „als koche das Blut in den Adern" und stenocardische Anfälle gehören zum myocarditischen Aurum-Bild. Der rote Hochdruck kann mit sinkender Herzleistung schwinden.
An den Händen kann man infektarthritische Veränderungen feststellen.
Behandlung mit *Aurum muriaticum natronatum* D 4 wegen Cor adiposum (RR 155/115) mit Kurzatmigkeit und nächtlicher Verschlimmerung der anginösen Herzbeschwerden. Besserung auch der chronischen Knieveränderungen hinsichtlich der Schmerzen und des Pruritus senilis.

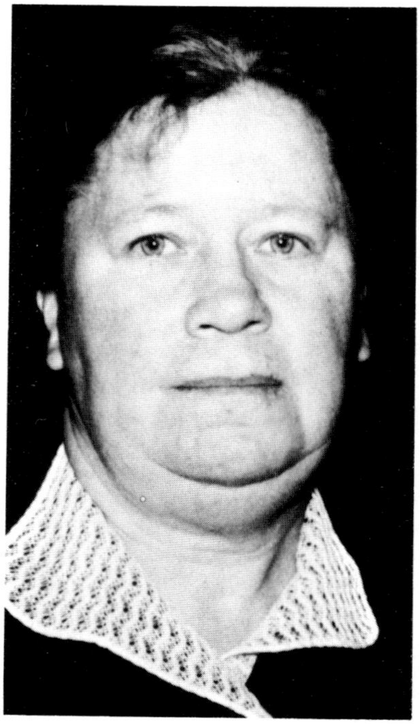

Abb. 25. Aurum-Typ

Bei diesem 54jähr. weiblichen Aurum-Typ tritt die typen-eigene Gefäßstörung als Akne rosacea in Erscheinung. Man beachte die klobige Nase, den kurzen Hals und das dicke Unterkinn der schwerfälligen Pyknikerin.
Behandlung mit *Aurum jodatum* D 3 wegen Wallungen zum Kopf mit Schweißen, Herzklopfen mit Atemnot (RR 190/80) und nächtlicher Verschlimmerung. Besserung auch der depressiven Stimmung und der Beckenplethora mit Hitze und Schweregefühl.

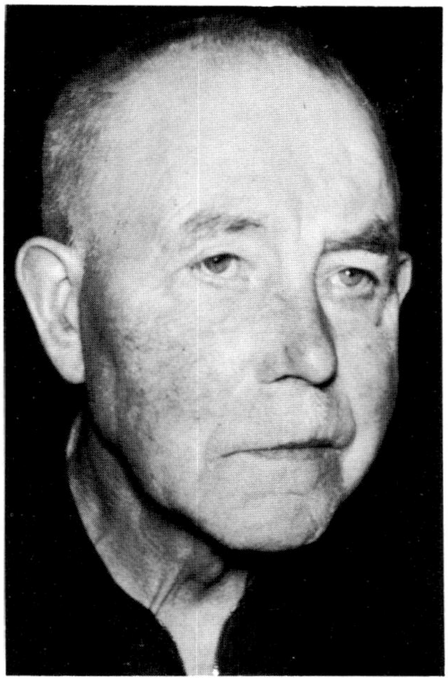

Abb. 26. Aurum-Typ

Die gerötete Nase und die roten Wangen (dunkel im Schwarz-Weiß-Bild) weisen auf den geschädigten Kreislauf hin. Es handelt sich um einen Myocardschaden (des 76jährigen) mit Bradycardie und Hypertonie. Seine depressive Verstimmung gehört ebenfalls zum Aurum-Bild.
Behandlung mit *Aurum muriaticum natronatum* D 4 wegen Myocardschadens mit Schlaflosigkeit, Schwerekopfschmerz, Kurzatmigkeit und Gedächtnisschwäche. Ärgerliche Gereiztheit und innere Unruhe ebenfalls gebessert.

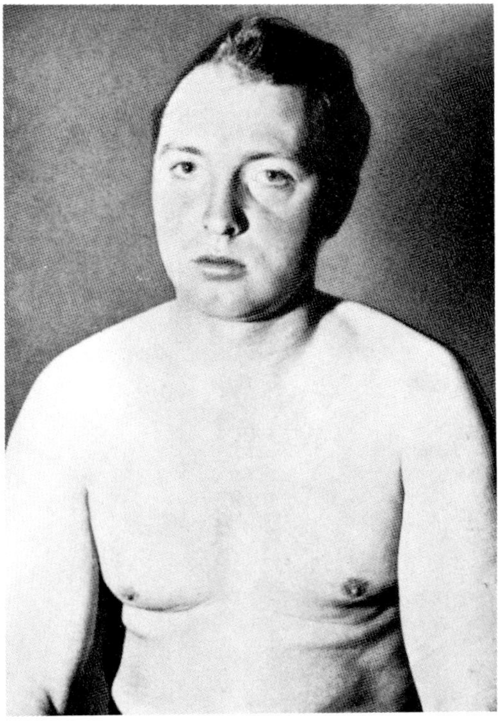

Abb. 27. Aurum-Typ

Ein junger pyknischer Aurum-Typ (38 J.) mit auffällig rotem Gesicht (Schwarz im Bild), Blutwallungen, Ohrensausen und Schwerekopfschmerz mit nächtlicher Verschlimmerung (RR 155/80).
Behandlung mit *Aurum muriaticum natronatum* D 4 besserte auch die Neigung zur Melancholie und zum Jähzorn.

Krankheitsbilder

Die mannigfaltigen Anwendungsmöglichkeiten zeigen folgende Krankengeschichten:

„Eine junge Frau mit chronischer Metritis und begleitenden sehr quälenden Gesichtsschmerzen war durch mehrere gynäkologische Behandlungen ohne Erfolg gegangen, ihr Typ entsprach dem homöopathischen Aurumbild, *Aurum muriaticum* D 2 heilte sie in kurzer Zeit." (nach STIEGELE).

„Eine 42jähr. vollsaftige Frau mit entsprechendem Turgor der Gesichtshaut, schwerfällig in Sprache und Bewegung, schwernehmerisch, klagt über Prolapsgefühl, Neigung zu kongestiven Kopfschmerzen, allgemeine Müdigkeit seit Jahren. Auf *Aurum colloid.* trat sehr rasch eine wesentliche Besserung ihrer Beschwerden ein, am meisten war sie beglückt über die „Nebenwirkung" der Beseitigung einer jahrelangen Schlaflosigkeit, die sie in der Sprechstunde gar nicht erwähnt hatte, die aber sinngemäß im Rahmen der konstitutionellen circulatorischen Störung sich ausgebildet hatte." (nach STIEGELE).

„R. O., 64jähr., ein massiver, mittelgroßer Fuhrwerksbesitzer, kommt mit hellrotem, etwas gedunsenem Gesicht und folgender Klage in die Sprechstunde: seit einigen Monaten leide er an Kopfdruck, der sich in den letzten Wochen immer mehr verschlimmerte, dabei besteht Schwindel, Unruhe und dauerndes Druckgefühl am Herzen, Kurzatmigkeit. Systolischer Druck 195, Puls sehr hart, leicht unregelmäßig. Am Herzen außer einer leichten Accentuation der zweiten Töne keinerlei Veränderung bemerkbar, innere Organe ohne Befund. Nach 4wöchiger Behandlung mit *Aurum jodatum* D 4 war der Blutdruck allmählich auf 162 gesunken, die subjektiven Beschwerden völlig beseitigt. Experimenti causa war keine Änderung seiner Lebens- und Arbeitsweise vorgenommen worden, der Blutdruck wurde in den Vormittagsstunden immer zur gleichen Zeit gemessen. Auch wurde jede psychische Beeinflussung bei dem robusten Menschen vermieden. Eine klinische Beweiskraft sprechen wir dem Einzelfall nicht zu, wenn ihn auch eine ganze Reihe ähnlicher Fälle stützen." (nach ASSMANN).

„Das Mittel ist sehr wertvoll, wenn die Kompensation eines hypertrophischen Herzens nachzulassen beginnt, es entstehen dann wandernde Schmerzen, der Puls wird unregelmäßig, Empfindungen von Aussetzen treten ein und vor allem die Gemütssymptome. Diese sind bei *Aurum* sehr beachtenswert und ihr Vorhandensein verstärkt die Anzeigen für *Aurum*." (nach ROYAL).

Lehrreich ist an den Krankengeschichten die Verflechtung von organotroper und konstitutioneller Indikation.

Homöopathischer Pulsatilla-Typ

Der Pulsatilla-Reaktions-Typ gehört zu schüchternen, Tränen-bereiten und Trost-bedürftigen, mehr phlegmatischen jungen Mädchen und Frauen mit hellen Haaren, blauen Augen und rundlichen Formen. Neben Frostigkeit mit kalten Händen und Füßen, Durstlosigkeit, Unverträglichkeit von Schweinefleisch (Fett!) sind die Regelstörungen auffällig: „Menses meist zu spät, spärlich oder unregelmäßig, Blut in der Farbe wechselnd, fließt ruckweise; hat lange vor der Regel die Empfindung, als ob sie eintreten müßte. Regeln sehr schmerzhaft, Prolapsgefühl dabei. Sodann finden wir vikariierende Erscheinungen (Nasenbluten statt der Regel, wie bei *Bryonia*), Kopfschmerzen vor, während und nach der Regel, von unterdrückter Regel, einseitige Beschwerden sind typisch für *Pulsatilla*." (STIEGELE).

Trotz Frösteln Abneigung gegen Wärmeanwendung, gegen Zimmerwärme (lieber im Freien), aber warm gekleidet.

Bei älteren Personen tritt *Pulsatilla* (nach STIEGELE) wie folgt in Erscheinung: „Krankheiten älterer Personen mit ausgesprochener venöser Plethora, livide Färbung der Wangen, Lippen, mangelhafte Körperwärme, Drüsenschwellungen so konstituierter Menschen. Schwächeempfindungen schon bei Heben kleiner Gewichte, der Eintritt der Menses wirkt so schwächend, daß sie kaum sprechen kann. Mangelhafte Erholung nach erschöpfenden Krankheiten. Fette Speisen bekommen schlecht. Beschwerden bei Genuß von Fisch, der nicht mehr einwandfrei frisch war. Übermäßige Gasbildung. Sickerndes Nasenbluten von wochenlanger Dauer, Neigung zu Zahnfleischblutungen. Kälteempfindung auch im Bett (kalte Knie). Stuhlgang häufig auch unfreiwillig, nachher Brennen im After; auch weicher Stuhl wird oft mit Anstrengung geleert. Gedächtnisschwäche, verlangsamtes Denkvermögen."

Bei Männern findet *Pulsatilla* nicht nur Anwendung, wenn sie feminine Züge mit Anlehnungsbedürfnis und den erwähnten seelischen Unausgeglichenheiten zeigen, sondern auch bei gelenkrheumatischen Erkrankungen mit begleitenden venösen Stauungen und fehlerhafter Blutverteilung (heißer Kopf, kalte Füße). Umherziehende Schmerzen, Verschlimmerung durch äußere Wärme und in der Ruhe, Besserung durch häufigen Lagewechsel und Bewegung im Freien sind typische Modalitäten.

Der homöopathische Pulsatilla-Reaktions-Typ entspricht dem **Reaktions-Typ B nach Lampert:** Sympathicotonische Einstellung, Kaltwasserverlangen, Wärmeablehnung, Frischluftverlangen, Ansatzneigung, Erröten, Bewegungsdrang, Rohkostverlangen.

Anwendung von Pulsatilla

1. auf Grund persönlichkeitsbestimmter Charakter- und Gemütssymptome

Überempfindlichkeit, Verzagtheit, Depressionen und Neigung zum Weinen, Angst (bis Suicidgedanken) und Launenhaftigkeit. Morgenverdrossenheit, zugänglich für Trost. Zersprengender Kopfschmerz (auch Migräne) der Stirn, Schläfe und des Hinterkopfes mit Verschlimmerung abends, beim Bücken, nach dem Essen; Besserung durch festes Binden des Kopfes und Bewegung im Freien.

2. bei persönlicher Abwandlung der Beschwerden
(= Modalitäten, hervorgerufen durch das vegetative System): Ablehnung jeder Art von Wärme trotz Frostigkeit. Wärme in Räumen wird abgelehnt; man zieht sich aber etwas zu warm an. Zusammenhang der Störungen mit der Regel. Besserung durch mäßige Bewegung im Freien. Verschlimmerung im Zimmer, in der Ruhe, abends und nachts, zur Zeit der Regel. Abneigung gegen Milch, Tabakrauch, warme Speisen und Getränke. Fieber mit Frösteln ohne Durst.

3. bei persönlicher Abweichung des Reaktionsgrades vom Normalen
Endokrine Störungen (hypovariell, hypophysär): Amenorrhoe, Hypomenorrhoe. Infantilismus, Sterilität. Regel meist zu spät, spärlich oder unterdrückt (nach Durchnässung der Füße), auch verfrüht und verstärkt. Fluor mild oder scharf. Wehenschwäche, Krampfwehen. Klimakterische Wallungen. Milchsekretionsstörungen. Endokrine Arthropathien in der Pubertät oder Klimax.

4. bei bestimmten Diathesen mit persönlicher Anfälligkeit und Krankheitsbereitschaft
Schleimhautanfälligkeit der Augen, Ohren und Luftwege mit milden Sekreten: Conjunctivitis mit Stechen und Brennen. Hordeola (rezidivierende); Otitis media und externa, Tubenkatarrh, reifer Schnupfen; Laryngitis mit Kratzen, Tracheobronchitis, Lungentuberkulose in der Pubertät; erschütternde Hustenstöße (Hinterkopfschmerzen, Urinwegspritzen, Bruststechen). Husten schlimmer in Wärme, besser im Freien. Schleimhautanfälligkeit des Verdauungskanals: Gastritis und Duodenitis mit Bittergeschmack, Übelkeit und Aufstoßen. Klumpengefühl (Atonie) 2 Stunden nach dem Essen. Blähungskoliken gegen Abend. Obst, in Fett Gebackenes oder Gebratenes machen Durchfälle. Brennen beim Stuhl. Sommerdiarrhoe (Schleimstühle). Wechsel von Durchfall und Verstopfung. Vasomotorenstörungen mit Frösteln und polarer Blutverteilung (Kopf heiß, Hände und Füße kalt); atonische Cyanose der Glieder und abdominelle venöse Stase (Krampfadern mit Ulcerationen, Phlebitis).

5. beim Chronischwerden von Krankheiten infolge persönlicher angeborener oder erworbener Abwehrschwäche
Gelenkrheumatismus und Muskelrheumatismus mit reißenden, spannenden und stechenden Schmerzen, wandernd und mit Gliedereinschlafen, Schweregefühl und Steifigkeit (Nacken, Lenden). Neigung zum Gliederstrecken und Lagewechsel. Verschlimmerung durch Ruhe und Wärme. An der Haut: Urticaria, Frostbeulen, Masernexanthem mit Wärme-Verschlimmerung. Im allgemeinen am Ende akuter und im Beginn chronischer Störungen (z. B. bei „reifem Schnupfen").

Mittelbeschaffenheit und Dosierung

Essenz aus der ganz frischen zur Blütezeit gesammelten Küchenschelle, Pulsatilla pratensis, einer Anemonenart (Anemonenkampher, Anemonin, Isoanemonsäure, Anemonsäure, Anemoninsäure, Saponine).

Je nach der Reizempfindlichkeit der Kranken findet also *Pulsatilla* Anwendung in mannigfaltiger Potenz. Ist mehr organotrope Wirkung beabsichtigt, so kommt *Pulsatilla* D 4 oder D 6 zur Anwendung; man kann aber noch tiefer in der Potenzwahl herabgehen: So gab STIEGELE bei Fettintoleranz des Magendarmkanals mit Amenorrhoe auch *Pulsatilla* D 2. Steht die Beeinflussung der typencharakteristischen Stimmungslabilität und der fehlerhaften Blutverteilung im Vordergrund, so wird man von der mehr konstitutionellen Umstimmungswirkung der Potenzen D 6, D 12 u. D 30 Gebrauch machen. Man beginnt dabei mit der tiefen Potenz und geht unter Vergrößerung der Gabenpausen zu den höheren über.

Typenbilder

Blonde, zartgliedrige Mädchen und Frauen mit Neigung zur Vollschlankheit. Infantilismus als Ausdruck der hypovariell-hypophysären Störung stellt den Pulsatilla-Typ dar.

Ihm entsprechen die zarten weichen Formen und Züge des Gesichts.

Abb. 28. Pulsatilla-Typ

Die rotblonde, zartgliederige, 36jähr. Frau mit hypophysärem Hochwuchs (185 cm, 74 kg) und verspäteter, schwacher Regel stellt ebenfalls einen Pulsatilla-Typ dar. Die hochgezogene mittlere Oberlippe als Miene des Erduldens steht im Zusammenhang mit der Trostbereitschaft des psychisch labilen Typs (Launenhaftigkeit, Weinen).

Behandlung mit *Pulsatilla* D 4 und D 6 wegen wandernder rheumatischer Schmerzen in Hüften und Beinen mit Gliedereinschlafen und Verschlimmerung durch Wärme, wegen venöser Stase mit Hämorrhoiden. Zugleich Besserung der fehlerhaften Blutverteilung: Heißer Kopf, kalte Füße, Cutis marmorata der Unterschenkel und Fingerabsterben.

Abb. 29. Pulsatilla-Typ

Diese vollschlanke, 27jähr., blonde, blauäugige Frau mit weichen Zügen ist ein Pulsatilla-Typ. Ihre Blässe verrät die Blutverteilungsstörung mit Frostigkeit und kalten Händen und Füßen; trotzdem Abneigung gegen Anwendung von Wärme.

Behandlung mit *Pulsatilla* D 4 und D 6 wegen Migräne (Kopf zu groß) mit Abendverschlimmerung und Besserung im Freien. Gleichzeitige Normalisierung der schwachen und unregelmäßigen Menses.

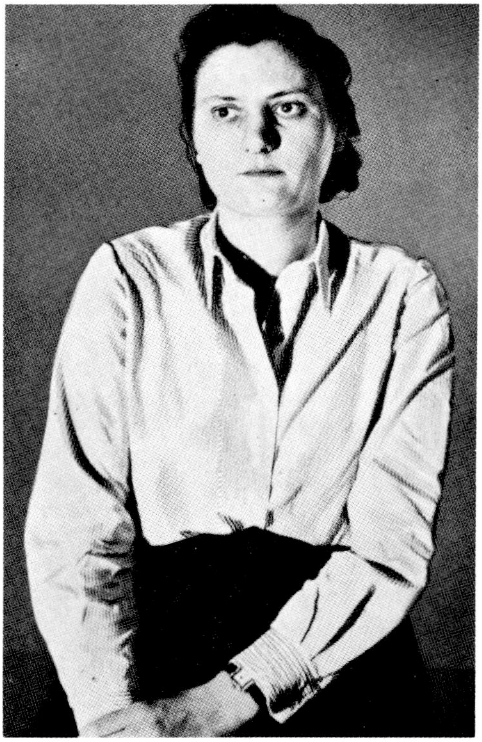

Abb. 30. Pulsatilla-Typ

29 J. Hypophysärer Hochwuchs (171 cm, 61 kg). Weiche Züge, frostig, ganz schwache Regel, Fettintoleranz. Kleine schlechte Zähne.

Behandlung mit *Pulsatilla* D 6, D 12 wegen Migräne mit Zersprengungsgefühl. RR 90/60. Besserung durch festes Binden des Kopfes und im Freien. Auch Besserung der schlechten Blutverteilung (heißer Kopf, kalte Füße).

Abb. 31. Pulsatilla-Typ

31 J. Frostig, Fingerabsterben, leicht Weinen, schwache Regel, Fettintoleranz. RR 105/75.
Behandlung mit *Pulsatilla* D 4, D 6 wegen Gliederrheuma mit Einschlafen und wandernden, spannenden Schmerzen. Ruhe und Wärme verschlechtern. Zugleich Behebung der Beincyanose und des Fluors.

Krankheitsbild

Ein blondes, schüchternes Mädchen, 17 J., mit rundlichen Formen kommt wegen Nasenbluten, Kopfschmerzen und kalten Händen und Füßen in Behandlung. Die fehlerhafte Blutverteilung weist auf Pulsatilla hin. Die schwache, schmerzhafte Regel, meist einige Tage verspätet, aber sich schon tagelang durch Kopfschmerzen und Empfindungen im Unterleib ankündigend, bestätigt das Pulsatilla-Bild; desgleichen die zugegebene Fettunverträglichkeit und besonders die Abneigung gegen das warme Zimmer, gegen direkte Wärmeanwendung trotz Frostigkeit, nur warme Kleidung wird angenehm empfunden. 3mal tgl. 1 Tbl. *Pulsatilla* D 6 mindert binnen 14 Tagen die Kopfschmerzen und beseitigt das Nasenbluten. In der Folgezeit bessern sich unter *Pulsatilla* D 12 2mal tgl. 1 Tbl. auch die Kreislaufstörungen, die Regel wird stärker und ziemlich beschwerdefrei, der Weißfluß unbedeutend. Nach 12 Wochen Gesamtbehandlung, im letzten Monat nur noch 1mal in der Woche *Pulsatilla* D 30, hat sich der Zustand so gebessert, daß Pat. *Pulsatilla* D 30 nach Bedarf selbst einnimmt und keiner weiteren Behandlung mehr bedarf.

Homöopathischer Graphit-Typ

Die meist blonden, bleich aussehenden Graphit-Reaktions-Typen sind traurig verstimmt, phlegmatisch und klagen gern. Sie frösteln trotz ihres Fettansatzes infolge hypovarieller, hypothyreoider Stoffwechselverlangsamung. Auffällig sind ihre Eßgier und die Verzögerung aller Funktionen (Denken, Regel, Stuhl). Mnemotechnisch: „Fett, faul, frostig, verstimmt, verstopft, gefräßig". Erkältungsneigung, Zugluftabneigung, kalte Füße mit stinkenden Schweißen, Nachtschweiße, Schläfrigkeit, traumreicher Schlaf und Gliedereinschlafen gehören zum Typ. Sie neigen zu chronischen Hautaffektionen: Harte brüchige Haare, totale Alopezie, Rhagaden an den Haut-Schleimhaut-Übergängen; trockene oder nässende Ekzeme mit Bevorzugung der Beugeseiten, Genitalien, des Gesichts (hinter den Ohren, Wangen, Erysipelrezidive von Nasenrhagaden ausgehend). Narbenkeloide, Nägelveränderungen (verdickt, verkrüppelt, gespalten). Hartnäckige Verstopfung (zur Zeit der Regel verschlimmert, harte Knollen mit Schleim bedeckt), Hämorrhoiden mit Fissuren und Analekzem; spärliche, blasse, verzögerte Regel und profuse, scharfe, wäßrige Leukorrhoe sind ebenfalls typen-charakteristisch.

Der homöopathische Graphites-Reaktions-Typ entspricht dem **Reaktions-Typ B nach Lampert:** Sympathicotonische Einstellung, rasche Ermüdbarkeit, Starkschwitzer, guter Appetit, Ansatzneigung, Rohkostverlangen, zornig erregbar.

Anwendung von Graphites

1. auf Grund persönlichkeitsbestimmter Charakter- und Gemütssymptome
Traurige, ängstliche Verstimmung mit Schreckhaftigkeit und zorniger Reizbarkeit. Denken und Entschlußfähigkeit sind verlangsamt; Schwerfälligkeit. Es besteht Tagesschläfrigkeit und Unfähigkeit zu geistiger Arbeit.

2. bei persönlicher Abwandlung der Beschwerden
(= Modalitäten, hervorgerufen durch das vegetative System): Körperkälte, Frösteln, Erkältungsneigung; Zugluftempfindlichkeit. Chronische Obstipation, schlimmer durch die Regel. Hypovariell-hypothyreoide Blutwallungen zum Kopf ohne Schweiße; sonst übelriechende saure Schweiße, auch der Füße. Widerwille gegen Fleisch, gekochte Speisen und Gesalzenes.

3. bei persönlicher Abweichung des Reaktionsgrades vom Normalen
Die Reaktion des Graphit-Types ist psychisch und stoffwechselmäßig verlangsamt mit Herabsetzung des Grundumsatzes (hypovariell und hypothyreoid). Graphites zeigt eine kristallstruktur-bedingte katalytische Kohlenstoff-Wirkung im Sinne einer Belebung des Redoxgeschehens nach seiner oxydativen Seite, offenbar unter Mitwirkung der Keimdrüsen und der Schilddrüse.

4. bei bestimmten Diathesen mit persönlicher Anfälligkeit und Krankheitsbereitschaft

Ekzemneigung der Haut (hypothyreoid, myxödematös): Trockene, rissige, schuppige Ekzeme mit Rhagaden an den Körperöffnungen; nässende, impetiginöse Ekzeme mit scharfen, übelriechenden Sekreten. Charakteristisch ist ihre große Ausdehnung, Therapieresistenz und Neigung zu Rezidiven. Erysipel und Narbenkeloide.

Anfälligkeit der Schleimhäute der Augen, Ohren und Nase durch Erkältung, bes. Zugluft: chronische Conjunctivitis, Blepharitis, Lidekzem; Otitis externa und media, Ohrekzem, chronische Rhinitis mit Rhagaden der Nasenlöcher (Ausgang des Erysipels) und großer Luftempfindlichkeit.

5. beim Chronischwerden von Krankheiten infolge persönlicher Abwehrschwäche

Außer den bereits erwähnten chronischen Affektionen der Haut und Schleimhäute seien hier am Magen-Darm-Kanal katalytische Stoffwechselstörungen mit vagotonischer Komponente (HCl- und Schleimmangel) angeführt: Pharyngitis, Klumpengefühl in der Speiseröhre; chronische Gastritis mit Heißhunger und Eßgier; Magenkrampf gebessert durch Essen, auch Ulcus ventriculi oder duodeni. Meteorismus mit stinkender Flatulenz. Atonische habituelle Obstipation; harter, knolliger Stuhl mit Schleimbeimengungen. Brennende, blutige Hämorrhoiden. Analekzem mit Fissuren. Auch schleimige Durchfälle. Colitis mucosa.

Der herabgesetzten Keimdrüsentätigkeit entspricht die sexuelle Schwäche und Impotenz; bei den Frauen sind typ-charakteristisch die schwache, verspätete oder ausbleibende Regel und der reichliche, scharfe Fluor (Leukorrhoe, wunde Schenkel) und die Verschlimmerung der Obstipation durch die Regel.

Mittelbeschaffenheit und Dosierung

Reißblei, natürliche hexagonale Graphitkristalle mit starker katalytischer Oberflächenwirkung *(Kohlenstoff;* Kieselsäure, Eisen, Mangan und Spurenelemente).

Entsprechend dieser zentralbiologischen Katalysatorwirkung von *Graphites* tbl. D 6, D 12 u. D 30 auf die dissimilative Phase des Stoffwechsels im Sinne einer Anregung der Oxydation und der Zirkulation finden diese Potenzen besonders bei konstitutionell-endokrin bedingten chronischen Erkrankungen der Haut und Verdauungsorgane Anwendung. Lediglich bei akuten Schüben der Hautaffektionen und bei einer sich erst entwickelnden atonischen Obstipation kommt *Graphites* D 3 bis D 4 in Frage. Zur Resorption von Narben nimmt man D 4 — D 6; je älter, um so höher die Potenz.

Typenbilder

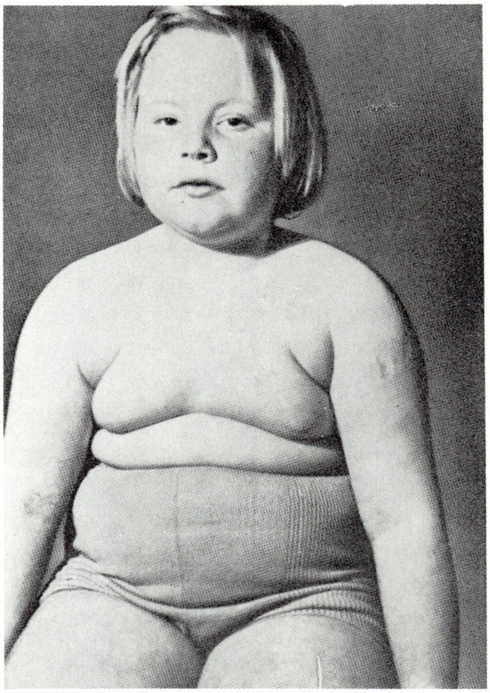

Abb. 32. Graphites-Typ

Das myxödematöse, phlegmatische, blonde, verfettete 8jähr. Mädchen, 130 cm, 47 kg (statt 128 cm, 26,3 kg) stellt einen Graphit-Typ dar. Die Lippen sind wulstig, die Nase ist fleischig.
Behandlung mit *Graphites* D 6 und D 30 wegen scharfen Fluors mit nässendem Genitalekzem und wegen habitueller, atonischer Obstipation. Stühle sind hart, knollig und enthalten Schleimbeimengungen. Zugleich Besserung der üblen Schweiße und Zunahme der Vitalität.

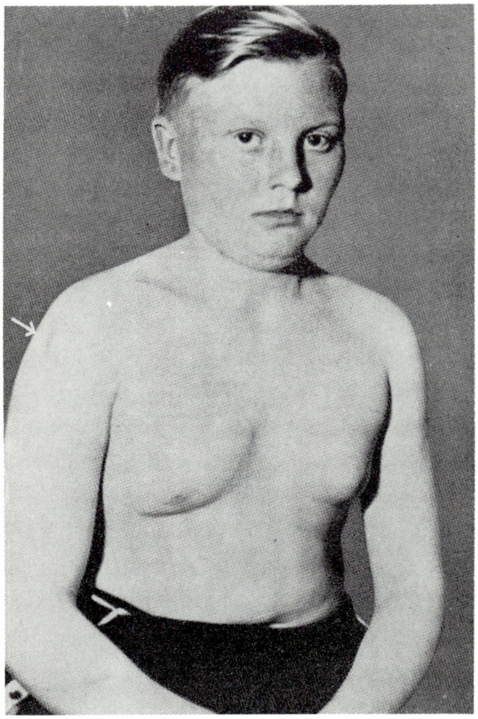

Abb. 33. Graphites-Typ

Man könnte den blonden 12jähr. Knaben für einen Calcium-carbonicum-Typ (Vergleiche Abb. 10, S. 54) halten. Das mit Pfeil angedeutete Keloid der Pockenimpfnarbe am rechten Oberarm weist jedoch auf einen Graphit-Typ hin. Die Hoden sind äußerlich intakt.
Behandlung mit *Graphites* D 6 und D 30 wegen habitueller atonischer Obstipation mit Analekzem bessert auch die Zugluftempfindlichkeit und Erkältungsneigung.

Abb. 34. Graphites-Typ

Das Narbenkeloid der 58jähr. Patientin in der Mitte der Stirn besteht seit 20 J. Die Augenbrauen sind auf ihrer äußeren Hälfte stark gelichtet; weitere Zeichen der Hypothyreose des Graphit-Typs sind die Säckchen unter den Augen und das starke Ödem des rechten Beines.
B e h a n d l u n g mit *Graphites* D 6 und D 30 wegen habitueller atonischer Obstipation und Elephantiasis des rechten Beines bringt überraschenderweise auch Rückbildung der oberen Hälfte des Stirnkeloids, das bei Behandlungsbeginn bis zur Haargrenze reichte.

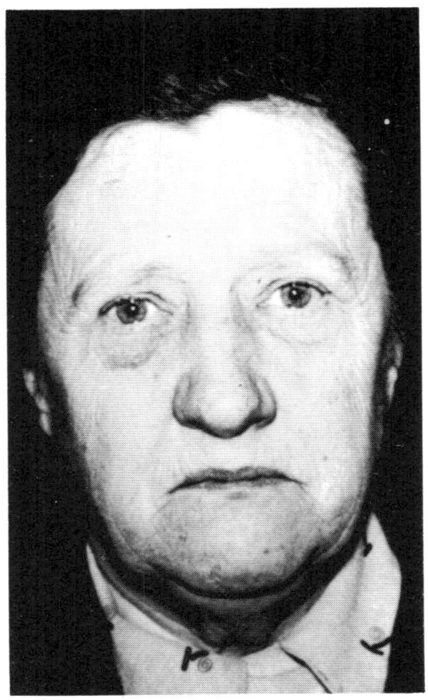

Abb. 35. Graphites-Typ

Die 64jähr. kälteempfindliche Frau zeigt ein Gesichtserysipel, das von Rhagaden der Nase ausgegangen ist und sich schmetterlingsartig nach den Augen zu entwickelt hat (dunkle Stellen an den Seitenteilen der Nase und unter den Augen). Es handelt sich um einen Graphit-Typ.
B e h a n d l u n g mit *Graphites* D 6 wegen schmetterlingsartigem Gesichtserysipel von Rhagaden der Nase ausgehend; bessert auch die atonische Obstipation mit Hämorrhoiden.

Krankheitsbilder

Mit *Graphites* D 6 und D 12 läßt sich in wenigen Tagen das von Nasenrhagaden ausgehende Erysipel des Gesichts heilen, bes. wenn es sich um Rezidive handelt.

Stiegele berichtet über eine durch Dr. Favre erfolgte Heilung einer jungen Frau, die an habitueller Obstipation litt; der Fall ist in mehrfacher Hinsicht sehr lehrreich:

„Meine Tochter, sagte mir ein schulmedizinischer Berufskollege aus Toulouse, ist jetzt 24 J. alt, fühlt sich wohl, leidet aber wie früher als junges Mädchen, jetzt auch als Frau, an Verstopfung, die oft 10—12 Tage anhält, es fehlt aber auch jeglicher Drang. Sie steht am Beginn ihrer zweiten Schwangerschaft und wird bis nach ihrer Niederkunft bei mir bleiben, denn die erste war von einer Reihe von Vorkommnissen auf Grund ihrer Verstopfung begleitet. Könnte die Homöopathie dagegen etwas tun? Wir haben uns erfolglos in Bemühungen erschöpft. Ich hörte, daß in Ihrer Schule *Nux vomica* bei Verstopfung gegeben wird. Raten Sie uns dazu?

Nein, mein lieber Kollege, die *Nux vomica* hat nur bei erfolglosem Stuhldrang eine Wirkung, wie z. B. bei mit Hämorrhoiden behafteten Menschen, das ist hier nicht der Fall, höchstens könnte man an *Lycopodium, Opium, Hydrastis* denken. Am besten wäre es, ich würde vor jeglicher Verordnung Ihre Tochter einmal sehen. Ihr vorgestellt, sehe ich eine junge, schlanke Frau von bräunlicher Haut- und Haarfarbe, ein bißchen blaß, mit vereinzelten Sommersprossen im Gesicht. Der Vater erzählte mir, daß diese immer vorhanden sind, auch außerhalb einer Schwangerschaft und zwar um so stärker, je mehr verstopft sie ist.

Dieses Krankheitszeichen war für mich von solcher Wichtigkeit bei der Mittelwahl, daß ich ohne zu zögern sagte, *Graphit* ist das angezeigte Mittel von vornherein. Sodann erfahre ich, daß diese junge Frau sehr reizbar ist, daß sie sich über ihre Zerstreutheit beim Sprechen und Schreiben beklagt, daß sie an einem maßlosen Hunger leidet, daß ihre Regel jederzeit sehr schwach war, sie fühlt sich morgens nie ausgeschlafen, ist immer gebläht usw. Ich hatte also keine Schwierigkeiten, die charakteristischen Züge des Graphit-Bildes zu erkennen, des Mittels, das für mich durch die Sommersprossen angezeigt war.

Meine Verordnung: Alle Abführmittel und Einläufe sind wegzulassen. Morgens nach dem Aufstehen und abends vor dem Zubettgehen je 3 Korn von *Graphit* D 12 zu nehmen. Nach 10 Tagen berichtet man mir über das ‚wunderbare Ergebnis'. Seit dem 1. Behandlungstag hatte Pat. täglich abends meist um 8.30 Uhr Stuhlgang. Nun gab ich *Graphit* D 30 in gleicher Weise. ‚Ihr letztes Mittel ist noch viel wirksamer'. *Graphit* wird noch wöchentlich 2mal genommen; seit 25 Tagen nimmt die junge Frau nichts mehr, die Verstopfung ist behoben, ebenso das Aufgeblähtsein, der Schlaf ist weniger schwer, kaum sind noch 3—4 sehr dünne Sommersprossen in ihrem Gesicht zu erkennen (Dr. Favre).

Nachwort des Berichterstatters Dr. Charette: Die Wahl von *Graphit* war nicht leicht in diesem Falle, zunächst war der äußere Habitus der Kranken das gerade Gegenteil vom üblichen Graphit-Typ. Die Verstopfung ohne Drang ist zahlreichen Mitteln eigen, ebenso die seltenen und spärlichen Regeln, ebenso wie die betonten anderen Symptome, aber man trifft sie nur bei einem Mittel, dem *Graphit,* beieinander, der wohl das Simillimum war. Was Dr. Favre bei seinem Aufspüren begegnete, war das geringfügige Krankheitszeichen: je mehr die Kranke verstopft ist, um so zahlreicher sind die Sommersprossen.

Gelegentlich dieser Beobachtung ist eine Bemerkung von Wert. Entsprechend dem Typus können sich 3 Möglichkeiten zeigen:

1. Die Krankheit läßt kein charakteristisches Symptom erkennen, aber die Kranke weist eine ausgesprochene Konstitution auf, die für die richtige Mittelwahl genügt.

2. Im Gegensatz hierzu (wie im vorliegenden Fall) weisen die Symptome auf ein Mittel hin, das der Konstitution der Kranken in keiner Weise entspricht. In diesem Fall ist das durch die Symptomatik angezeigte organotrope Mittel zu geben, ohne sich um die konstitutionellen Verhältnisse zu kümmern.

3. Die Krankheit zeigt sehr charakteristische Symptome für die Wahl eines Mittels, der konstitutionelle Typ des Kranken deutet aber auf ein anderes hin. Dann ist das durch die Symptome angezeigte Mittel zusammen mit dem konstitutionellen in hoher Verdünnung zu verordnen."

Homöopathischer Mercurius-Typ

Der Mercurius-Reaktions-Typ ist ein etwas gedunsener lymphatisch skrofulöser Typ mit chronischem Katarrh der oberen Luftwege, dauernd entzündeten Mandeln und entzündlichen Drüsenschwellungen (Speichel- und Lymphdrüsen). Übelriechende, klebrige Schweiße, bes. nachts, bringen keine Erleichterung, Erkältungsneigung und Unverträglichkeit von kaltem, feuchtem Wetter und Zugluft; will weder extreme Hitze noch Kälte. Durst bei dickbelegter geschwollener Zunge mit Zahneindrücken und stinkendem Speichelfluß. Leberschwellung schlimmer in rechter Seitenlage, Tenesmen vor, während und nach dem Stuhlgang und dem oft etwas blutigen Wasserlassen.

Psychisch fällt die Angst und das unruhige, hastige Wesen auf. Der Kranke fürchtet, den Verstand zu verlieren, zeigt Erregung, Verwirrtheit (Suicidneigung). Reifen- oder Auseinanderpressungsgefühl des Kopfes mit Zahn- und Gesichtsreißen, begleitet von Wallungen und Schweißen, Kopfzittern, schmerzhafter Kopfhaut bei Berührung und schmerzhaften Kopfknochen sind häufige Klagen.

Die entzündete Haut zeigt nässende Ekzeme. Dermatitis und Pyodermie mit Kälteverschlimmerung. Frieren wechselt mit Hitze, Schweiße beim geringsten Anlaß.

Der homöopathische Mercurius-Reaktions-Typ entspricht dem **Reaktions-Typ B nach Lampert:** Sympathicotonische Einstellung, Entzündungsneigung, Starkschwitzer, gerötete Haut, Rohkostverlangen, Bewegungsdrang, rasch, einfallsreich, erregt, aufbrausend.

Anwendung von Mercurius solubilis Hahnemanni

1. auf Grund persönlichkeitsbestimmter Charakter- und Gemütssymptome
Angst, Verwirrtheit (meint, Verstand zu verlieren), Suicidneigung: hastig und gereizt (Erethismus und Tremor mercurialis). Kongestive Kopfschmerzen mit Reifengefühl. Kopfknochenschmerzen. (Symptome der progressiven Paralyse mit Ataxie und Demenz).

2. bei persönlicher Abwandlung der Beschwerden
(= Modalitäten, hervorgerufen durch das vegetative System): Klebrige, gelbe, übelriechende Schweiße, bes. nachts. Unverträglichkeit von übermäßiger Wärme oder Kälte, Zugluft und Wetterwechsel. Frösteln; auch Wechsel von Hitze und Frieren. Nächtliche Verschlimmerung. Abneigung gegen warme Speisen.

3. bei persönlicher Abweichung des Reaktionsgrades vom Normalen
Der Erethismus mercurialis gesteigert bis zum Tremor mercurialis des Typs findet zentral seine Dämpfung durch das Konstitutionsmittel *Mercurius.* Das Heilgeschehen bei Entzündungen wird verständlich durch die Eigenschaft des Quecksilbers, sich wie alle Schwermetalle im Reticuloendothel zu speichern; auch die Ableitung der Toxine zur Haut zum Schutze innerer Organe (Lues) gehört zur heilungssteuernden Wirkung des *Mercurius.*

4. bei bestimmten Diathesen mit persönlicher Anfälligkeit und Krankheitsbereitschaft

Skrofulöse und luische Entzündungen der Schleimhäute und Drüsen mit scharfen eitrigen Sekreten (Conjunctivitis, Blepharitis, Keratitis, Rhinitis, Sinusitis, Ozaena, Otitis, Parotitis, Bronchitis). Erkältungsneigung (nasse Kälte), Neuralgien, Muskelrheumatismus, Gelenkrheumatismus.

5. beim Chronischwerden von Krankheiten infolge persönlicher Abwehrschwäche

Entzündungen der Haut mit Neigung zu eitern (Erytheme, Exantheme, Erysipel, nässende Ekzeme, Intertrigo, Phlegmone, Absceßbildungen, Ulcerationen); Dermatitis, Pyodermie. Schleimhautentzündungen mit scharfen, eitrigen, auch blutigen Sekreten: 1. an den Luftwegen (bereits angeführt). 2. am Verdauungskanal mit Bevorzugung seines Anfanges (Mundhöhle) und Endes (Rectum) wie bei Ruhr: Stomatitis mit geschwollener und belegter Zunge, Aphthen, Soor; Zahncaries, Tonsillitis, Diphtherie; Gastroduodenitis mit heftigem Durst und Brennen (nur Kaltes verlangt); Colitis mit Tenesmen und schleimigblutigen Durchfällen (Ruhr), entzündete Hämorrhoiden. 3. am Genitale: Gonorrhoe der Urethra, Vagina und Cervix: Vulvitis, Endometritis, Adnexitis mit scharfem, brennendem Fluor.

Mittelbeschaffenheit und Dosierung

Mercurius solubilis Hahnemanni, ein Gemenge von Mercuroamidonitrat ($NH_2Hg_2NO_3$) mit wechselnden Beimischungen von metallischem Hg und Quecksilberoxydul (Hg_2O). *Mercurius sublimatus corrosivus*, Sublimat, Quecksilberchlorid ($HgCl_2$).

Beide unterscheiden sich kaum in der Wirkung, sondern nur in der Stärke derart, daß *Mercurius corrosivus* stärker wirkt. Für konstitutionelle Wirkungen kommen nur Potenzen von D 30 und höher (D 60, D 200) in Frage. Organotrope Anwendungen erfolgen mit Potenzen von D 6 u. D 12. Bei beginnenden Anginen kann *Merc. sol.* D 4 noch die Abscedierung begünstigen, deshalb beginnt man besser mit *Merc. sol.* D 6 oder *Merc. corr.* D 12. Die verschiedenen Mercur-Präparate zeigen eine spezielle und verstärkte Organwirkung. Dazu einige Beispiele: *Cinnabaris* tbl. D 3 gegen Spätneuralgien nach Herpes zoster oder Neualgien mit nächtlicher Verschlimmerung. *Mercurius auratus* tbl. D 4 bei Ozaena. *Mercurius bijodatus* tbl. D 3 wird gern bei Drüsenentzündungen (Parotis, Hoden, Nebenhoden, Samenstrang, Eierstock, Tuben) verwandt, wegen der Beziehungen des *Jods* zu den Drüsen. Bekannt sind die Beziehungen des *Calomels* zum Duodenum.

Typenbilder

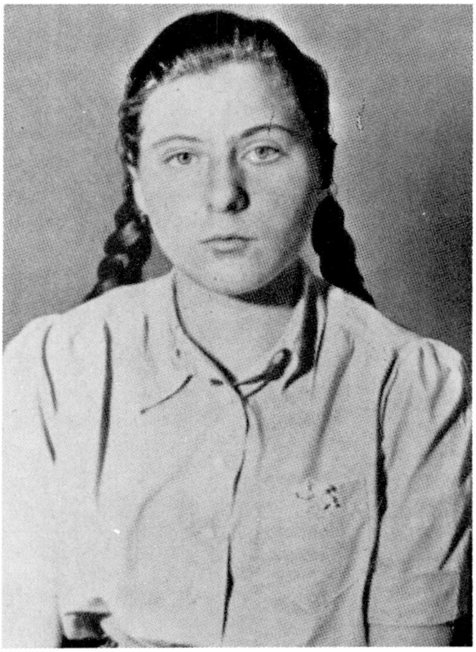

Abb. 36. Mercurius-Typ

Das dunkelhaarige, etwas gedunsene lymphatische 15jähr. Mädchen zeigt die Entzündungsneigung der Haut des Mercur-Typs. Die unreine Haut der Stirn und Wangen und eine impetiginöse Stelle etwas unterhalb des linken Mundwinkels werden vom Schwarzweißbild nur angedeutet; sie heben sich aber im farbigen Diapositiv deutlich von der bleichen Haut ab.

Behandlung mit *Mercurius solubilis* D 12 wegen Akne vulgaris und Dysmenorrhoe mit scharfem, brennendem Fluor. Besserung auch der klebrigen Schweiße und der Erkältungsneigung infolge zerklüfteter Mandeln.

Abb. 37. Mercurius-Typ

An dem Bilde dieses 13jähr. Mädchens sei einmal demonstriert, wie man zur Diagnose des Konstitutions-Typs kommt.

Die jugendliche Patientin wurde wegen Foetor ex ore und störenden, unangenehmen Schweißgeruches in Behandlung gebracht. Die gedunsene Nasen-Mund-Partie wies sofort auf Skrofulose hin. Die Mutter beklagte sich über die „Nervosität“ ihrer Tochter und meinte, sie wäre auch immer erkältet.

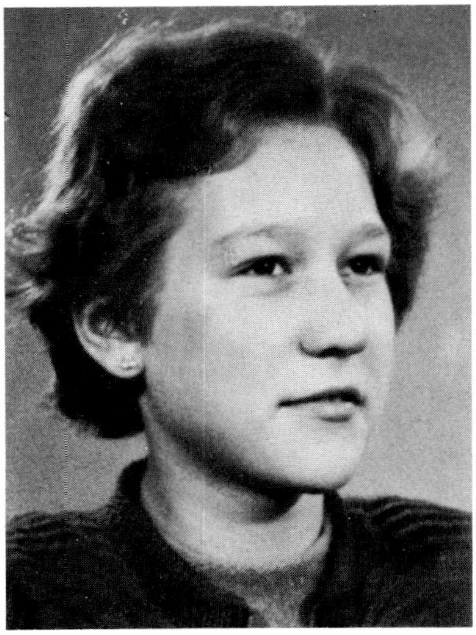

Die Vermutungsdiagnose lautete: „Mercur-Typ“. Sie fand ihre Bestätigung bei der Betrachtung der Mandeln, die zerklüftet und entzündlich gerötet waren. Als erkältungsauslösend konnten Kälte, Zugluft und Wetterwechsel festgestellt werden. Die weitere Untersuchung ergab gastroduodenitische Anfälligkeit, die offenbar fokaltoxisch von den Tonsillen her ausgelöst wurde.

Die Patientin zeigt, wie sich die Tonsillen fokaltoxisch typen-bildend im Sinne des Mercurius-Typs auch im äußeren Habitus erweisen können.

Ihre letzte und überzeugendste Bestätigung fand diese Typen-Diagnose im raschen Schwinden der Beschwerden und der Erkältungsneigung durch Behandlung mit dem zugehörigen Konstitutions-Mittel *Mercurius solubilis* tbl. D 12.

Abb. 38. Mercurius-Typ

Ein 17jähr. Mercur-Typ mit einem skrofulösen Mundekzem seit der Kindheit, das besonders bei übermäßiger Wärme im Sommer und großer Kälte im Winter wiederkehrt oder sich verschlimmert.
Behandlung mit *Mercurius solubilis* D 6 und D 12. Heilung binnen 4 Wochen, während vielfache Salbenbehandlung nach Angaben des Kranken stets langwierig war und zur Verstärkung der übelriechenden klebrigen Nachtschweiße führte. 2 leichte Rezidive im anschließenden Vierteljahr; seit 3 Monaten geheilt, nur noch geringe Schweiße und ohne Geruch.

Krankheitsbild

Wegen übelriechender Nachtschweiße kommt ein 18jähr. junger Mann mit Angst vor Lungentuberkulose in Behandlung. Ein Blick auf die zerklüfteten Mandeln und die zugegebene Erkältungsneigung bei Zugluft und feuchtkaltem Wetter in Gestalt chronischer Katarrhe der oberen Luftwege lenkt die Aufmerksamkeit auf *Mercurius*. Die Schweiße erleichtern nicht, hastiges unruhiges Wesen ist vorhanden, ebenso Speichelfluß und zeitweise Darmkoliken mit Tenesmen. Unter *Mercurius solubilis* tbl. D 6 3mal tgl. 1 Tbl. haben sich die Schweiße nach 14 Tagen bereits erheblich verringert und besonders ihren üblen Geruch verloren. Pat. erhält weiter *Mercurius solubilis* tbl. D 12 3mal tgl. 1 Tbl. mit dem Erfolg, daß nach weiteren 14 Tagen von „Lungentuberkulose“ keine Rede mehr ist. Froh ist der Kranke in der Folgezeit, daß seine Erkältungsneigung zurückgegangen ist und er bei den geringsten Halsbeschwerden mit *Mercurius solubilis* D 12 sofort die Entwicklung einer beginnenden Tonsillitis zu verhüten vermag. Er ist mit dem Ergebnis so zufrieden, daß er in jugendlicher Selbstherrlichkeit eine Weiterbehandlung mit *Mercurius solubilis* D 30 in größeren Abständen für unnötig erklärt.

Vergleiche ferner die Bildbeschreibung zur Abb. 37.

Hagere Typen mit neurasthenischen Zügen

Neurotische Typen mit reizbarer Nervenschwäche

Homöopathischer Alumina-Typ

Der Alumina-Reaktions-Typ ist ein magerer, schwächlicher, frostiger Mensch, der einen vorzeitig gealterten, „verschrumpelten" Eindruck macht. Haut und Schleimhaut zeichnen sich durch Trockenheit aus. Er handelt sich um einen depressiven Hypochonder mit psychischen und nervösen Störungen der Koordination: Zwangsvorstellungen voller Befürchtungen und Angst, bes. beim Aufwachen. Versprechen, Verschreiben. Schwindel beim Öffnen der Lider mit Strammen oder Zucken im Nacken. Lähmige zittrige Schwäche des ganzen Körpers oder der Glieder. Gangunsicherheit mit Stolpern. Beinmüdigkeit (muß liegen). Mag keinen Hut tragen (Kopfschmerz).

Der homöopathische Alumina-Reaktions-Typ entspricht dem **Reaktions-Typ A nach Lampert:** Vagotonische Einstellung, Trockenheit der Haut und Schleimhaut. depressive Hypochonder.

Anwendung von Alumina

1. **auf Grund persönlichkeitsbestimmter Charakter- und Gemütssymptome**
   Den Kranken beherrschen Angst (vor Unglück, nicht zu gesunden, vor vermeintlich begangenen Verbrechen) und innere Unruhe (Zeit vergeht zu langsam, rastloser Betätigungsdrang). Paraesthesien: Kribbeln, Gliedereinschlafen bei Druck, taube Fersen, sowie Spinnwebengefühl der Gesichtshaut. Gestörtes Ich-Bewußtsein. Versprechen und Verschreiben als Koordinationsstörungen.

2. **bei persönlicher Abwandlung der Beschwerden**
   (= Modalitäten, durchs Vegetativum hervorgerufen): Frostigkeit, Wetterempfindlichkeit. Kein Schwitzen. Zunahme der Beschwerden in der Ruhe, morgens und bei trockenem Wetter. Abneigung gegen Tabak, Kartoffeln und Schwarzbrot (sind Kalium-reich). Verschlimmerung durch Reizmittel (Gewürze und Alkohol).

3. **bei persönlicher Abweichung des Reaktionsgrades vom Normalen**
   Die herabgesetzte Reaktion wird angeregt durch Regulation der Zellmembran-Durchlässigkeit bei Kranken mit gestörtem Ich-Bewußtsein, mit Koordinationsstörungen und mit motorischen, sensiblen, trophischen und

sekretorischen Störungen. Entsprechende Störungen der Sexualsphäre sind Blasenschwäche, Pollutionen, Impotenz und profuse Leukorrhoe (scharf, auch klebrig), Regel schwach, blaß, zu früh oder zu spät.

4. beim Chronischwerden von Krankheiten infolge persönlicher Abwehrschwäche

Als trophische Störungen der Haut seien erwähnt: Welkheit, Abschilfern, Jucken, das durch Kratzen bis zum Bluten nachläßt (bes. im Bett). Haare und Wimpern werden dürr und fallen aus; die Nägel sind glanzlos und brüchig. Einrisse und Geschwüre der kälteempfindlichen Haut, bes. an der Nasenspitze.

Infolge abnormer Schleimhauttrockenheit kommt es zu chronischer Lidrandentzündung, Laryngitis, Tracheitis mit zähem Sekret; Rednerheiserkeit und Räusperzwang. Verminderte Gleitfähigkeit infolge Schleimmangels führt zu Speiseröhrenkrampf und atonischer Obstipation mit Stuhl, der klebt wie Glaserkitt, sowie Tenesmen. Auch weicher Stuhl ist schwer auszupressen.

Mittelbeschaffenheit und Dosierung

Ausgeglühte Tonerde, Alaun (Al_2O_3). Bei Obstipation D 3; bei chronischer trokkener Conjunctivitis D 15, später D 30.

Typenbilder

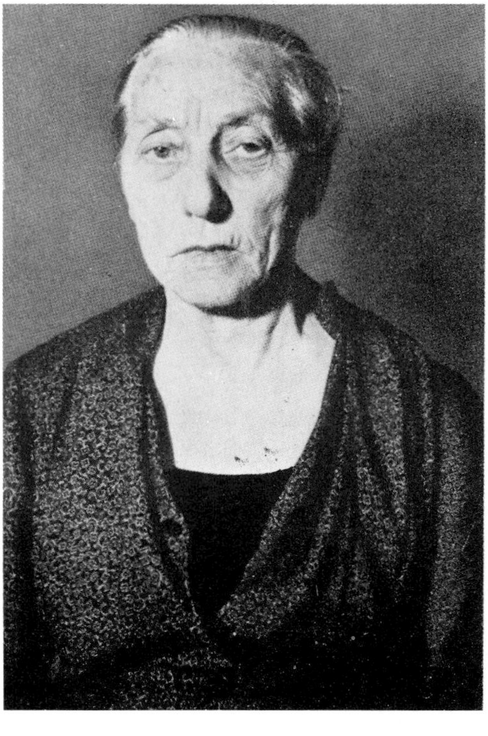

Abb. 39. Alumina-Typ

Aluminatyp einer 79jähr., mageren, frostigen Greisin mit Trockenheit der Haut und Schleimhäute. Faltenreiches Gesicht mit trockenem, juckendem Ekzem an der Stirn. Ptose der Lider verstärkt den depressiven Gesichtsausdruck.

Behandlung mit *Alumina* D 6 und D 30 wegen Pruritus senilis, Kribbeln und Einschlafen der Hände und wegen habitueller Obstipation mit Tenesmen bei zähem, klebendem Stuhl. Auch Besserung des unsicheren Ganges und der Beinmüdigkeit.

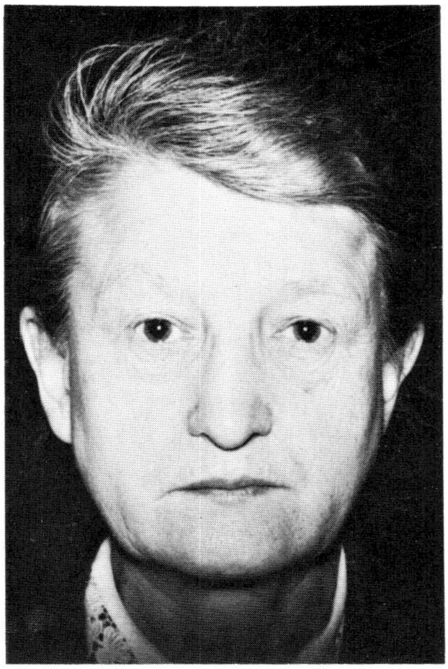

Abb. 40. Alumina-Typ

Die Trockenheit der Haut des nebenstehenden Alumina-Typs ist an den feinen Fältchen um die Augen gut zu erkennen.
Der schlechten Hautdurchblutung der schwächlichen Frau entspricht ihre Frostigkeit.
Auch der ängstlich-depressive Gesichtsausdruck ist typen-bestimmend.

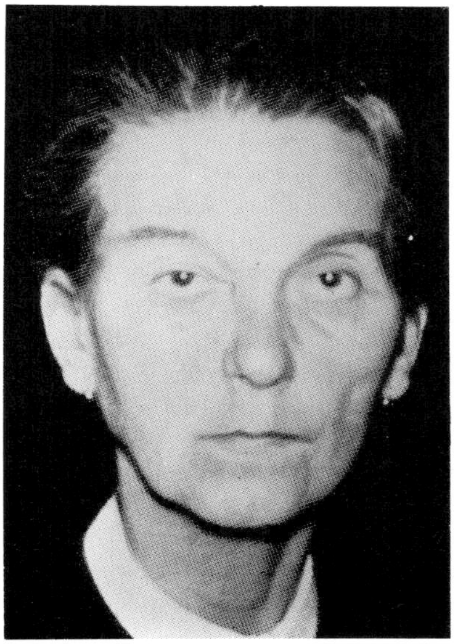

Abb. 41. Alumina-Typ

Die anämische, magere, schwächliche und nervöse Frau klagte über Trockenheit der Haut.
Auch die Schleimhäute erwiesen sich als abnorm trocken; dadurch erklärte sich die Neigung zum Räuspern, der trockene Stuhl ohne jeden Drang und die durch das Pressen entstandene Hämorrhoidenbildung.
Behandlung der 64jähr. Patientin, eines Alumina-Typs, mit *Alumina* D 4 und D 6 wegen chronischer Obstipation, Kribbeln und Fingerabsterben, sowie Beinmüdigkeit mit Gangunsicherheit. Verschwinden auch der inneren Unruhe und des Räusperzwanges.

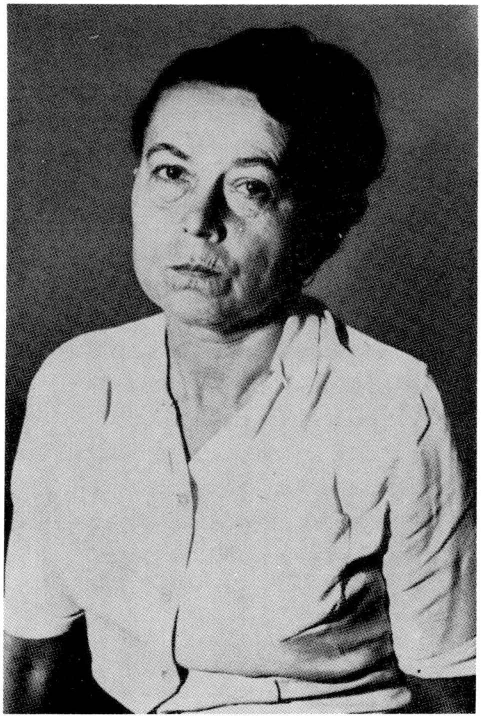

Abb. 42. Alumina-Typ

Bei der 51jähr. mageren und frostigen Patientin mit welker Haut infolge deren Trockenheit handelt es sich um eine Alumina-Patientin. Man achte auf die Fältelung der Haut um den Mund herum und auf die Augenringe. Der Gesichtsausdruck verrät die depressive Stimmungslage.
Behandlung mit *Alumina* D 6 und D 12 wegen trockener Hände und wegen Schleimhauttrockenheit des Enddarms (Obstipation) und der Vagina mit Pruritus. Gleichzeitiges Verschwinden der Parästhesien (Spinnweben im Gesicht, Fingerkribbeln) und Besserung der Koordinationsstörungen (Versprechen, Gangunsicherheit mit Stolpern). An trophischen Störungen bestehen noch Haarausfall und brüchige Nägel.

Krankheitsbild

Eine 23jähr. magere Kontoristin klagt über Zittern und Lähmigkeit der Hände, was beim Schreiben mit der Hand und der Maschine sich störend bemerkbar macht, so daß sie um ihre Stellung besorgt ist. Es bestehen Schwierigkeiten bei der Entleerung des Stuhls, der wie Glaserkitt haften bleibt, und profuse Leukorrhoe. Die Hände fühlen sich trocken an. Die Symptome weisen auf *Alumina* und werden bei Befragen ergänzt durch Frostigkeit, Neigung zum Weinen, Abneigung gegen Schwarzbrot und Kartoffeln sowie Wohlbefinden im Freien. *Alumina* tbl. D 3 3mal tgl. 1 Tbl. bessert Fluor und Stuhlgang bereits nach 14 Tagen. Da die Schwierigkeiten beim Schreiben fortbestehen, erhält Pat. nun *Alumina* tbl. D 6 3mal tgl. 1 Tbl. mit dem Ergebnis, daß nach 3 Wochen das Schreiben kaum mehr behindert ist. Weiter tgl. 1 Tbl. *Alumina* D 6. 14 Tage später läßt sie sich von einer Kollegin entschuldigen, daß sie wegen viel Arbeit schlecht abkommen könne; es ginge ihr ja auch wieder gut.

In einem ähnlichen Fall gelang die Heilung mit *Alumina* tbl. D 6 nach anfänglicher Besserung erst, nachdem zwischendurch *Lycopodium* tbl. D 6 3mal tgl. 1 Tbl. gegeben wurde. Offenbar wirkte sich dabei die bestehende Hepatopathie (Verlangen nach Süßem, Fettintoleranz) hemmend aus.

Homöopathischer Argentum-Typ

Der Argentum-Typ ist abgezehrt und sieht alt aus infolge seines blassen, grauen, eingefallenen Gesichts; seine Abmagerung schreitet fort. Die Frauen machen einen zarten, nervösen, blutarmen Eindruck. Auch die Kinder sehen auffallend alt aus. Es handelt sich um reizbare, ängstliche, lästige Menschen mit innerer Unsicherheit und Schwäche, die durch Wutausbrüche und Flüche verdeckt werden soll (im Gegensatz zum Vitalitätsausbruch des Cholerikers). Dazu gehören auch das Lampenfieber und Angstdurchfälle vor Prüfungen, Reisen usw., Schwindel (wie betrunken), Zittern und Taumeln, Gedankenschwinden, Gangunsicherheit im Dunkeln. Kopfschmerz am Stirnhöcker mit Vergrößerungsgefühl, besser durch Festbinden. Charakteristisch ist das Verlangen nach Zucker, der aber Sodbrennen, Blähungen und Durchfälle hervorruft, ferner lanzinierende Gliederschmerzen mit Taubheitsgefühl und Splitterschmerz an den Schleimhautstellen, wo die Schulmedizin *Argentum nitricum* lokal anwendet.

Das angeführte Vergrößerungsgefühl gilt auch für den geblähten Magen und Bauch (Tympanie) und die schmerzhafte linke Ovarialgegend. Stiegele spricht von „geborenen Neurotikern" und „gastritischen" Persönlichkeiten, mit denen schwer auszukommen ist.

Der homöopathische Argentum-Reaktions-Typ entspricht dem **Reaktions-Typ A nach Lampert:** Vagotonische Einstellung, schlechter Futterverwerter, geringer Appetit, Hautblässe, Spasmenneigung.

Anwendung von Argentum

1. auf Grund persönlichkeitsbestimmter Charakter- und Gemütssymptome
Neurasthenie mit Unruhe und Angst (vor Schlimmem), Zittern, Drehschwindel und hastigem Wesen. Platzangst, Lampenfieber. Gangunsicherheit, Tabes dorsalis. Paralyse. Epilepsie. Migräne mit Bohren und Klopfen über dem linken Auge. Gedächtnisschwäche. Nervöse Kopfschmerzen mit Schwindel, Hitze und Vergrößerungsgefühl, besser durch festes Binden, schlimmer durch geistige Anstrengungen und scharfe Gerüche. Traumgestörter Schlaf.

2. bei persönlicher Abwandlung der Beschwerden
(= Modalitäten, hervorgerufen durch das vegetative System): Nervöses Magenleiden mit Verlangen nach Süßigkeiten, die nicht bekommen (Blähungen, Sodbrennen). Schleimhautentzündungen mit Splitterschmerz, wo lokal *Argentum nitricum* in der Medizin Anwendung findet (Conjunctiva, Mundhöhle, Hals, Magen-Darm, Urethra, Cervix). Lampenfieber und nervöser Durchfall vor Theater, Reisen, Prüfungen usw. Bevorzugung der linken Seite in bezug auf die Beschwerden und Schwäche. Durch geistige Überanstrengung, morgens und vormittags schlimmer.

3. bei persönlicher Abweichung des Reaktionsgrades vom Normalen
Die nervöse Übererregbarkeit des Typs mit nachfolgender Schwäche findet im Argentum ihr antispastisches Heilmittel.

4. bei bestimmten Diathesen mit persönlicher Anfälligkeit und Krankheitsbereitschaft
Neurasthenie mit spastischer Diathese (Epilepsie, Tabes dorsalis, Migräne, Paralyse, Ischias, bes. Meralgie = N. cut. fem. ant.). Ulcusdiathese (Magen und Zwölffingerdarm) mit Aufstoßen, Schmerzausstrahlung, Spät- oder Nüchternschmerz, also mitternachts (besser durch Druck), und Blähungskoliken.

5. beim Chronischwerden von Krankheiten infolge persönlicher Abwehrschwäche
Die bereits angeführten Schleimhautentzündungen, insbesondere Pharyngitis und Laryngitis (Heiserkeit der Redner und Sänger), Ulcus ventriculi und duodeni (s. Modalitäten); ferner Cystitis, Gonorrhoe, Endometritis und Ovariitis.
Rheumatisch-neuralgische Kreuz- und Gliederschmerzen mit Taubheit und Lähmung.

Mittelbeschaffenheit und Dosierung

Argentum metallicum, metallisches Silber (Ag) bei Erkrankungen des Nervensystems — betrifft mehr den Intellekt (Gedächtnisschwäche) — Tabletten D 6 u. D 12. *Argentum nitricum*, Silbernitrat, Höllenstein ($AgNO_3$) bei Schleimhauterkrankungen — betrifft mehr das Gemüt (Schreckfolgen, Angst) — Dilutionen oder Tabletten D 5, D 6, D 12, D 15, D 30.

Am Beispiel von *Argentum nitricum* zeigt STIEGELE die Abhängigkeit der Potenzgröße von der Reizbarkeit des Kranken bzw. des erkrankten Gewebes. Der feinnervige Migränekranke (Migräne nach Gemütsbewegung in Form eines bohrenden Schmerzes, am schlimmsten über dem linken Stirnhöcker; gebessert durch festes Binden des Kopfes oder auch durch den Druck eines engen Hutes. Gefühl, als ob der Kopf abnorm groß wäre und als ob sich die Knochen des Schädels trennen wollten.) spricht bereits auf *Argentum nitricum* D 15 an, während der grobe Ischiasnerv, „Batzenstrick des Ischias" nennt ihn STIEGELE, erst auf *Argentum nitricum* D 3 reagiert. (Die stechenden Druck- und Spannschmerzen der Ischiasart, um die es sich hier handelt, sind mit lähmiger Schwäche und Ermattung des Beines verbunden. Die Schmerzen bevorzugen auch gern den N. cutaneus femoris anterior [Meralgie], sowie den N. dorsalis pedis und den N. plantaris externus et internus.) In bezug auf die Potenz steht der Magengeschwürskranke mit *Argentum nitricum* D 5 in der Mitte zwischen dem Ischiadiker und dem Migränekranken. Als weiteres Dosierungsbeispiel sei *Argentum nitricum* D 6 angeführt gegen den Vagotoniker-Durchfall bei Reisen, vor Theaterbesuch und vorm Examen.

Typenbilder

Abb. 43. Argentum-nitricum-Typ

Der 53jähr. abgezehrte Mann sieht alt aus infolge seines blassen, eingefallenen Gesichts. Es handelt sich um einen nervösen Gastritiker vom Argentum-Typus. Seiner körperlichen Schwäche entspricht auch die innere Schwäche mit Unruhe, Zittern, Taumeln und Gangunsicherheit im Dunkeln.
Behandlung seiner Gastritis mit Nüchternschmerz und Verschlimmerung durch Süßigkeiten mit *Argentum nitricum* D 6, wegen seiner Migräne mit Vergrößerungsgefühl des Kopfes und wegen des traumreichen Schlafes mit *Argentum nitricum* D 12.

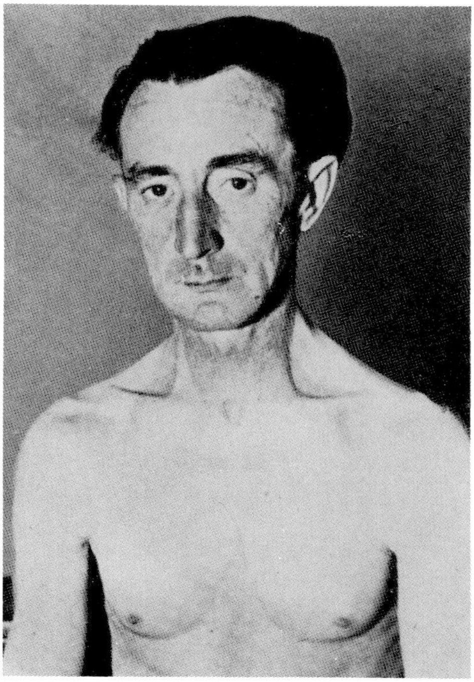

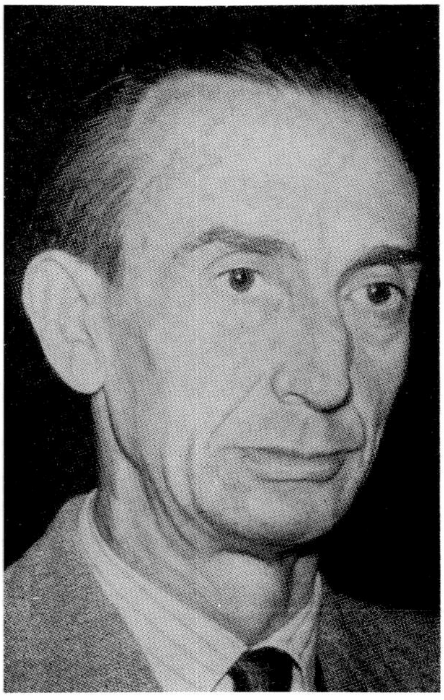

Abb. 44. Argentum-nitricum-Typ

Der nervöse Gesichtsausdruck des abgemagerten Mannes, seine Blässe und seine faltenreiche Mund-Hals-Partie lassen den „geborenen Neurotiker“ erkennen.
Für die gastritischen Beschwerden (Ulcusdiathese) ist typen-charakteristisch sein Verlangen nach Süßigkeiten, die aber Sodbrennen und Gasbeschwerden verursachen.
Behandlung des älter aussehenden 49jähr. Mannes mit *Argentum nitricum* D 6 wegen Gastroduodenitis mit Nüchternschmerz und Blähungskoliken. Zugleich auch Verschwinden der nervösen Kopfschmerzen und der traumreichen Schlafstörungen.

Abb. 45. Argentum-Typ

Diesem hageren Neurastheniker (172 cm, 65 kg; 39 J.), einem Argentum-Typ, sieht man die innere Unruhe und Angst an den etwas starren, aufgerissenen Augen an. Um seine innere Unsicherheit und Schwäche zu verdecken, neigt er zu Wutausbrüchen. Es fehlen deshalb die charakteristischen Zornfalten über der Nasenwurzel. Behandlung mit *Argentum metallicum* D 6 und D 12 wegen Gedächtnisschwäche, nervöser Stirnkopfschmerzen mit Vergrößerungsgefühl, Platzangst und Lampenfiebers. Auch Besserung der raschen Ermüdbarkeit (RR 100/60) und der geistigen Leistungen.

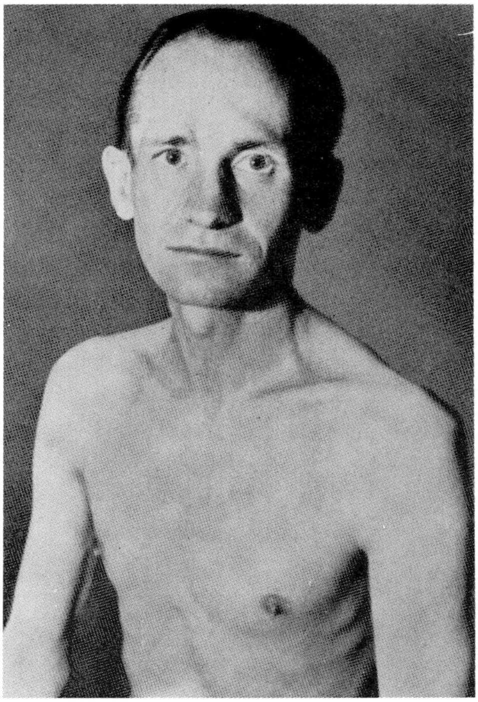

Abb. 46. Argentum-Typ

Diese 36jähr. hagere, neurasthenische Frau macht einen blutarmen Eindruck. Es handelt sich um einen Argentum-Typ mit auffällig fahler, blaßgrauer Gesichtsfarbe.
Behandlung mit *Argentum met.* D 12 und D 30 wegen Migräne mit Bohren und Klopfen über dem linken Auge, Schwindel und Hitzegefühl. Neigung zu Durchfall vor Reisen. Besserung auch der Kreuzschmerzen mit Taubheit und Lähmigkeitsgefühl.

Krankheitsbilder

Die häufige Anwendung von *Argentum nitricum* tbl. D 6 bei nervösen Magenkranken (Ulcusdiathese) mit Verlangen nach Süßem, das aber Sodbrennen, Blähungen und Durchfall macht, ist recht zuverlässig in der Wirkung. Man muß nur beachten, daß bei Besserung das Mittel nicht zu lange weiter gegeben wird; am besten geht man dann auf D 12 über (1mal tgl. 8 Tage lang, in der nächsten Woche nur noch 2mal usw.).

Von einer seltenen Form schwerer nächtlicher Herzschwächeanfälle, einer Art „Pseudoangina" berichtet STIEGELE: „Frau J. F., 44 J. alt, leidet seit 2 J. an periodisch eintretenden nächtlichen Anfällen. Sie wacht nachts mit kalten Füßen auf, die Kälte zieht herauf bis in den Leib, dann setzt Zittern des Kopfes und des ganzen Körpers ein, großer Angstzustand; äußere Wärme bessert, ebenso Stuhlentleerung; objektiv kein Befund. Verordnung *Argentum nitricum* D 6, Bericht nach 8 Wochen: sehr zufrieden, seither nur eine leise Andeutung eines Anfalles. Rep. Bericht nach 5 Wochen: nach abendlichem Genuß von Bohnenkaffee und Wein ein Anfall. Rep. Seit 16 J. beschwerdefrei."

Homöopathische Magnesium-Typen

Der **Magnesium-carbonicum-Typ** findet sich bei meist hageren, schlaffen, leicht erschöpfbaren, muskelschwachen, frostigen Frauen und Kindern (weniger bei Männern) mit gelblicher, blasser Gesichtsfarbe. Sie fallen durch starke nervöse Überempfindlichkeit und Gereiztheit (bis zum unbeherrschten Zornesausbruch) auf; die ängstlichen aufgeregten Kinder schreien bereits beim Anblick des Arztes und bringen tags und nachts größte Unruhe ins Familienleben. Bei Erwachsenen kann diese Gereiztheit mit Tagen von Ausgeglichenheit wechseln; frische Luft bessert. Die zugrunde liegende starke vegetative Labilität tritt auch im Wechsel von Gefäßspasmen (Sehstörungen, Gliederabsterben, Neuralgie) und Kongestionen mit Herzklopfen und Pulsieren durch den ganzen Körper oder Kollaps mit Übelkeit und Schweißausbruch zutage (Schilddrüse und Leber!). Die Spasmenbereitschaft betrifft alle Hohlorgane (Magen-Darm-, Luftröhren- und Uterus-Koliken). Auch hier besteht Periodizität der Beschwerden. Mittelschmerz, Verschlimmerung durch Kälte, kalte Luft, Ruhe, Bettwärme, frühmorgens und vor, bzw. während der Regel; Wärme bessert immer.

Der homöopathische Magnesium-Reaktions-Typ entspricht dem **Reaktions-Typ A nach Lampert:** Vagotonische Einstellung, Frostigkeit, Wärmeverlangen, Hautblässe, Spasmenneigung.

Anwendung von Magnesium carbonicum

1. auf Grund persönlichkeitsbestimmter Charakter- und Gemütssymptome
Große Gereiztheit mit innerer Unruhe, Ängstlichkeit und Arbeitsunlust, Unfähigkeit zu geistiger Arbeit mit Neigung zu Streit, Schimpfen und Widerspruch wechselt mit harmonischen Tagen. Bewegung an frischer Luft bessert alle diese Beschwerden, auch die kongestiven Kopfschmerzen (Bücken und Hitze verschlimmern). Die Migräneform mit Sehkraftbeeinträchtigung und Kältegefühl hat stechenden Charakter.

2. bei persönlicher Abwandlung der Beschwerden
(= Modalitäten, hervorgerufen durch das vegetative System): Kollapsneigung, Angiospasmen. Periodizität und Kolikcharakter der Beschwerden, Frostigkeit mit Besserung durch Wärme; Verschlimmerung durch Kälte und kalte Luft, in der Ruhe, morgens gegen 3 Uhr und beim Aufstehen und vor bzw. während der Regel. Verlangen nach Reizmitteln (pikante Speisen, Bohnenkaffee, saure Früchte). Kann im Bett nicht warm werden (Kälteschauer) oder starke Hitze. Starke Schweiße tags und nachts; übelriechender saurer Nachtschweiß.

3. bei persönlicher Abweichung des Reaktionsgrades vom Normalen
Übererregbarkeit des zentralen und vegetativen Nervensystems (Spasmen und Koliken). Hyperthyreotische Erregbarkeitsstörungen mit Tachycardie und Herzkrämpfen (Basedow-Herz).

4. bei bestimmten Diathesen mit persönlicher Anfälligkeit und Krankheitsbereitschaft
Exsudative Diathese ängstlicher Kinder, die durch ihr Geschrei zur Qual der Familie werden. Pädatrophie infolge von Pylorospasmus. Adenoide Kinder mit Schluckschmerzen infolge chronisch entzündeter Tonsillen, oft mit übelriechenden Pfröpfen, Neigung zum Räuspern. Hepatopathien meist familiärer Natur, mit Gallenkoliken. Hyperthyreose mit Spannungs- und Druckgefühl am Halse.

5. beim Chronischwerden von Krankheiten infolge persönlicher angeborener oder erworbener Abwehrschwäche
Erkältungsneigung der Atmungsorgane: Husten und Schnupfen, besser im Freien; schlimmer im warmen Zimmer. Krampfhusten gegen 3 Uhr morgens. (Chronische Rhinitis, Sinusitis, Tracheitis, Pertussis).
Koliken im Bereiche des Magen-Darm-Kanals mit Erbrechen, großer Schwäche, Halsschmerzen, Schweißausbruch und kalten Händen. Zusammenkrümmen bessert. Übelriechende oder saure Durchfälle (der ganze Säugling riecht sauer). Obstipation mit bröckligem Stuhl (Ziegenkot) und Tenesmen (vergeblicher Drang und Stechen), Cholecystopathien, Hepatopathien, auch mit Fieberattacken.
Reizblase mit Schmerzen bei jedem Schritt, Drang und Brennen in der Harnröhre. Prostatahypertrophie mit Stechen, Brennen, Ballgefühl und Hodenziehen. Weißlicher Fluor, starke dunkle Regel, zu früh oder verspätet mit Unterbrechung durch Spasmen; nachts stärker als tagsüber. Auftreten verschiedener Störungen (Hals, Magen, Glieder) vor und während der Regel.
An der Haut Kribbeln, Jucken und Ameisenlaufen. Flüchtige Urticaria mit Wiederkehr an anderer Stelle. Akne- und Furunkelneigung. Infolge von Gefäßspasmen schmerzhafte Zerschlagenheit der Glieder und Muskeln mit Schmerzen bei Druck und Bewegung. Muß sich im Bett bewegen, schlimmer 3 Uhr morgens. Beinkälte im Bett (Wärmflasche) mit Besserung bei fortgesetzter Bewegung.

Magnesium muriaticum hat stärkere Beziehungen zum Magen und Darm.
Kopfschmerzen werden besser durch festen Druck und warme Umhüllung. Es besteht Obstipation mit harten trockenen Stühlen wie Schafkot, die viel Pressen erfordert. Leberschmerzen schlimmer beim Liegen auf der rechten Seite, mit hellem Stuhl, auch Ikterus als Folge der Gallenstauung. Häufig Ohnmachten bei der Dysmenorrhoe. Regel zu früh, klumpig, zu stark und dunkles Blut, danach schleimiger Fluor. Große Aufgeregtheit während der Regel. Schmerzausstrahlung in die Oberschenkel, Linderung der Rückenschmerzen durch festen Druck. Regel erscheint nach Ausbleiben in der Klimax wieder. Der Urin kann nur durch Mitpressen der Bauchmuskulatur entleert werden (= Blasenatonie).
Herzklopfen im Sitzen verschwindet bei Bewegung (ähnlich wie bei NaCl).

Magnesium phosphoricum: Neuralgie- und Krampfmittel (SCHÜSSLER).
Rechte Körperseite scheint bevorzugt. Neuralgien (anfallsweise) kommen und vergehen plötzlich (wie bei Belladonna), oft periodisch (jede Nacht). Im Leib über-

wiegt der krampfhafte Charakter der Koliken; die Neuralgien sind scharf schneidend, stechend, durchdringend und wechseln oft und schnell die Stelle. Periodische Migräne (Hinterkopf-Stirn) mit Übelkeit, Funken- und Doppeltsehen. Leibkoliken mit Blähungen vom Nabel ausstrahlend. Kinder schreien und sind rasch erschöpft. Zusammenkrümmen, Druck und Wärme bessern. Gilt auch für die Dysmenorrhoe (Wärme bessert, Regel bessert; auch bei Dysmenorrhoea membranacea *(Borax!)*. Bei Pulsatilla bessert Wärme nicht!). Ovarialneuralgien rechts reagieren günstig. Auch bei Kinderkrämpfen ohne Fieber (Zahndurchbruch, nach längeren Durchfällen, Chorea, Epilepsie, Tetanus). (Versuch bei Paralysis agitans und Parkinsonismus). Bewegung scheint zu verschlimmern.

Magnesium sulfuricum: Leber- und Gallen-Beteiligung mit grauen, meist durchfälligen Stühlen. Fettgebackenes macht Durchfälle. Widerwille gegen fette Speisen. Besonders intermittierendes Auftreten der Beschwerden. Auch Periodizität in Form des Mittel-Schmerzes (Ähnlichkeit mit Cocculus auch in bezug auf Verschlimmerung beim Fahren). Dunkles, klumpiges Regelblut. Vor und bei der Regel Verschlimmerung aller Beschwerden. Schlimmer frühmorgens, durch Eisenbahnfahren oder in geschlossenem Auto; besser durch Bewegung und frische Luft. 3 Uhr Erwachen, ängstliche Träume, Tagesschläfrigkeit. Verdrießlich gereizt, sehr übelnehmend. Aschgraue Gesichtsfarbe. Hautjucken bes. im Bett. Feuchte Hände.

Mittelbeschaffenheit und Dosierung

Die verschiedenen *Magnesium-Salze* stimmen weitgehend in der Magnesium-Wirkung überein und zeigen nur geringe Abwandlung in Richtung ihrer Salze. Sie werden als Tabletten in der Dosierung D 3, 6, 12 u. 30 angewandt; bei akuten Zuständen die niedrigen Potenzen (D 3 u. D 6), bei fortschreitender Heilung, chronischen Erkrankungen und stärkerer Wirkung auf die psychische Komponente D 12 u. D 30 (auch Höchstpotenzen C 30 u. C 200 in geeigneten Fällen). *(Magnesium phosphoricum* wird in heißem Wasser zerdrückt.)

Zur rascheren Orientierung sei eine differentialdiagnostische Zusammenstellung der verschiedenen Magnesium-Salze nach Angaben von ROYAL gegeben:

Magnesium carbonicum: Habitus zerrüttet, erschöpft, sensitiv. Angriffspunkte sind die Schleimhaut des Verdauungsapparates, Gesichts- und Zahnnerven. Leitsymptom: Schmerzhafte, schaumige, froschlaichartige Stühle.

Magnesium muriaticum: Habitus mit Torpidität der Leber und der gesamten Zirkulation. Angriffspunkte sind Nerven, Leber, Geschlechtsorgane. Leitsymptom: Trockene, knotige Stühle oder kleine Bällchen. Ziehen der vergrößerten Leber.

Magnesium phosphoricum: Habitus schmächtig, abgemagert, brünett. Angriffspunkte sind Gehirn und Nerven. Leitsymptom: Besser durch Wärme, schlechter durch kalten Luftzug, Berührung, Bewegung und bei Nacht.

Magnesium sulfuricum: Habitus schläfrig, schwach, abgemagert. Angriffspunkte sind Duodenum mit Leber und Pankreas (Diabetes mellitus). Leitsymptom: Lockere Ausleerungen, Durst- und Urinvermehrung.

Typenbilder

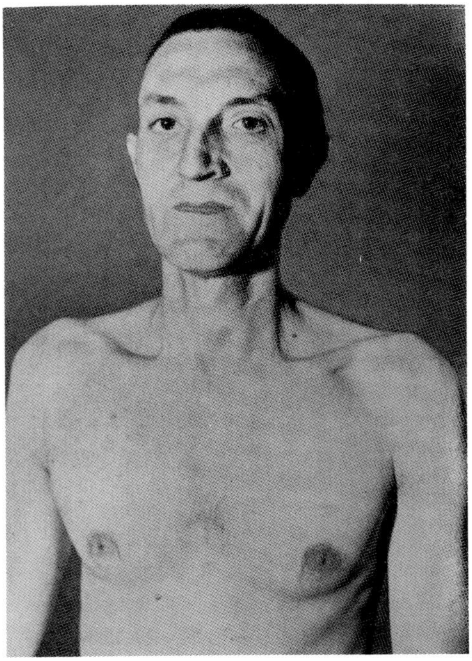

Abb. 47. Magnesium-carbonicum-Typ

Ein hagerer, schlaffer, frostiger Magnesium-Typ (180 cm, 62 kg, 43 J.) mit gelblichblasser Hautfarbe und Abneigung gegen Süßigkeiten (lieber Pikantes). Der etwas starre Gesichtsausdruck entspricht der ängstlichen Gereiztheit mit Neigung zu Streit (auch steile Wangenfalten und seitlich hochgezogene Oberlippe). Behandlung mit *Magnesium carbonicum* D 6 und D 12 wegen hepatopathischer Beschwerden mit Koliken und wegen Kreuzschmerzen mit Bewegungszwang im Bett. Das Mittel wurde gewählt (statt *Magnes. sulf.*) wegen des Wechsels von harmonischen und reizbaren Tagen, wegen Besserung durch Wärme und wegen spastischer Obstipation mit bröckeligem Stuhl. Verschwinden auch des Krampfhustens gegen 3 Uhr morgens (RR 110/65).

Abb. 48. Magnesium-muriaticum-Typ

Dieser Magnesium-muriaticum-Typ mit Blässe, Migräne, Struma, Hepatopathie und habitueller Obstipation ist in seiner harmonischen Phase wiedergegeben. Das rasche Umschlagen in ärgerliche Gereiztheit vor und während der Regel, die verfrüht, stark und stückig auftrat, machte auf *Magnesium muriaticum* aufmerksam; D 12 beseitigte die seit langem bestehende Migräne in 3 Wochen. (46jähr. Frau).

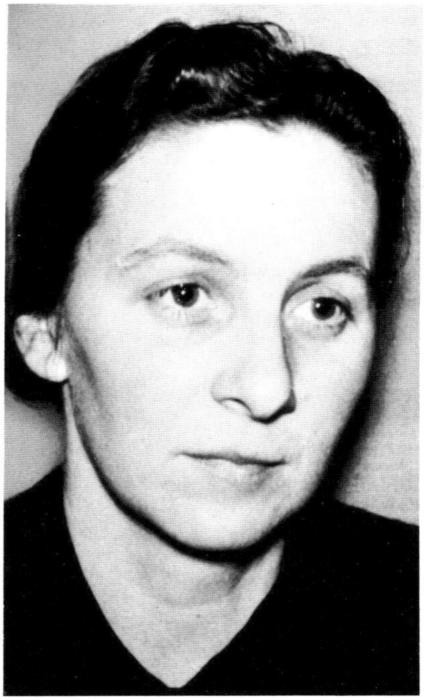

Abb. 49. Magnesium-phosphoricum-Typ

Diese sensible junge Frau (39 J., 170 cm) neigt zu krampfhaften Leibkoliken und Dysmenorrhoe. Ihre periodischen Kopfschmerzen haben migräneartigen Charakter.

Für die neuralgischen Beschwerden ist charakteristisch, daß sie rasch kommen und gehen und oft die Stelle wechseln.

Zusammenkrümmen, Druck und Wärme bessern die Koliken.

Behandlung mit *Magnesium phosphoricum* D 6 und D 12 bessert auch die Stimmungslabilität und rasche Erschöpfbarkeit.

Abb. 50. Magnesium-sulfuricum-Typ

Auffällig ikterische Gesichtsfarbe, oft hellfarbige Stühle, der Wechsel von Durchfall und Verstopfung wiesen auf die Beteiligung des Duodenums und der Leber hin. (Vor einem Jahre Gallenblasenempyem).

Charakteristisch war ferner der Wechsel zwischen harmonischen und gereizten Tagen (Mezger).

Wegen der ausgesprochenen hepatopathischen Komponente wurde *Magnesium sulfuricum* D 6 gegeben. Rasche Besserung des bereits einige Monate bestehenden Zustandes bestätigte die Wirksamkeit des Reaktionsmittels.

Krankheitsbilder

Eine 44jähr. Patientin kommt mit der Diagnose „Mittel-Schmerz" in Behandlung. Sie klagt über Unruhe, Angst und Depressionen. RR 115/70. Die Verordnung von *Cocculus* D 6, da auch Übelkeit bei Bahnfahrten vorhanden ist, erweist sich als unwirksam. Die weitere Befragung ergibt: Überaus starke Reizbarkeit vor und zur Regel, so daß ihr Mann unter ihrer Unausstehlichkeit zu leiden habe. Darnach sei sie wieder harmonisch. So ginge das schon seit Jahren. Einen Eierstock habe man ihr deshalb bereits entfernt. Die Ehe ist kinderlos geblieben. Die Regel stark klumpig, meist 1—2 Tage unterbrochen. Eisenbahnfahrten machen, wie schon erwähnt, Übelkeit und Schwindel. Dem periodischen Geschehen entsprechend wird zuerst *Magnesium phos.* tbl. D 6 gegeben 3mal tgl. 1 Tbl. Wegen der nur geringen Besserung wird mit *Magnes. sulf.* D 12 2mal 1 Tbl. nach der Regel fortgefahren. Das Ergebnis ist verblüffend. Die Reizbarkeit und depressive Verstimmung vor der Regel sind ausgeblieben, ebenso der Mittel-Schmerz, erstmalig nach Jahren. 3 Gaben *Magnesium sulf.* C 30 glob. in den folgenden Wochen schließen die erfolgreiche Behandlung ab. Man muß also bei Mittel-Schmerz nicht nur an *Cocculus* denken, sondern *Magnesium* in Betracht ziehen, wenn die Periodizität auch im Seelischen auf dies Mittel hinweist. Dem Habitus nach hätte man bei der vollschlanken Pat. nicht an *Magnesium* gedacht, aber das intermittierende Geschehen, psychisch und körperlich, wies auf das Mittel hin.

Anfang 1953 kommt eine hagere, grazile 26jähr. Frau mit stark hyperthyreotischen Symptomen, wie unruhiges, ängstliches, übernervöses Wesen mit Neigung zu Weinen, Stimmungswechsel und depressiver Verstimmung (Suicidgedanken) in Behandlung. RR 100/65. Binnen 14 Tagen reagiert sie psychisch überraschend gut auf *Thyreogutt* (3mal 5 Tr. tgl. vor dem Essen) und *Arsenicum alb.* D 6 nach dem Essen.

Nach 4 Wochen treten hepatopathische Störungen (Fettunverträglichkeit, Oberbauchkoliken und cholerische Reizbarkeit) stärker in Erscheinung. *Lycopodium* tbl. D 6 3mal stdl. im Wechsel mit *Bryonia* tbl. D 4 bessern die Beschwerden aber nur wenig, die Reizbarkeit und Verstimmung bleiben. Da die Regel stark stückig und klumpig ist und Pat. Pikantes Süßem gegenüber bevorzugt, wird die Befragung im Sinne des Magnesium-Bildes durchgeführt. Ergebnis: Reizbarkeit bis zu Zornesausbrüchen, stärker vor und bei der Regel, wechselnd mit harmonischen Tagen. Es besteht vegetative Labilität in Gestalt von Gliederabsterben, Herzklopfen und Schweißausbrüchen. Die frostige Patientin leidet unter kalter Luft und bedarf der Wärme, trotzdem Wohlbefinden bei Bewegung an frischer Luft. Wegen der Leberbeteiligung wird *Magnesium sulf.* tbl. D 12 gegeben; die erste Woche 3mal tgl. 1 Tbl., die zweite Woche 2mal tgl. 1 Tbl. Der Erfolg ist körperlich wie seelisch ausgezeichnet. In der Folgezeit nimmt die Patientin 2mal in der Woche *Magnesium sulf.* D 12, wenn etwas Völlegefühl auftritt, und *Magnesium carb.* tbl. D 12, wenn sie weniger harmonisch ist. Einige Zeit später bedankt sich der Gatte, daß seine Frau kaum mehr „launisch" ist. Die temperamentvolle Pat. wirkt nicht mehr aufgeregt, ist auch körperlich leistungsfähiger (RR 115/75) und leidet nicht mehr unter der Regel. Die günstige Umstimmung festigte sich auch in der Folgezeit weiter.

Homöopathischer Ignatia-Typ

Der Ignatia-Typ findet sich bei zarten, sensiblen, launischen Frauen und Kindern mit dunklem Haar. Die Frauen sind voll innerer Angst, verschlossen (klagen nicht!) und können tagelang seufzen oder weinen. Kränkungen oder Widerspruch werden mit Zornesausbrüchen beantwortet. Ihre Launenhaftigkeit entspricht dem raschen Affektwechsel von Ausgelassenheit in Niedergeschlagenheit mit Streitsucht. „Ist etwas kalt, so will sie es warm, ist man freundlich, so wird sie ärgerlich, ist man energisch, so wird sie still und bockt" (STAUFFER). Lach- oder Weinkrämpfe mit Zittern und Zuckungen und allgemeinen Krämpfen gehören ebenfalls zum hysterischen Krankheitsbild.

Bei Kindern kommt es zu Krämpfen infolge von Züchtigungen. Auffällig ist das Widerspruchsvolle der Beschwerden (Essen wird erbrochen, Unverdauliches nicht, rotes Gesicht mit Frost, Zahnschmerz besser durch Kauen, leise Berührung schmerzt, Druck bessert, Globusgefühl beim Nichtschlucken usw.).

Berstender Kopfschmerz durch Aufregung, geistige Arbeit, Darandenken, Unterhaltung und Tabak. Migräne mit Clavus hystericus in der Schläfe und Urina spastica (reichlich heller Urin beim Vergehen des Migräneanfalles).

Der homöopathische Ignatia-Reaktions-Typ entspricht dem **Reaktions-Typ A nach Lampert:** Vagotonische Einstellung, Wenigschwitzer, Spasmenneigung.

Anwendung von Ignatia

1. auf Grund persönlichkeitsbestimmter Charakter- und Gemütssymptome
Sensible, verschlossene, launenhafte Frauen mit Neigung zu Selbstvorwürfen und Weinen, Angst, Verbrechen begangen zu haben. Zornig bei Widerspruch. Nach Kummer und Schreck hysterische Weinkrämpfe. Migräne mit Urina spastica, Nagelkopfschmerz (Schläfe). Rascher Stimmungswechsel. Globusgefühl beim Nichtschlucken.

2. bei persönlicher Abwandlung der Beschwerden
(= Modalitäten, hervorgerufen durch das vegetative System): Vegetative Dystonie und Stigmatisation. Vasomotorenstörungen (Rhinopathie. Dysmenorrhoe, Hämorrhoiden-Stechen). Symptomenparadoxie (Halsweh besser beim Schlingen, Kopfschmerz besser beim Bücken, Fieber ohne Durst, Brechreiz besser durch Essen). Verschlimmerung durch Gemütsaffekte (Kummer, Schreck, Furcht), geistige und körperliche Anstrengungen. Wechselnde Toleranz gegen ein- und dasselbe Nahrungsmittel. Tabak und Kaffee werden nicht vertragen.

3. bei persönlicher Abweichung des Reaktionsgrades vom Normalen
In schwacher Dosis setzt das Strychnin der Ignatius-Bohne die erhöhte Reflexerregbarkeit und nervöse Erregbarkeit des Ignatia-Typs

herab; außerdem reguliert es die vasomotorischen Störungen an ihren Erfolgsorganen.

4. bei bestimmten Diathesen mit persönlicher Anfälligkeit und Krankheitsbereitschaft

Hysterische Aphonie, Reizhusten beim Niederlegen; Bronchialasthma als Ausdruck der nervösen Schwäche. Nervöse Affektionen des Verdauungstractus. Bei Kindern auch als Folge von Züchtigungen.

5. beim Chronischwerden von Krankheiten infolge persönlicher Abwehrschwäche

Gilt besonders für den Verdauungskanal: Oesophaguskrämpfe mit Globusgefühl; nervöse Dyspepsie. Cardiaschwäche mit Aufstoßen und Erbrechen, während Unverdauliches behalten wird. Ulcus ventriculi et duodeni. Gasbauch mit Koliken und erfolglosem Drang. Wechsel zwischen spastischer Obstipation und nervöser Diarrhoe. Afterstechen. Hämorrhoiden, Mastdarmvorfall. — Sonst ist *Ignatia* wegen ihrer wenig nachhaltigen Wirkung mehr für akute Affektionen angezeigt.

Mittelbeschaffenheit und Dosierung

Ignatius-Bohnen, Früchte des Strychnos Ignatii, eines Baumes auf den Philippinen. (Strychnin und Brucin wie in Nux vomica, aber in einem anderen Verhältnis mit stärkerer Brucinwirkung.) Dilutionen oder Tabletten D 4 u. D 6. Bei D 4 oft Erstverschlimmerung; D 6 oft ungenügende Wirkung.

Typenbilder

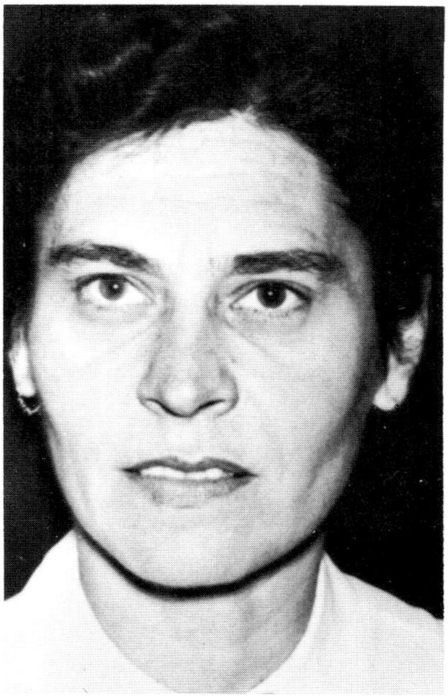

Abb. 51. Ignatia-Typ

Diese nervöse, sensible Frau (50 J.) mit dunklem Haar und dunklen Augen leidet an Migräne mit Urina spastica.
Verschlimmerung der Beschwerden durch Gemütsaffektionen, ausgesprochene Neigung zu raschem Stimmungswechsel und Globusgefühl beim Nichtschlucken sind ebenfalls typen-eigentümlich.
Es handelt sich um die Mutter des Nux-vomica-Typs der Abb. 90.
Behandlung mit *Ignatia* D 4, D 6, D 30 besserte auch die spastische Obstipation mit Afterstechen und Hämorrhoiden.

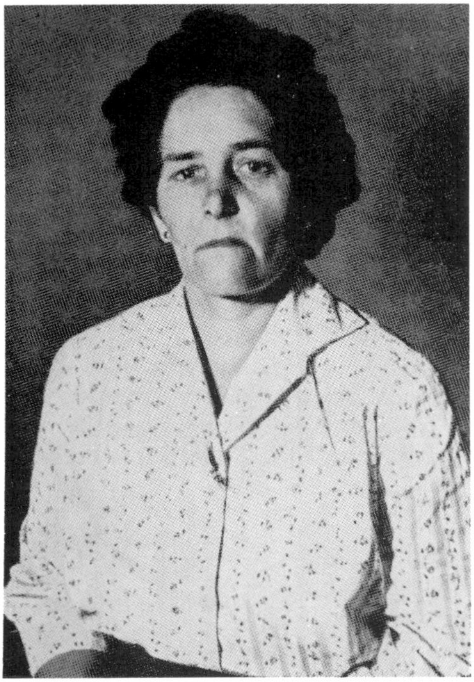

Abb. 52. Ignatia-Typ

39jähr. verschlossene, launische Frau mit Neigung zu Seufzen.
Behandlung mit *Ignatia* D 4, 6, 12 wegen Globus hystericus und wegen Pruritus vulvae, der bei häuslichem Ärger sich verschlimmerte. Besserung auch des Stimmungswechsels und der nervösen Diarrhoe, die mit spastischer Obstipation wechselte.

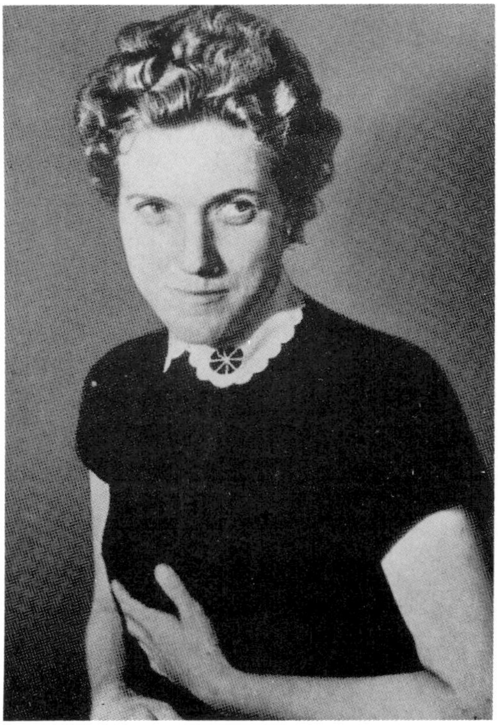

Abb. 53. Ignatia-Typ

Bei dieser 24jähr. Dame ist das Schauspielerische des Ignatia-Typs betont, bes. durch die sprechende Geste der Arme und die Augenstellung. Die Augenbewegung seitlich und nach oben gehört zum erotischen Ausdruck, der dem Ignatia-Typ als hysterischem Typ gemäß ist.
Behandlung mit *Ignatia* D 4 wegen nervösen Bronchialasthmas (wetterunabhängig!) mit Räusperzwang, zeitweiser Aphonie und Verschlimmerung durch Gemütsaffekte. Auch Besserung der Dysmenorrhoe und der Stimmungslabilität.

Krankheitsbild

Eine 32jähr. Frau kommt mit Klagen über berstenden Kopfschmerz in der re. Schläfengegend in die Sprechstunde. Sie wirkt verschlossen, so daß man die Einzelheiten durch Befragen herausholen muß: sie hat viel Ärger und Kränkungen, die sie schwer überwinden kann und bei denen sie sich bis zum Weinkrampf steigert; auch Launenhaftigkeit wird zugegeben. Besuch löst leicht den Migräneanfall aus. Daß sie reichlich Wasser lassen mußte, wenn die Besserung einsetzte, hatte sie zwar beobachtet aber nicht ins spastische Geschehen einordnen können. RR 105/70. Sie erhält *Ignatia* tbl. D 4 3mal tgl. 1 Tbl., mit der Anweisung, bei eventueller Verschlimmerung einen Tag das Mittel auszusetzen. Nach 14 Tagen berichtete die kritische Kranke, daß es gut gewesen sei, daß ich die Verschlimmerung vorausgesagt hätte, sie wäre sonst nicht wiedergekommen. Die Anfälle hätten sich noch 2mal eingestellt, aber „etwas anders". Sie glaube aber an die günstige Mittel-Wirkung, weil das reichliche Wasserlassen gefehlt hätte. *Ignatia* tbl. D 6 3mal tgl. weitere 14 Tage änderte die Migräne in zeitweise drückenden Kopfschmerz mit Schwindel um, die wegen offensichtlicher Leberbeteiligung (Fettintoleranz, helle Stühle) mit *Nux vomica* tbl. D 12 und *Bryonia* tbl. D 6 binnen 3 Wochen völlig behoben wurden (RR 120/80). Bei stärkerem Ärger wirkten *Ignatia* D 6 und *Bryonia* D 6 auch in der Folgezeit rezidivmildernd oder -verhütend.

Homöopathischer Platin-Typ

Der Platin-Reaktions-Typ findet sich bei mageren, meist dunkelhaarigen Frauen und Mädchen mit straffer Faser, seltener bei Männern. Die nervöse Überreiztheit des Sexualtriebs (Onanie, Nymphomanie) projiziert sich auf das Gemütsleben (erotische Träume) im Sinne anmaßender Überheblichkeit (sie spielt gern die Gnädige) mit hochmütigem Herabsehen auf andere und depressiver Verstimmung mit Neigung zum Weinen (Sorge ums eigene Ich). Der Stimmungswechsel (Puerperium) erfolgt rasch und grundlos, auch lösen sich körperliche und seelische Störungen gegenseitig ab. Fühlt sich verlassen, hat ungeheure Angst, auch vorm Tode, und fixe Ideen; gegen Angehörige kalt und verschlossen. Die neuralgischen Schmerzen (auch Kopfschmerzen) nehmen langsam zu und ab, anschließend Kribbeln, Spannungs- und Taubheitsgefühl. Verkrampfungsgefühl und Pflockgefühl im Hals (Globus hystericus und Aphonie), in der Brust und im Oberbauch. Verstopfung auf Reisen; Stühle haften wie weicher Ton. Zerschlagen im Kreuz. Sexualtrieb widernatürlich erhöht. Regel verfrüht, dunkel, profus; nicht lang. (Vaginismus, Pruritus vulvae, Fluor albus, Ovarialneuralgie bes. re.).

Der homöopathische Platinum-Reaktions-Typ entspricht dem **Reaktions-Typ A nach Lampert:** Vagotonische Einstellung, Spasmenbereitschaft, Wenigschwitzer, Verschlossenheit, schlechter Futterverwerter.

Anwendung von Platinum

1. auf Grund persönlichkeitsbestimmter Charakter- und Gemütssymptome
Ängstliche Niedergeschlagenheit mit Insichgekehrtsein und Neigung zu Weinen; rascher Stimmungswechsel zwischen Manie und Depression. Hoffärtige Selbstüberhebung gegenüber anderen. Verachtung anderer, spielt gern die Gnädige, weinerlich bei der Sorge ums eigene Wohl. Gefühl des Verlassenseins, schlimmer abends und nachts. Verschlossenes Wesen. Langsam zu- und abnehmende Kopfschmerzen mit Druck nach innen, Kribbeln und Gesichtskälte; besser im Freien.

2. bei persönlicher Abwandlung der Beschwerden
(= Modalitäten, hervorgerufen durch das vegetative System): Schmerzen nehmen langsam zu und ab, krampfig zusammenschnürend mit Paraesthesien (Kribbeln, Taubheit, Kältegefühl). Verschlimmerung durch geringste Erregung, Widerspruch, Berührung, im Sitzen, abends und nachts. Besserung bei Bewegung im Freien. Wechsel zwischen psychischen und physischen Störungen.

3. bei persönlicher Abweichung des Reaktionsgrades vom Normalen
Erhöhte Reflexerregbarkeit des Zentralnervensystems (Charakter- und Gemütssymptome) wird gespeist von Genitalstörungen (= Hysterie

im ursprünglichen Sinne des Wortes) wie Senkung und Anschoppung mit Myomblutungen, Menorrhagien, Vaginismus mit Abwehr der Genitalberührung, Unempfindlichkeit beim Coitus; Nymphomanie, Onanie und verfrühte Pubertät. Puerperalmanie und -depression. Eiweiß-Fluor. *Platinum* wirkt als Schwermetall katalytisch dämpfend aufs Zentralnervensystem, sympathicotrop aufs vegetative System und über das Vasomotorenzentrum therapeutisch auf die blutüberfüllten Genitalorgane.

4. bei bestimmten Diathesen mit persönlicher Anfälligkeit und Krankheitsbereitschaft

Neigung zu Verkrampfung: im Halse als Globus hystericus mit Kratzen und Stimmlosigkeit, Pflockgefühl in der Brust, Koliken des Magens und Darms (Widerwille gegen Essen wechselt mit Heißhunger), lautes Aufstoßen, spastische Obstipation, bes. auch auf Reisen. Glaserkittstuhl, Körperschauer nach Stuhlgang. An den Gliedern neuralgisch-myalgische Beschwerden mit Zusammenschnüren, Schwäche. Zittern, Kribbeln, Taubheits- und Kältegefühl.

Mittelbeschaffenheit und Dosierung

Metallisches *Platin* in der Form von oberflächenaktivem Platin-Mohr (Pt.). Tabletten D 6, D 12, D 30.

Typenbilder

Abb. 54. Platinum-Typ

Ein dunkelhaariger, hagerer Platin-Typ (39 J.) in seiner depressiven Phase mit Neigung zum Weinen und der Sorge ums eigene Ich.
Behandlung mit *Platinum* D 6 und D 12 wegen Vaginismus mit Gefühlskälte, Fluor albus und Zerschlagenheit im Kreuz. Besserung auch der Stimmung und der Angiospasmen an den Armen mit Taubheits- und Kältegefühl.

Abb. 55. Platinum-Typ

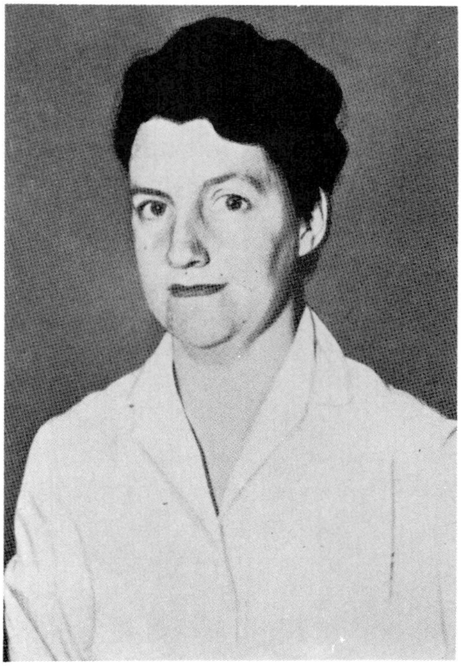

Die nervöse, dunkelhaarige, 33jähr. Frau mit straffer Faser ist ein Platin-Typ. Sie ist eine zurückhaltende, kühle Natur mit ängstlicher Sorge um ihre Gesundheit. B e h a n d l u n g mit *Platinum* D 6 wegen Globus hystericus, Magenkoliken mit Wechsel von Heißhunger und Widerwillen gegen Essen, sowie spastischer Obstipation mit Frösteln beim Stuhlgang. Besserung auch der Zerschlagenheit im Kreuz, der verfrühten, kurzen, profusen, dunklen Regel und der typen-eigenen Sexualstörung.

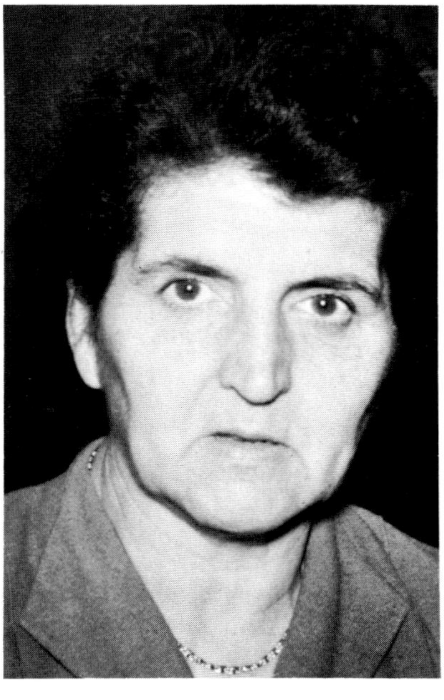

Abb. 56. Platinum-Typ

Eine 57jähr. magere, dunkelhaarige Frau mit plötzlichem Stimmungswechsel zeigt hier ihre depressive Verstimmung mit ängstlicher Niedergeschlagenheit. Pflockgefühl im Hals, Magen-Darm-Koliken und spastische Obstipation sind Ausdruck ihrer Krampfbereitschaft.
Der ursächliche Zusammenhang der erhöhten Reflexerregbarkeit des Zentralnervensystems mit genitalen Störungen wird durch die vor 9 J. vorgenommene Totaloperation bestätigt.
B e h a n d l u n g mit *Platinum* D 6 wegen Globus hystericus, spastischer Obstipation und Kopfneuralgien mit Taubheitsgefühl. Zugleich Besserung der Zerschlagenheit im Kreuz und der Neuralgien des rechten Beines mit Zusammenschnüren.

Krankheitsbild

Aus dem 25jähr., dunkelhaarigen, mageren, jungen Mädchen, zu dem ich gerufen wurde, spricht Angst. Besonders nachts ist sie schlaflos und unruhig. Sie vernachlässigt sich und zeigt sich verschlossen gegen ihre Angehörigen. Da nichts weiter aus ihr herauszubekommen ist und eine geringe Struma besteht, erhält sie *Arsen. alb.* tbl. D 12. Nach 14 Tagen berichtet die Mutter, daß sich der Zustand nicht gebessert habe. Vorsichtige Befragung ergibt nunmehr schwierige Familienverhältnisse, Abneigung gegen den Vater, der durch eigene Schuld seine Beamteneigenschaft verloren hat. Starker, verdeckter Sexualtrieb wird zugegeben, ferner depressive Verstimmung mit Weinen und raschem Stimmungswechsel. Im Vordergrund steht die Angst vor dem Tode, das Gefühl des Verlassenseins und die Sorge um das eigene Ich. Ob auch fixe Ideen vorhanden sind, ist wegen der Verschlossenheit der übellaunigen Kranken nicht sicher festzustellen.

Darauf erhält die Patientin *Platinum* tbl. D 12 3mal tgl. 1 Tbl. 14 Tage lang und nach geringer Besserung weiter 2mal tgl. 1 Tbl. 3 Wochen später erscheint sie mit der Mutter erstmalig in der Sprechstunde, nachdem sie monatelang nicht zu bewegen war, das Zimmer zu verlassen. Besserung ist eingetreten, aber der Schlaf und die nächtliche Unruhe lassen noch zu wünschen übrig. Weiter *Platinum* tbl. D 30 tgl. 1 Tbl. Die Kranke ist jetzt aufgeschlossener, sie erzählt, daß sie Angst vor der Nervenheilanstalt habe, wo sie — wie ich jetzt erstmalig höre — einmal geschockt worden ist. Mein Zuspruch wird hochmütig zurückgewiesen. Also weiter *Platinum* D 30 3mal 1 Tbl. in der Woche. Nur noch geringe Besserung. Die ungünstigen häuslichen Verhältnisse erweisen sich als stärker. Homöopathische Behandlung in einer geschlossenen Anstalt kann ich der Patientin leider nicht verschaffen. Die Behandlung ist aber noch nicht abgeschlossen.

Asthenische Typen
mit körperlicher und seelischer Schwäche

Homöopathischer Calcium-phosphoricum-Typ

Der meist dunkelhaarige und magere Calcium-phosphoricum-Reaktions-Typ ähnelt wie der homöopathische Phosphor-Typ dem Habitus asthenicus (STILLER) der Klinik. Er ist hochgewachsen, schlank und grazil. Seine reizbare geistige und körperliche Schwäche (Neurasthenie, Ohnmachtsneigung) ist mit Lebhaftigkeit und Vielgeschäftigkeit gepaart. Niedergeschlagenheit, langsames Auffassungsvermögen, vergeßlich und leicht ablenkbar. Schwierigkeiten im Unterricht wegen Unruhe mit plötzlichen Einfällen. Nervöse Schlafstörungen, unruhiger Schlaf mit Zähneknirschen und Reden. Gefühl, als würde das Gehirn gegen die Hirnschale gedrückt. Schulkopfschmerz (heißer Kopf bei kalten Füßen) und Beschwerden infolge raschen Wachstums an den Knochennähten und Gelenken neben dyspeptischen Beschwerden mit Nabelkoliken sind charakteristisch. Die Erkältungsneigung mit Schweißneigung, Empfindlichkeit gegen Zugluft, Wetterwechsel und naßkaltes Wetter entsprechen der Disposition zur erethischen Form der Skrofulose. Während der Calcium-carbonicum-Typ Vorliebe für Ei zeigt, zieht der Calcium-phosphoricum-Typ Geräuchertes (Schinken) und Gesalzenes vor. Milch ruft oft Erbrechen hervor. Weichleibigkeit besteht gegenüber der Hartleibigkeit des Calcium-carbonicum-Typs.

Das Kleinkind zeigt Appetitlosigkeit und hat „keine Zeit" zum Essen.

Schulmädchen-Typ nach ROYAL (STIEGELE S. 127): „Blutarmes Schulmädchen, schmutzigweiße Hautfarbe, blaue Augen, großer Kopf im Entwicklungsalter. Sie kommt im Lernen zurück, aber sie ist ehrgeizig. Daher leidet sie an Kopfschmerzen und Empfindungen von Hitze, während die Füße eiskalt sind, Magenverstimmung mit unbeschreiblichem Schwächegefühl in der Magengegend, das sich nur für kurze Zeit durch Essen mildern läßt, unverdaute, wundfressende Stühle, Regel zu reichlich und schmerzhaft, ungewöhnlicher Heißhunger nach schwerverdaulichen Sachen, Verlangen nach Geräuchertem."

Im Kleinkind-Schulkind-Alter kommt es nicht selten zu einem Typen-Wechsel vom plumpen trägen Calcium-carbonicum-Kind zum hochschießenden grazilwerdenden Calcium-phosphoricum-Typ. Dabei geht auch die Vorliebe für Ei in die Bevorzugung von Schinken über als Ausdruck des Gesamtkonstitutionswechsels. Als krasses Beispiel dieses Typen-Wechsels kann der russische Dichter Puschkin angeführt werden.

Der homöopathische Calcium-phosphoricum-Reaktions-Typ entspricht mit seinen vagotonischen Zügen dem **Reaktions-Typ A nach**

Lampert: Warmwasserverlangen, Fleischverlangen, schlechter Futterverwerter, geringer Appetit; mit seinen sympathicotonischen Zügen dem **Reaktions-Typ B nach Lampert:** Starkschwitzer, rasche Erschöpfbarkeit, Bewegungsdrang, rasch, einfallsreich, erregt, mitteilsam.

Anwendung von Calcium phosphoricum

1. auf Grund persönlichkeitsbestimmter Charakter- und Gemütssymptome
Ehrgeizig, aber rasch erschöpft. Reizbare Schwäche (= Neurasthenie) mit Kopfschmerzen (Schulkopfschmerz) durch geistige und körperliche Anstrengung; deshalb Ablehnung derselben. Besserung durch Essen.

2. bei persönlicher Abwandlung der Beschwerden
(= Modalitäten, hervorgerufen durch das vegetative System): Verschlimmerung der Beschwerden durch Zugluft, Durchnässung, sowie geistige und körperliche Anstrengungen. Besserung durch Essen und Ruhe. Verlangen nach Geräuchertem (Schinken) und Salzigem, die aber als Reizmittel die Neurasthenie verschlimmern.

3. bei persönlicher Abweichung des Reaktionsgrades vom Normalen
Zur Calcium-Schwäche und -Frostigkeit tritt die Phosphor-Komponente mit ihrem psychoneurotischen Erethismus (Neuropathie, Neurasthenie) und ihrem vasomotorischen Erethismus (Wallungen, Ohnmachten, fehlerhafte Blutverteilung). Auswirkung in der Sexualsphäre als Erregbarkeit mit nachfolgender Schwäche (Onanie, Pollutionen; Libidoveränderungen). Pubertäts-Chlorose mit eiweißartigem Fluor.

4. bei bestimmten Diathesen mit persönlicher Anfälligkeit und Krankheitsbereitschaft
Erkältungsneigung durch Zugluft oder Durchnässung infolge adenoider Vegetationen (= „Hans-Guck-in-die-Luft" des Struwwelpeters). Vergrößerte und zerklüftete Tonsillen als Herde für Rheuma usw. Vasomotorische Störungen mit jähem Erröten und Erblassen, Ohnmachten, sowie Hitzewallungen bei eiskalten Füßen. Neigung zu partiellen Schweißen, Nachtschweißen. (P aktiviert Ca und hat Beziehungen zur Schilddrüse, speziell zum Jod.) Bei rachitischen Affektionen der Knochen, des Schädels, der Glieder, der Wirbelsäule mit Erweichung und Verkrümmungen, sowie Epiphysenstörungen und Wachstumsschmerzen, Ermüdungs- und Rückenschmerzen. Verzögerte Frakturheilung. Exostosen. Beeinflussung tuberkulöser Knochenaffektionen.

5. beim Chronischwerden von Krankheiten infolge persönlicher Abwehrschwäche
Fokale Infekte mit chronischem Rheumatismus der Muskeln und Gelenke. Nervöse oder Säure-Dyspepsien mit Schwächegefühl im Magen (besser durch Essen), Blähungskoliken (Nabelkoliken der Kinder), stinkenden Durchfällen und wundem After. Verlangen nach Geräuchertem und Gesalzenem.

Mittelbeschaffenheit und Dosierung

Chemisch gefälltes *Calciumphosphat* ($CaHPO_4 \cdot 2H_2O$). Tabletten D 6, D 12, D 30.

Typenbilder

Abb. 57. Calcium-phosphoricum-Typ

Der schlanke, grazile, 6jähr. Knabe mit Habitus asthenicus (STILLER) stellt einen Calcium-phosphoricum-Typ dar. Der offene Mund ist eine Folge der Atmungsbehinderung durch adenoide Vegetationen.
Behandlung mit *Calcium phosphoricum* D 6 wegen Appetitlosigkeit, viel Durst, defekten Zähnen, Halsdrüsen und Neuropathie. Auch Besserung der Erkältungsneigung des leicht schwitzenden Knabens.

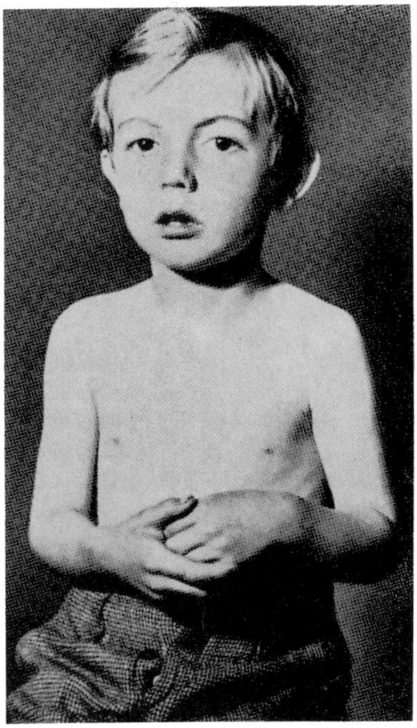

Abb. 58. Calcium-phosphoricum-Typ

Das 13jähr. dunkelhaarige Mädchen, 167,5 cm und 51,5 kg (statt 157 cm, 50 kg), ist ein Calcium-phosphoricum-Typ. Es ist hochgewachsen, schlank und grazil. Ihre vergrößerten Mandeln wurden vor 3 J. entfernt.
Behandlung mit *Calcium phosphoricum* D 6 und D 12 wegen unruhigen Schlafs mit Zähneknirschen und Reden, Neurasthenie und Ohnmachtsneigung (RR 110/57) bessert auch die Frostigkeit, die eiskalten Füße und die Erkältungsneigung, sowie die starke, schmerzhafte Regel.

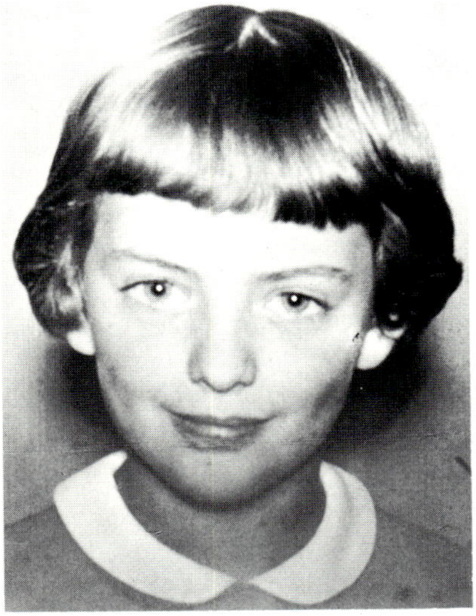

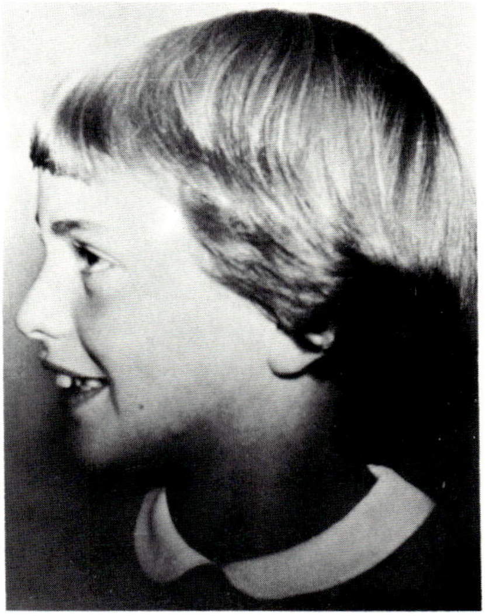

Typ mit Schneidezahndeformität

Abb. 59. Calcium-phosphoricum-Typ

Das aufgeweckte 10jähr., grazile Mädchen hatte so große Gaumenmandeln, daß vor 2 J. die rechte Mandel wegen Atmungsbehinderung entfernt wurde. Die linke Mandel bildete sich unter homöop. Behandlung völlig zurück. Dem Typ entsprechend war dabei *Calcium phos.* D 6 das Hauptmittel. Heute erkennt man die Kalkstoffwechselstörung noch am deformierten 2. linken oberen Schneidezahn, der die Form eines Zapfens hat (Abbildung 60).

Abb. 60

Zahnstörung beim Calcium-phosphoricum-Typ.

Krankheitsbild

8jähr. Mädchen wird in die Sprechstunde gebracht wegen einer pflaumengroßen li. Mandel. Die rechte gleichgroße Mandel wurde vor 2 J. entfernt. Wegen der starken Blutungen möchte man dem Kinde die Tonsillektomie ersparen. Das geweckte, schlanke, dunkelhaarige Kind mit Vorliebe für Schinken, erhält *Calcium phosphoricum* tbl. D 6 $^{3}/_{4}$ J. lang, anfangs häufiger, dann immer seltener und bei einigen kleinen, fieberhaften Infektionen in dieser Zeit *Ferrum phosphoricum* tbl. D 6 mit *Mercurius solubilis* tbl. D 6 im Wechsel. Nach Ablauf dieser Zeit ist die Neunjährige im Besitz einer normalen li. Mandel, die Erkältungsneigung ist überwunden und die schulischen Leistungen sind ausgezeichnet, so daß sie keine Schwierigkeiten bei der bevorstehenden Aufnahmeprüfung für die höhere Schule haben wird.

Homöopathischer Phosphor-Typ

Der jugendliche, geistig regsame Phosphor-Typ ist blauäugig, blond bis rothaarig, schmalbrüstig, hochgeschossen, hat zarte durchsichtige Haut, seidenes Haar und glänzende Augen (= Habitus asthenicus, STILLER). Als Kind kann er noch kleinwüchsig sein, im Erwachsenenalter auch zur Korpulenz neigen (Leberwirkung?). Manisch-depressive Stimmungsschwankungen; nach geistiger Regsamkeit rasche Ermüdung mit Apathie. Erschwertes Denken mit Gedächtnisschwäche, Vergeßlichkeit. Kummer, Gram und Sorgen verschlimmern. Tagesmüdigkeit mit Gähnen. Heißer Kopf mit Blutwallungen, klopfende Scheitelkopfschmerzen mit Schwindelgefühl infolge Hirnanämie beim Aufrichten. Schmerzen bei angestrengtem Sehen, Mouches volantes, Funkensehen. Charakteristisch ist seine reizbare Schwäche: „Möchte gern und kann nicht". Übermäßige Erregbarkeit, Überempfindlichkeit gegen Gerüche, Geräusche, Licht, Elektrizität und Gewitter auf der einen Seite, rasche Erschöpfung mit Ohnmachtszuständen auf der anderen Seite. Charakteristische Schwächesymptome sind: zittrige Schwäche, leichtes Stolpern, Furcht vor geistigen Anstrengungen, vor Alleinsein, Schlaflosigkeit (Späteinschlafen, baldiges Erwachen) und Brennschmerzen zwischen den Schulterblättern und an den Dornfortsätzen bei Berührung. Herzklopfen bei Erregungen, Nicht-links-liegen-können, Erkältungsneigung, vikariierende Blutungen aus Magen, Darm, Nase, Lunge, Blase; Verlangen nach kalten Speisen und Getränken (rasch wieder erbrochen!), schmerzlose Diarrhoen und reichliche Schweiße ergänzen nach STIEGELE das Bild der konstitutionellen reizbaren Schwäche.

Der homöopathische Phosphor-Reaktions-Typ trägt Züge des **Reaktions-Typs A nach Lampert:** Vagotonische Züge wie Wärmeverlangen, rasche Ermüdbarkeit, Spasmenneigung (Ulcusdiathese, Bronchialasthma), schlechte Futterverwertung.

Er trägt aber auch Züge des **Reaktions-Typs B nach Lampert:** Sympathicotonische Züge wie Entzündungsbereitschaft (Pneumonie), Reizung der blutbildenden Organe, Schweißneigung, Bewegungsdrang, erregt, aufbrausend.

Anwendung von Phosphorus

1. auf Grund persönlichkeitsbestimmter Charakter- und Gemütssymptome

Reizbare Schwäche des Nervensystems, schizothym bis schizophren, mit Furcht vorm Alleinsein und Gewitter. Überempfindlichkeit gegen Sinneseindrücke und geistige Beanspruchung, rasche Ermüdung und Tagesmüdigkeit. Rascher Stimmungswechsel. Kopfschmerzen (Blumenduft, Musik bewirken auch Auslösung) mit Wallungen und Schwindel. Ohnmachtsneigung. Schwächezustände nach Säfteverlusten oder infolge schnellen Wachstums.

2. bei persönlicher Abwandlung der Beschwerden

(= Modalitäten, hervorgerufen durch das vegetative System): Brennende Beschwerden, Verschlimmerung früh, abends und nachts, durch kühle Luft, Gewitter und Wetterwechsel. Linksliegen macht Herzklopfen und Husten. Verlangen nach kalten Getränken, die, im Magen warm geworden, erbrochen werden. Nur Schwindel und Kopfschmerz besser an frischer Luft. Anstrengungen (körperliche und geistige) und Aufregungen bewirken ebenfalls Verschlimmerung. Besserung durch Ruhe und Schlaf.

3. bei persönlicher Abweichung des Reaktionsgrades vom Normalen

Psychoneurotischer Erethismus (s. eingangs) und vasomotorischer Erethismus (STIEGELE) sind typen-charakteristisch: Wallungen, Hyperämien, Ischiämie (Haemorrhagien, Teleangiektasien). Vegetative Dystonie: Schleichende Fieber mit ermattenden Schweißen. Sympathicotonie (Thyreotoxikose, Diabetes mellitus, Reizung der blutbildenden Organe).

4. bei bestimmten Diathesen mit persönlicher Anfälligkeit und Krankheitsbereitschaft

Der *Phosphor* ist nach SCHULZ ein ausgesprochenes Reizmittel für die blutbildenden Organe. „Er bedingt, in kleinster Menge wirkend, eine Steigerung in der Bildung der roten Blutkörperchen."

Blut-, Gefäß- und Blutdrüsenerkrankungen (Leber, Milz) mit Neigung zur Verfettung (Anämie, Leukämie, Thrombopenie, Skorbut, Hepatitis, Splenitis, Nephritis, Thrombose, Phlebitis). Schleimhautgefäßerkrankungen mit Blutungen (Ca-Aktivierung durch *Phosphor)* (Chorioiditis, Retinitis albuminurica, Epistaxis, Haemoptoë, Phthisis, „Pneumotyphus" der Alten, Lungeninfarkt). Myocardschaden (Herzklopfen beim Linksliegen, bei leerem Magen, besser durch Essen). Laryngitis mit Reizhusten und Brennen. Rhinitis mit Geruchsüberempfindlichkeit und Nasenbluten. Pneumonie mit rostfarbenem Auswurf. Bronchialasthma mit Geruchsüberempfindlichkeit.

5. beim Chronischwerden von Krankheiten infolge persönlicher Abwehrschwäche

Neuralgien, Neuritiden: Glieder-Zittern und -Schwäche mit Lähmungen und Taubheitsgefühl. Brennen zwischen den Schultern; Rücken will brechen. Hautaffektionen infolge Blut- und Gefäßschädigung: Nässende juckende Ekzeme, Petechien, Erytheme, Erysipeloide. Knochenerkrankungen: Rachitis, Osteomyelitis, Caries, Nekrose, Fisteln, Coxitis, Exostosen, Tumor albus *(Phosphor* bewirkt Kompaktaersatz der Spongiosa). Magen-Darm-Erkrankungen: Gastritis mit zittriger Schwäche bei leerem Magen, besser durch Essen. Durst auf kalte Getränke, die erbrochen werden. Chron. Ulcus ventriculi et duodeni, bes. bei norddeutschen Typen: Magencarcinom (Blutungsneigung, nächtlicher Heißhunger, muß etwas essen. Bleistiftstühle). Morgendurchfall mit großer Erschöpfung (After steht offen). Hepatitis mit Leberverfettung und Atrophie. Pankreasverfettung (Diabetes). Typhus. Darmtuberkulose. Chron. Nephritis mit Nykturie, Eiweiß, Blut, Zylindern, Gallenfarbstoff (Leberbeteiligung). Am Genitale: Auswirkung der psychoneurotischen Störungen auf dem Boden einer Sympathicotonie in Form erhöhter Reizbarkeit mit nachfolgender Schwäche, gesteigerter Libido mit folgender Geschlechtskälte. Coitusablehnung. Impotenz bei verstärktem Trieb, sowie Ejaculatio praecox.

Mittelbeschaffenheit und Dosierung

Gelber *Phosphor* (P). Dilutionen D 6, D 12 auch D 30. Bei D 6 noch Blutungsgefahr. (Vgl. dazu die 2. Krankengeschichte im Abschnitt „Krankheitsbild" S. 119).

Typenbilder

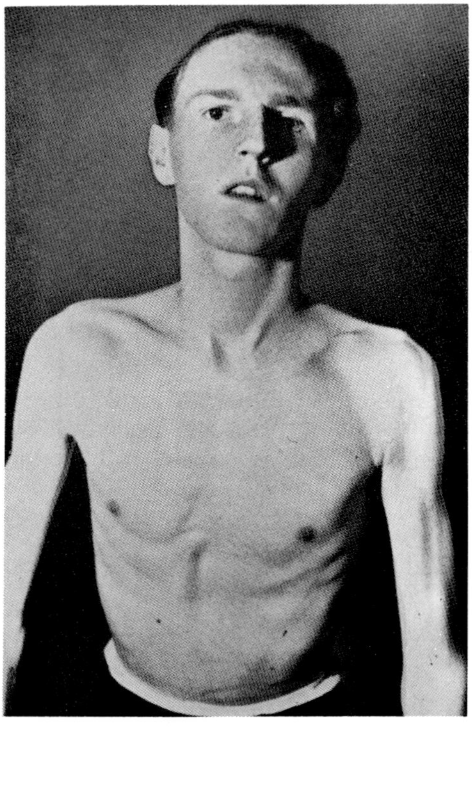

Abb. 61. Phosphorus-Typ

Der 20jähr. schmalbrüstige, schlanke Jüngling mit Habitus asthenicus (Stiller) ist ein Phosphor-Typ mit charakteristischer reizbarer Schwäche (Möchte gern und kann nicht). Der offene Mund verrät die Katarrhneigung der oberen Luftwege mit Nasenbluten.

Behandlung mit *Phosphorus* D 12 wegen Neurasthenie, Hypotonie (RR 108/60), Herzklopfen infolge schlaffen Flaschenherzens, bes. beim Liegen auf der linken Seite, sowie wegen Gastritis mit Ulcusneigung und nächtlichem Heißhunger. Besserung auch der Gedächtnisschwäche, Tagesmüdigkeit und Ohnmachtsneigung.

Abb. 62. Phosphorus-Typ

Eine hagere 36jähr. Frau, blond, blauäugig, schmalbrüstig und hochgewachsen. Sie stellt mit ihrer reizbaren Schwäche einen weiblichen Phosphor-Typ dar. Die aufmerksamen Augen verraten die geistige Regsamkeit.
Behandlung mit *Phosphorus* D 12, 15, 30 wegen Hypotonie (RR 105/65) mit Tagesmüdigkeit, dazu Blutwallungen mit Schwindel und Ohnmachtsneigung, sowie Hepatopathie. Zugleich Besserung der Rückenschwäche, der Schlaflosigkeit und der sehr starken Menses.

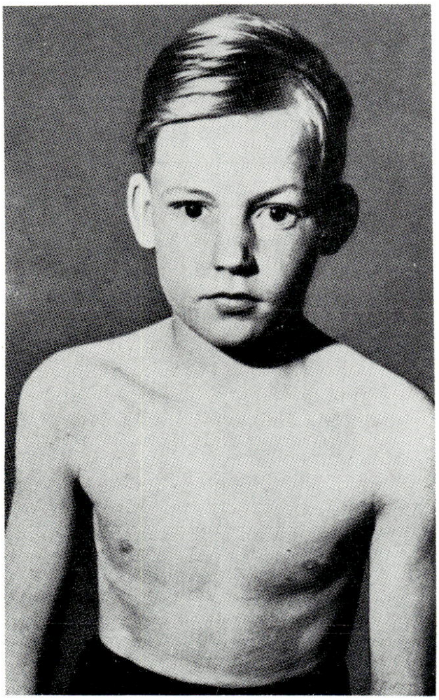

Abb. 63. Phosphorus-Typ

Dieser 11jähr. blonde, lebhafte und nervöse Phosphor-Typ hat zarte Haut und glänzende Augen. Er verträgt Sonnenbestrahlung schlecht, hat Angst vorm Gewitter und Alleinsein; wegen Rückenschwäche schlechte Körperhaltung.
Behandlung mit *Acidum phosphoricum* D 3 und *Phosphorus* D 12 wegen Zappeligkeit, rascher Ermüdbarkeit und Unaufmerksamkeit in der Schule; bessert auch das Späteinschlafen und das Herzklopfen bei Erregungen.

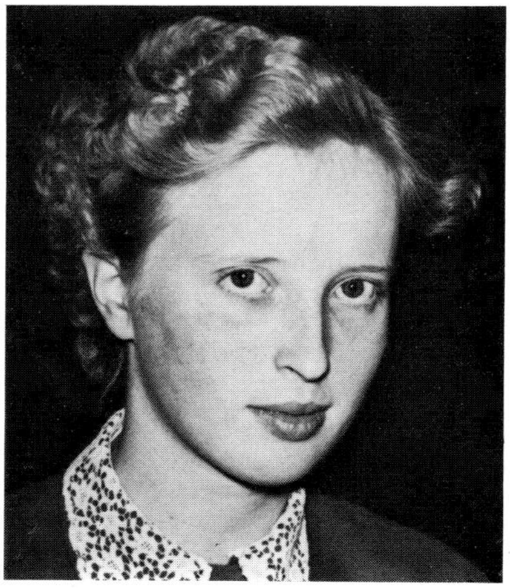

Abb. 64. Phosphorus-Typ

Das schlanke, feingliedrige, blasse 18jähr. Mädchen (170 cm) zeigt die reizbare Schwäche des Phosphor-Typs mit Ohnmachtsneigung und Frostigkeit. Weitere Leitsymptome sind kalte Hände und Füße, Brennen zwischen den Schulterblättern, Schwindel und Kopfschmerzen, die sich an frischer Luft bessern.
Behandlung mit *Phosphorus* D 12 und *Acidum phosphoricum* D 3 wegen Schlaflosigkeit, Herzklopfen bei Erregungen und Ohnmachtsneigungen. Rückgang auch der Schweiß- und Erkältungsneigung.

Krankheitsbild

17jähr., schlanker, schmalbrüstiger, geistig sehr regsamer Oberschüler leidet seit 2 Monaten unter Nasenbluten. Die Schulleistungen sind in letzter Zeit zurückgegangen. Geklagt wird über spätes Einschlafen und baldiges Erwachen. Es besteht Überempfindlichkeit gegen Geräusche und Licht. Wegen der dunklen Haare wird zuerst an *Calc. phosph.* gedacht. Da aber kalte Getränke leicht erbrochen werden und Milch keine Beschwerden macht, wird *Phosphorus dil.* D 12 3mal tgl. 7 Tr. gegeben. Nach 14 Tagen berichtet der junge Mann, daß in der letzten Woche nur noch einmal beim Tanzen die Nase geblutet habe. Weiter *Phosph.* D 12 tgl. 7 Tr. nur früh beim Aufstehen. 18 Tage später: kein Nasenbluten mehr, wieder fester Schlaf und Leistungssteigerung in der Schule. Weiter *Phosphor.* D 30 1mal in der Woche 7 Tr. Nach 6 Wochen wird die Behandlung wegen allgemeinen Wohlbefindens abgeschlossen. Pat. betont, daß er die Mathematikarbeiten in der Schule nicht mehr fürchte.

Wenn der Zustand körperlicher Schwäche stärker ausgeprägt gewesen wäre, hätte ich mit *Acidum phosphoricum* D 3 begonnen.

Lehrreich ist die folgende Krankengeschichte. Obgleich die Behandlung erst kürzlich begonnen hat, will ich sie bringen, weil sie gut ins homöopathische Denken einführt: Der 43 J. alte Pat. kommt mit dem Röntgenbild seines Unterkiefers, das zahlreiche dunkle Flecken (Nekrosen) aufweist, in Behandlung. Er ist sehr besorgt und hat schon mehrere Professoren an Universitätskliniken befragt, ohne daß ihm geholfen werden konnte. Eingedenk der Unterkiefernekrose der Phosphor-Arbeiter, wegen der hepatopathischen Störungen des Pat. und seiner Neigung zu Schleimhautblutungen verordnete ich *Phosphorus* D 12 3mal tgl. 7 Tropfen. Nach 3 Tagen teilte mir der Kranke telefonisch mit, daß er die Tropfen nicht weiternehmen könnte, da er Magen- und Darmblutungen bekommen hätte. Ich erklärte mich damit einverstanden und bat ihn, am nächsten Tage in die Sprechstunde zu kommen. Er erschien auch, und ich drückte ihm mein Erstaunen aus, daß er Blutungen durch *Phosphor* in der Potenz D 12 bekommen habe; ich würde ihm deshalb nun *Phosphor* D 15 aufschreiben. Da wurde er hellhörig und berichtete, daß ihm der befreundete Apotheker *Phosphorus* D 8 verabfolgt hätte. Damit war die Blutung geklärt und der Kranke war völlig überzeugt, als ich ihm in meinem Buche (Praxis der Wissenschaftlichen Homöopathie) die Warnung zeigte, bei Blutungsneigung *Phosphorus* nicht unter D 12 zu verordnen. Er nahm nun *Phosphorus* D 12 und befindet sich heute auf dem Wege der Besserung, insbesondere haben sich die hepatopathischen Beschwerden fast völlig verloren, Appetit und Stimmung sind gut; die Angst, nicht geheilt zu werden, ist verschwunden. Die Zeit ist noch zu kurz, um eine Änderung des Röntgenbildes zu erwarten. Offenbar hat die Phosphorstoffwechselstörung den phosphorsauren Kalk im Unterkiefer stellenweise herausgelöst. KASSOWITZ beschreibt in Z. Klin. Med. 7, 36, daß am Skelett wachsender Individuen durch geringe Phosphor-Mengen die spongiöse Knochensubstanz kompakt werden kann; durch große Phosphor-Mengen werden umgekehrt die Markräume vergrößert und die Blutgefäße ausgedehnter und zahlreicher. (Zugleich eine schöne Bestätigung der Arndt-Schulzschen Regel).

Homöopathischer Silicea-Typ

Das eigensinnige und widerspenstige Silicea-K i n d lernt schwer laufen und geht auch schwerfällig. Es ist blaß und mager (seltener lymphatisch) und muskelschwach; daher der dicke Bauch. Manche wirken auch greisenhaft dystrophisch. Abendliche Kopfschweiße und Bettnässen, sowie Zugluft-, Kälte- und Berührungsempfindlichkeit sind charakteristisch für die rachitisch-skrofulösen Typen mit Neigung zu Erkältungen, Schweißen und eitrigen Processen der Haut, Drüsen und Knochen (schlechte Heilhaut).

Bei den j u g e n d l i c h e n E r w a c h s e n e n handelt es sich um schlecht genährte Neurastheniker mit Neigung zu Frostigkeit, Reizbarkeit und Depression. Der übelriechende Hautschweiß macht Finger und Zehen wund; wird er unterdrückt, so kommt es als Folge der zugrunde liegenden Skrofulose zu rezidivierenden Katarrhen, auch zu Asthma. Der schlechte Bindegewebstonus führt zum teilweisen Zurücktreten des Stuhles bei habitueller Obstipation.

Die Mesenchymschwäche der Silicea-Typen wirkt sich aus im Sinne des Lymphatismus in chronischer Drüsenschwellung, Eiterung, Fistelbildung und Abwehrschwäche bei Infektionen.

Merkschwäche und rasche Erschöpfbarkeit durch körperliche und geistige Anstrengung (auch durch Coitus), lähmige zittrige Glieder, Tagesschläfrigkeit und nächtliche Unruhe durch schreckhafte Träume verraten die psychische Schwäche, welche nach KENT der Silicea-Stützung (ähnlich ihrer Stützfunktion bei den Pflanzen) bedarf.

Der homöopathische S i l i c e a - R e a k t i o n s - T y p entspricht als Bindegewebsschwächling mehr dem **Reaktions-Typ A nach Lampert,** seine homöopathischen Modalitäten (Schwitzen, Ermüdbarkeit, Abneigung gegen warme Speisen) finden wir mehr beim **Reaktions-Typ B nach Lampert.**

Anwendung von Silicea

1. **auf Grund persönlichkeitsbestimmter Charakter- und Gemütssymptome**
   Müdigkeit, Reizbarkeit, Depressionen mit Weinen und Verzagtsein. Epilepsie mit Neumondverschlimmerung. Kongestive Kopfschmerzen (Migräne) vom Hinterhaupt nach vorn ziehend, sich über den Augen festsetzend; Besserung durch Warmeinhüllen. Hutdruck verschlimmert. Überempfindlichkeit gegen Sinneseindrücke. Als Kinder eigensinnig.
2. **bei persönlicher Abwandlung der Beschwerden**
   (= Modalitäten, hervorgerufen durch das vegetative System): Saure, übelriechende Schweiße besonders des Kopfes und der Füße. Beschwerden verschlimmern sich durch kalte Luft, im Winter, abends und nachts, sowie durch Mehlspeisengenuß; Abneigung gegen warme Speisen.

3. bei persönlicher Abweichung des Reaktionsgrades vom Normalen
Reizbare Schwäche, bes. in höherem Alter, mit Zerstreutheit und Schwindel. Reaktionsträge Eiterungen. Fibrös-indurative Lungentuberkulose.

4. bei bestimmten Diathesen mit persönlicher Anfälligkeit und Krankheitsbereitschaft
Dem inneren Wärmemangel (Si im Gegensatz zum ebenfalls negativen C-Atom stehend!) mit Frostigkeit entspricht die Erkältungsneigung. Schlechte Heilhaut mit Neigung zu chronischen Eiterungen. Pyodermie, nässende Ekzeme (Hände und Füße), chronische Lymphdrüsenschwellungen mit Eiterungen (Skrofulose), Furunkel, Atherome, Clavus, Fibrome. Brüchige Nägel. Fistelbildungen. Sekrete sind ätzend und übelriechend.

5. beim Chronischwerden von Krankheiten infolge persönlicher Abwehrschwäche
Chronische Katarrhe der Augen, Ohren, Luftwege mit dünnen, scharfen, übelriechenden Sekreten: Blepharoconjunctivitis, Dakryocystitis, Otitis media, Inneres-Ohr-Ekzem; Rhinitis, Ozaena, Sinusitis; Laryngitis, Bronchitis, fibrös-indurative Lungentuberkulose. Am Verdauungskanal: Wunde Mundwinkel, Pharyngitis, Speicheldrüsenentzündung; Zahncaries (Kälte verschlechtert). Darmatonie mit Gasblähungen. Verstopfung mit Drang beim Zurückgleiten von Stuhlresten; auch stinkende Durchfälle. Kolloidquellungsminderung (Altern): Nierensteinleiden mit Koliken und urinösem Geruch. Gliederschwäche mit Einschlafen beim Darauf liegen, Reißen und Steifheitsgefühl. Bei Frauen scharfer, wäßriger, übelriechender Fluor; schmerzende Brustwarzen.

Mittelbeschaffenheit und Dosierung

Aus gepulvertem Bergkristall und Kaliumnatriumcarbonat gefällte Metakieselsäure (H_2SiO_3) mit resorptionsbegünstigenden Beimengungen von Fluorcalcium. Tabletten D 6 u. D 12.

Aus einigen Dosierungsbeispielen kann man am besten die mehr konstitutionelle oder mehr organotrope Wirkung von *Silicea* erkennen: So gibt STIEGELE bei chron. Hinterkopfschmerz mit großem Wärmebedürfnis des erkrankten Teiles *Silicea* tbl. D 15, gegen Schweißfüße als Ausdruck einer sekretorischen Anomalie D 6. BERGMANN bei Dysmenorrhoe „zur Vollmondzeit" D 12. Zur Ausheilung chronischer Fisteln (z. B. Analfisteln) geht man von *Silicea* D 6 bald zu D 12 über, wobei man am Behandlungsbeginn die Ausheilung durch Ausspritzen des Fistelganges mit *Aqua silicata*, das etwa *Silicea* D 2 entspricht, beschleunigen kann. Zur Abkapselung bei Drüsentuberkulose (*Silicea* D 2 — 3); bei Lupus D 4 (FISCHER); bei Lebercirrhose D 3 (ASSMANN); bei schnupfenanfälligen Kindern D 6 — 12.

Typenbilder

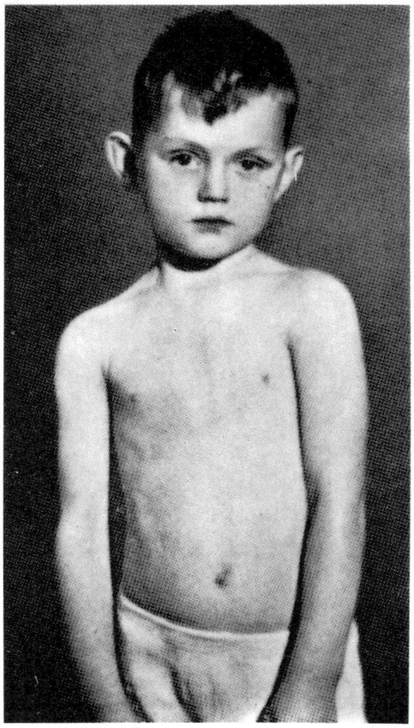

Abb. 65. Silicea-Typ

Der schwächliche, magere, blasse 6jähr. Knabe ist ein frostiger, skrofulöser Silicea-Typ mit vergrößerten Halsdrüsen und starker Schweißbildung bes. im Gesicht. (Die Mutter leidet an Halsdrüsentuberkulose.) Die schlechte Haltung verrät die Muskel- und Bindegewebsschwäche des Typs. Der körperlichen Schwäche entspricht die psychische: Verdrießlichkeit, Reizbarkeit, rasche Erschöpfbarkeit.
B e h a n d l u n g mit *Silicea* D 6 und D 12 wegen skrofulöser Halsdrüsen mit Erkältungsneigung bessert auch den traumreichen Schlaf und die neurasthenischen Beschwerden mit Verzagtsein und Weinen.

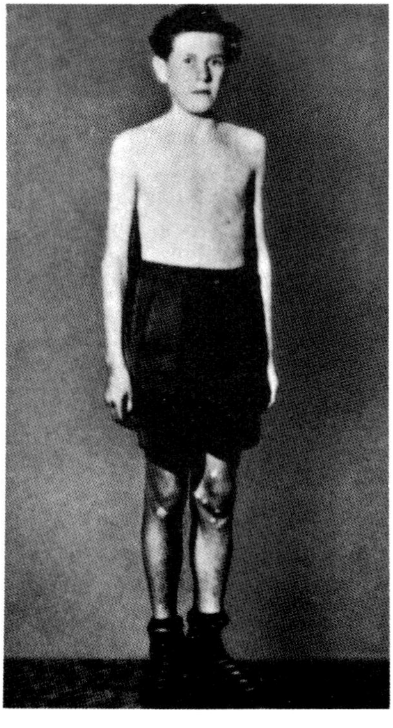

Abb. 66. Silicea-Typ

Ein 14½jähr., frostiger, eigensinniger, reizbarer Neurastheniker mit schlechter Heilhaut (Kniewunden), also ein Silicea-Typ. Die Arme sind mager und muskelschwach. Der Körperschwäche entspricht die psychische Schwäche, bes. die Merkschwäche: das letzte Volksschuljahr wird repetiert.
B e h a n d l u n g mit *Silicea* D 12 wegen der schlecht heilenden Kniewunden, wegen der Merkschwäche und wegen Stuhlträgheit mit hartem Stuhl. Besserung auch der Schweiß- und Erkältungsneigung.

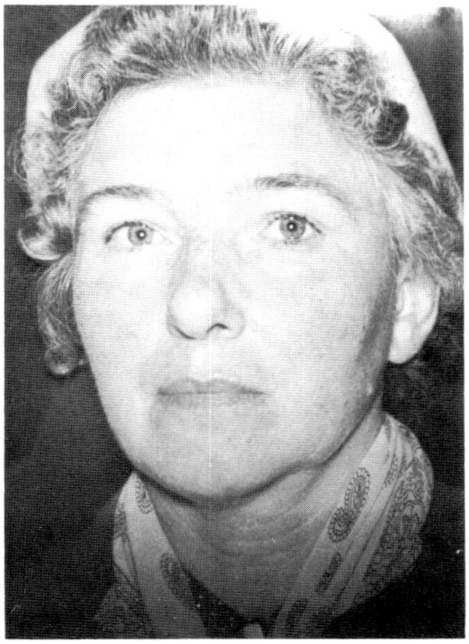

Abb. 67. Silicea-Typ

Die chronische Lidrandentzündung und die nachts verklebten Lider zeigen Zugempfindlichkeit und Verschlimmerung durch Kälte.
Typen-bestimmend sind weiter die allgemeine Frostigkeit, die kalten, sauren Schweiße und die Neigung zu Erkältungen mit Besserung der Beschwerden durch Wärme.
Behandlung der 45jähr. Frau mit *Silicea* D 12 wegen chronischen Lidekzems besserte auch die Merkschwäche und die rasche Erschöpfbarkeit.

Krankheitsbilder

Einer 43jähr. Pat. wurden 1938 wegen einer chronischen Zahnfistel versuchsweise *Silicea* D 4 2 Tbl. tgl. 2 Monate lang ohne bemerkenswerten Erfolg gegeben. Um so überraschender war die Beobachtung, daß ein dunkelbrauner, längsovaler Pigmentnaevus des Rückens von etwa 5×2 cm Größe sich zurückbildete. Die Behandlung mit *Silicea* D 4 wurde deshalb fortgesetzt. Nach 6 Monaten war die untere Hälfte, die 1—2 mm das Hautniveau überragt hatte, unter erheblicher Abblassung soweit zurückgebildet, daß der nunmehr hellbraune Rest im Hautniveau lag. Die obere Hälfte, die sich nicht über das Hautniveau erhoben hatte, war nach der Rückbildung kaum mehr zu erkennen.

Bis heute hat sich dieses Bild nicht mehr geändert, obwohl doch gerade solche Naevi im Alter zunehmende Wachstumstendenz mit Neigung zum Bösartigwerden zeigen.

Eine 18jähr. Patientin kam mit einer länger bestehenden Analfistel in meine Behandlung. Da sie auf Ausspritzungen mit *Aqua silicata* bei gleichzeitigen Gaben von 3mal tgl. 1 Tbl. *Silicea* D 4 nicht reagierte, ließ ich mich verleiten, ihr einen Tag lang 3mal 1 Tbl. *Sulfur* D 3 zu geben. Es kam zu einer abscedierenden Phlegmone, die chirurgisch behandelt werden mußte. Offenbar war die Analfistel tuberkulös bedingt und zwar im Sinne eines „Sicherheitsventiles", wie wir es vom Aufflackern der Lungentuberkulose im Anschluß an Radikaloperationen mancher Analfisteln her kennen. Man gibt also besser *Sulfur* D 30 als Reaktionsmittel bei der Behandlung hartnäckiger Analfisteln.

Eine Frau von 42 Jahren klagt über Schmerzen in der linken Mamma, die etwas sezerniert. Feststellbar ist ein ungefähr kirschgroßer Knoten im äußeren unteren Quadranten. Es fehlen Lymphdrüsenstränge mit Knötchen nach der Achselhöhle zu, wie sie für Carcinom charakteristisch sind. Die Probeexcision ergibt Drüsenschlauchproliferation ohne Epithelverdickung und von nicht infiltrierendem Charakter. Da die Frau ihre Brust gern behalten möchte, wird unter Kontrolle des Chirurgen homöopathisch behandelt mit *Conium* tbl. D 3 und *Silicea* tbl. D 4 (3mal tgl. 1 Tbl. vor bzw. nach dem Essen). Nach einem Vierteljahr erfolgt Vorstellung beim Kollegen, der über die erhebliche Besserung und den Rückgang der Sekretion sehr erstaunt ist, da er nicht damit gerechnet hat. Die Heilung macht weiter so gute Fortschritte, daß von einer Operation nicht mehr die Rede ist. Regelmäßige Beobachtung wird fortgesetzt. Beide Mittel werden weitergegeben und zwar *Conium* D 6 morgens, *Silicea* D 6 abends.

Ich entsinne mich eines ähnlichen Falles mit einem harten Knoten in der Mamma vor Jahren, in dem die 35jähr. Frau sogar die Probeexcision verweigerte, aber regelmäßig zur Behandlung mit *Bryonia* tbl. D 4 und *Silicea* tbl. D 4 in immer größeren Pausen 2 Jahre lang kam, bis vom Knoten nichts mehr zu fühlen war.

Man vergleiche dazu weiter die Krankheitsbilder zu *Hepar sulfuris* und *Thuja.*

Homöopathischer Natrium-muriaticum-Typ

Der Natrium-muriaticum-Reaktions-Typ ist ein hagerer Astheniker mit müdem Rücken und blassem, welkem Gesicht. Die Abmagerung betrifft besonders die Halsgegend. Verschlossen und leicht aufbrausend, lehnt er Zuspruch ab. Kränkungen vergißt er nicht. Vormittags fühlt er sich schlechter, abends wohler. Die Rückenschwäche zwingt ihn zum Niederlegen; harter Kissendruck wird als Entlastung empfunden. Bei Kindern, die ablehnend sind und Annäherung mit Geschrei abwehren, fällt neben Durst die Gier nach Salz auf. Unreine fettige Haut. Ekzeme an der Stirnhaargrenze und Milchschorf sind typen-charakteristisch.

Es handelt sich um einen hyperthyreotischen Typ mit erhöhtem Grundumsatz, entsprechend dem oxygenoiden Typ nach v. GRAUVOGL, der bei Hitze und Sonne schlapp macht und Kopfschmerzen bekommt. Seine Stimmung ist sehr wechselnd; übertrieben heiter mit Neigung zum Tanzen und Singen; Neigung zu Zornesausbrüchen, schlimmer bei Trostversuchen. Menschenscheuer Hypochonder, der alles grau in grau sieht. Lebensüberdruß mit ängstlicher Besorgnis vor der Zukunft. Schlafstörungen mit Aufschrecken, Alpdrücken, auch Schlaflosigkeit bei allgemeiner Munterkeit und lebhaftem Gedankenfluß. Große Tagesschläfrigkeit mit Einschlafen, sobald Aufmerksamkeit nicht gefesselt wird. Klopfender Stirnkopfschmerz besonders morgens, von Obstipation begleitet. Hirnermüdung mit Schwere und Eingenommenheit. Schwindel beim Gehen, Aufrichten aus liegender Stellung mit Ohnmachtsanwandlung. Schmerzhafte Erschütterung bei jedem Schritt. Schwächegefühl im Kopf und große Empfindlichkeit gegen kühle Temperatur. Trigeminusneuralgie. Kiefergelenkschmerzen. Supraorbitalneuralgien, Ciliarneuralgien, die mit der Sonne gehen und kommen. Tränenfluß mit Durcheinanderschwimmen der Buchstaben (Asthenopie). Entoptische Erscheinungen (Feurige Streifen, Sterne). Ohrensausen und Knacken.

Der homöopathische Natrium-muriaticum-Reaktions-Typ entspricht mit seinen vagotonischen Zügen dem **Reaktions-Typ A nach Lampert:** Wärmeverlangen, Gesichtsblässe, Nachmittagswohlbefinden, schlechter Futterverwerter, Verschlossenheit; mit seinen sympathicotonischen Zügen dem **Reaktions-Typ B nach Lampert:** Starkschwitzer, Bewegungsdrang, Aufbrausen.

Anwendung von Natrium muriaticum

1. auf Grund persönlichkeitsbestimmter Charakter- und Gemütssymptome

Dominierende Cl-Ionwirkung (bedingt Kolloidentquellung): Hirnmüdigkeit mit Unfähigkeit zu geistiger Arbeit. Ärgerliche Reizbarkeit (Salzträne) und Hypochondrie (Zuspruch macht wütend; lange nachtragend). Musik und geistige Arbeit verschlimmern. Kongestive Kopfschmerzen besser durch kaltes Waschen, schlechter durch Sonnenhitze und -Bestrahlung.

2. bei persönlicher Abwandlung der Beschwerden
(= Modalitäten, hervorgerufen durch das vegetative System): Hydrogenoide Verschlimmerung (Na-Ion) durch Nässe, Kälte, See, Luftzug und Gewitter; hydrogenoide Frostigkeit und Erkältungsneigung, bzw. Rheuma und Neuralgien mit Periodizität. Morgendurchfälle. Charakteristische Vormittagsverschlechterung (9—11 Uhr) und Nachmittagswohlbefinden. Viel Durst. Na-Ionen-reiche Nahrungsmittel wie Schwarzbrot (Stärke) verschlechtern und bedingen Abneigung. Periode und Coitus verschlimmern (s. oben).

3. bei persönlicher Abweichung des Reaktionsgrades vom Normalen
Im Sinne der vegetativen Dystonie mit thyreoiden Herzstörungen (Arrhythmia perpetua, Herzangst) und Grundumsatzerhöhung (Kachexie, Durchfälle, Nachtschweiße); kalte Füße und Hände; Frost und Fieber ab Vormittag. (Cl-Ion-Wirkung).

4. bei bestimmten Diathesen mit persönlicher Anfälligkeit und Krankheitsbereitschaft
Hautreizbarkeit durch NaCl-Einlagerung: trocken, rissig oder fettig glänzend, juckend, berührungsempfindlich (See und Sonne verschlechtern); nässende oder schuppende Ekzeme (Gelenkbeugen, Haargrenze). Pubertätsakne, Kopf- und Gesichtsseborrhoe, Urticaria, Herpes, Furunkulose. Exsudative Lymphatiker.

Schleimhautreizbarkeit durch NaCl-Einlagerung
a) der Luftwege: Conjunctivitis, Blepharitis, Rhinitis (mit Geruchs- und Geschmacksverlust). Laryngitis, Bronchitis mit Reizhusten (schlimmer bei nasser Kälte und beim Eintritt in warmes Zimmer durch Schleimeintrocknen) und Harnwegspritzen; Grippebronchitis (Sommerdurchnässung). Winterbronchialasthma.
b) des Verdauungskanals: Mundtrockenheit oder Speichelfluß, Herpes, Zungenbrennen, Pharyngitis. Magen-Darm-Katarrh mit Heißhunger, Sodbrennen, Bitter- oder Salzgeschmack, Elendsgefühl und Blähungen. Morgendurchfall oder chronische Obstipation mit hartem, trockenem Stuhl. Pfortaderstauung mit Leberbeteiligung und Hämorrhoiden. Leber- und Milzschwellungen (Malaria). Müde nach dem Essen. Verlangen nach Salz und scharf gewürzten Speisen; kein Schwarzbrot.

5. beim Chronischwerden von Krankheiten infolge persönlicher Abwehrschwäche
Die bereits beschriebene Schleimhautreizbarkeit (NaCl-Einlagerung) führt am Genitale zu chron. Endometritis nach Tripper mit Brennen und schleimig-eitrigem Sekret. Regelstörungen mit Verstimmung, dünnem, scharfem Fluor, auch Scheidentrockenheit. Kreuzschmerzen gebessert durch Kissen unters

Kreuz (Bindegewebs- und Bänderschwäche)! Periode und Coitus verschlimmern nervöse Beschwerden (Rückenschwäche, Verstimmung). Arthritismus und Gicht mit Verschlimmerung durch Nässe und Kälte infolge sympathicotonischer Wirkung des Cl-Ions über die Schilddrüse.

Mittelbeschaffenheit und Dosierung

Bereits als Kochsalz-Prise (NaCl) den Speisen hinzugefügt, verlangt das *Natrium muriaticum* eine individuelle Dosierung, die von den Geschmackspapillen der Zunge aus nervös und zentralnervös bewußt empfunden und gesteuert wird und eine ziemliche Breite der Dosierung erkennen läßt. Von ihr machen wir auch bei der individuellen, d. h. homöopathischen Dosis weitgehend Gebrauch: Bei Ulcus cruris varicosum mit charakteristischer Obstipation mit *Natr. mur.* D 3; bei Obstipation mit Magenleiden (Abmagerung, Durst, Sodbrennen, Salzverlangen, Speichelfluß, Völle) mit *Natr. mur.* D 4, 6, 12 je nach der Dauer des Leidens; bei Diarrhoe mit D 12 und bei beabsichtigter konstitutionell-umstimmender Wirkung mit *Natr. mur.* D 30, 60, 200.

Typenbilder

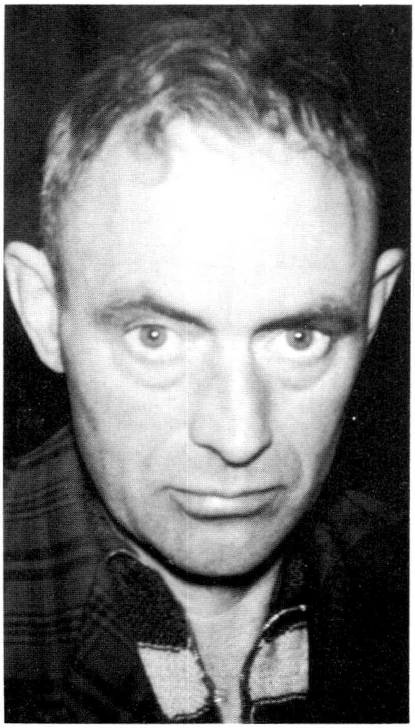

Abb. 68. Natrium-muriaticum-Typ

Die großen, vorstehenden und glänzenden Augen lassen die Beteiligung der Schilddrüse erkennen, während sich die Wasserhaushaltsstörung des Typs an den dunklen Ringen um die Augen manifestiert. Magerkeit des Oberkörpers, traurige Verstimmung und Verlangen nach scharf Gewürztem gehören ebenfalls zum Natrium-muriaticum-Bild.
Charakteristisch sind weiter die Verschlechterung des Befindens am Vormittag und das Wohlbefinden am Nachmittag.
Behandlung des 50jähr. Patienten mit *Natrium muriaticum* D 6 und D 12 wegen vegetativer Dystonie mit Unruhe, Schlaflosigkeit und Rückenschwäche. Besserung auch des Hungerkopfschmerzes (Heißhunger), der chronischen Obstipation und der Frostigkeit mit Erkältungsneigung.

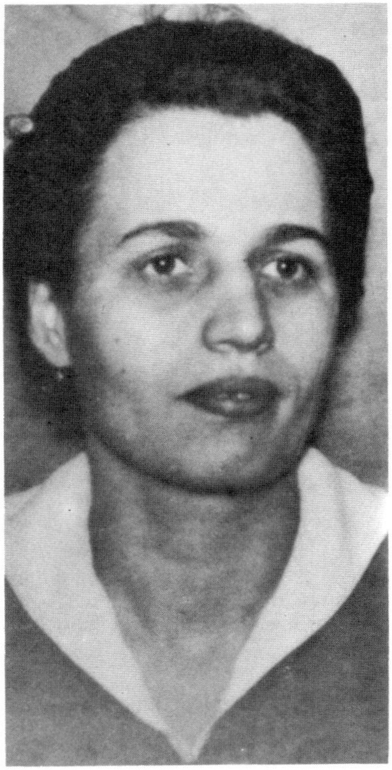

Abb. 69. Natrium-muriaticum-Typ

Die hydrogenoide Verschlimmerung dieser rheumatischen jungen Frau (35 J.) durch Nässe und Kälte mit Vormittagsverschlechterung und Nachmittagswohlbefinden erlaubte, die dunklen Augenringe als Gewebswasserstörung aufzufassen. Diese Vermutung wurde bestätigt durch die Neigung, die Speisen scharf zu salzen. Auch die habituelle Obstipation wies auf *Natrium muriaticum* als Konstitutionsmittel bzw. Reaktionsmittel hin.
Behandlung mit *Natrium muriaticum* D 6, D 12 und D 30 wegen Gliederrheumatismus mit Verschlimmerung durch Nässe und Kälte beseitigt auch die Kreuzschmerzen und den dünnen, scharfen Fluor.

Abb. 70. Natrium-muriaticum-Typ

Die hagere, gelblichblasse, asthenische, 64jähr. Frau ist ein Natrium-muriaticum-Typ mit Rückenschwäche, Vormittagsverschlechterung und Nachmittagswohlbefinden. Die großen Augen entsprechen ihrer ängstlichen Besorgnis wegen der Zukunft. Die zusammengepreßten Lippen zeigen ihre Verschlossenheit mit Neigung zu ärgerlicher Reizbarkeit (gerötete Lidränder, Salzträne) und Ablehnung von Zuspruch.
Behandlung mit *Natrium muriaticum* D 6 und D 12 wegen Schwindels, Morgendurchfalls, Pfortaderstauung mit Leberbeteiligung und Hämorrhoiden. Zugleich Besserung der Rückenschwäche und der chronischen Blepharitis.

Krankheitsbild

Eine blasse 22jähr. Pat. mit leichter Struma kommt mit einem seit einigen Wochen bestehenden, juckenden, intertriginösen Ekzem am Halse, an der Stirngrenze und in den Ellbeugen in Behandlung. Auf Befragen werden Salzgier, Obstipation und Rückenschwäche bejaht. *Natrium muriat.* tbl. D 6 3mal tgl. 1 Tbl. besserte nur den trägen Stuhlgang. Nach 3 Wochen deshalb *Natrium muriat.* tbl. D 12 3mal tgl. 1 Tbl. und energisches Salzverbot. Voller Erfolg nach 14 Tagen. Kein Wiedererscheinen im Laufe des nächsten Halbjahres; auch das Salzverlangen besteht nicht mehr.

Endokrine Typen mit Grundumsatzsteigerung

Homöopathischer Arsen-Typ

Das zarte, blasse Arsen-K i n d mit feinem Haar ist unruhig, ängstlich, aber geistig geweckt und empfindlich gegen äußere Eindrücke. Es sucht Schutz beim Erwachsenen und will nicht allein sein (bes. nachts). Der Appetit ist gering, der Durst jedoch groß, ebenso das Wärmebedürfnis.

Vom Arsen-Typ des E r w a c h s e n e n kennen wir drei gradweise verschiedene, hyperthyreoide Erscheinungsformen mit Unruhe, Angst mit Schwäche und Schweißen, sowie Verschlimmerung der Beschwerden kurz nach Mitternacht, durch Nässe, Kälte und meteorologische Tiefs; Besserung durch Wärme. (Vgl. dazu die auffälligen Modalitäten unter 2).

A. A t h l e t i s c h e r T y p (mit Reizwirkung): zarte Haut, glänzendes Haar, fettleibig; Asthma- und Ekzemneigung.

B. D y s p e p t i s c h e r T y p (mit zunehmender Entkräftung): gelbe Haut, mager; tiefliegende Augen.

C. K a c h e k t i s c h e r T y p (mit Kräfteverfall): wächserne Haut, äußerste Magerkeit, stellenweise gedunsen; Facies hippokratica.

Der homöopathische A r s e n i c u m - a l b u m - R e a k t i o n s - T y p entspricht mit seinen k a c h e k t i s c h e n F o r m e n dem **Reaktions-Typ A nach Lampert:** Vagotonische Einstellung, Wärmebedürfnis, Hautblässe; mit seinen v e r f e t t e t e n F o r m e n dem **Reaktions-Typ B nach Lampert:** Sympathicotonische Einstellung, Starkschwitzer, Bewegungsdrang, innere Unruhe.

Anwendung von Arsenicum album

1. auf Grund persönlichkeitsbestimmter Charakter- und Gemütssymptome
Angst, gepaart mit Schwäche. Innere Unruhe, Melancholie mit Anfällen von Seelenangst, Verzweiflung bis zum Suicid. Trotz Müdigkeit, auch tagsüber, unruhiger, traumreicher Schlaf mit Aufschrecken bis zur Schlaflosigkeit. Schwindel, schlimmer am Vormittag.

2. bei persönlicher Abwandlung der Beschwerden
(= Modalitäten, hervorgerufen durch das vegetative System): Charakteristisch sind die Periodizität mancher Beschwerden und ihr neurovasculäres B r e n n e n, besser durch Wärme; ferner Verschlimmerung durch nasse Kälte, meteorologische Tiefs und kurz nach Mitternacht. Besserung durch Wärme (nur Kopfschmerzen durch Kälte gebessert) und Verlangen darnach.

3. bei persönlicher Abweichung des Reaktionsgrades vom Normalen
Hyperthyreosen bis zum Basedow (Thyreotoxikose). Allergische Ekzeme mit neurovasculärem Brennen (durch Wärme gebessert) und Jucken, trocken oder nässend: Herpes, Urticaria, Erysipel, Exanthem, Furunkel, Karbunkel. Psoriasis. Bei allergischen Schleimhautschädigungen bis zur Gangrän mit brennenden, wäßrigen, wundmachenden Sekreten aller Luftwege: Rhinitis, Heufieber, Laryngitis, Bronchitis; Bronchialasthma. Pneumonie, Lungengangrän; Tuberkulose. Bei entsprechenden Schleimhautschädigungen des Magen-Darm-Kanals: Akute und chronische Gastritis mit unstillbarem Durst auf kleine Mengen Wassers. Ulcus ventriculi et duodeni; Carcinom, Cholera, Typhus und Darmkatarrh mit stinkenden, brennenden Durchfällen und obigen Modalitäten.

4. bei bestimmten Diathesen mit persönlicher Anfälligkeit und Krankheitsbereitschaft
Infolge Blutschädigungen (Erythrocyten, Leukocyten), Abwehrkraftschädigungen (Gangrän, Sepsis, Infekte) und Gefäßschädigungen (Atheromatose, Myocardschaden, Endocarditis; Nephrosklerose mit Ödemen, Nephritis).

5. beim Chronischwerden von Krankheiten infolge persönlicher Abwehrschwäche
Entzündung und Verfettung visceraler Drüsen (Leber, Milz, Pankreas); Hepatitis, Ikterus mit venöser Stase (Hämorrhoiden) und Ulcus cruris varicosum. Gliederneuralgien mit Ruhelosigkeit, Schwäche, Brennen und Taubheit; schlechter durch nasse Kälte.

Mittelbeschaffenheit und Dosierung

Weißer Arsenik, Arsentrioxyd (As_2O_3).

Für akute Zustände und vorzugsweise organotrope Wirkung ist D 4—6 die gebräuchlichste Potenz. Dies gilt auch für *Arsenum jodatum* bei Schnupfen und Struma. Chronische Erkrankungen lassen *Arsenicum album* D 6 und D 12 angezeigt erscheinen. Neuritische und neuralgische Affektionen mit nächtlichem Brennschmerz, Unruhe, Angst, Verschlimmerung durch Kälte und meteorologische Tiefs sprechen am besten auf D 12 und D 15 an (Stiegele). Dies gilt auch für das zur Arsenicum-Anwendung hinleitende Brenngefühl der Haut- und Schleimhautaffektionen, das wahrscheinlich neurovasculär bedingt ist. Hierher gehört auch das Zungenbrennen, soweit es nichts mit der Perniciosa zu tun hat. Als weiteres Beispiel für die Anwendung von *Arsenicum album* D 6 und steigend auf D 15 u. D 30 sei die dystrophische Neuritis angeführt. Bei Besserung all dieser Leiden wird im Laufe der Behandlung die Steigerung der Potenz auf D 30, D 60 und ev. auch D 200 angezeigt sein; selbstverständlich unter Beachtung zunehmender Pausen.

Typenbilder

Abb. 71. Arsenicum-album-Typ

Die wächserne Blässe der ängstlichen 77jähr. Greisin mit den großen, glänzenden Augen spricht für einen Arsen-Typ. Zu ihm gehören auch die innere Unruhe, das neurovasculäre Brennen der Brust- und Rückenhaut mit Taubheitsgefühl, das schlafstörende Träumen, die Verschlechterung durch meteorologische Tiefs um Mitternacht, sowie die Besserung durch Wärme.
Behandlung mit *Arsenicum album* D 6 und D 12 wegen stenocardischer Beschwerden (RR 185/80) und Beinneuralgien bes. nachts mit Brennen und Taubheit. Schwindel und Schlaflosigkeit auch gebessert.

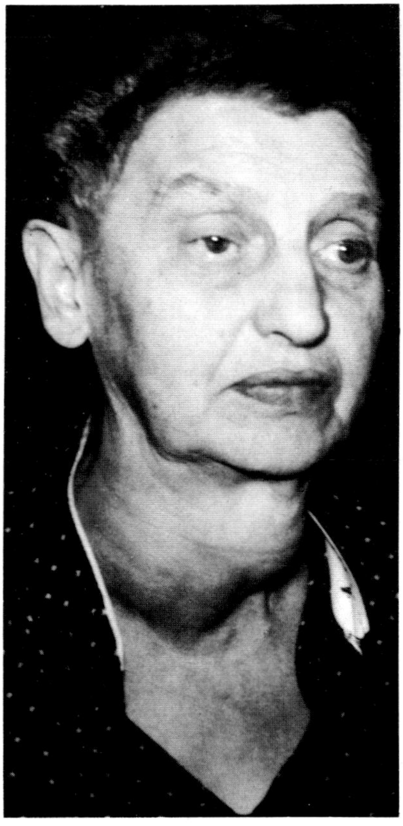

Abb. 72. Arsenicum-album-Typ

Diese 73jähr. Frau mit der Riesenstruma (Halsumfang 41 cm), Glotzaugen und Tachycardie (Puls 100 Schläge in der Min.) reagierte prompt auf *Arsenicum album.*
Nach 4 Monaten Behandlung mit *Arsenicum album* D 6 und D 12 wegen Struma und Tachycardie betrug der Halsumfang 39 cm und die innere Unruhe, das Herzklopfen sowie die ängstliche Verstimmung hatten erheblich nachgelassen. Die dem Typ zugrundeliegende Hyperthyreose ist hier unverkennbar.

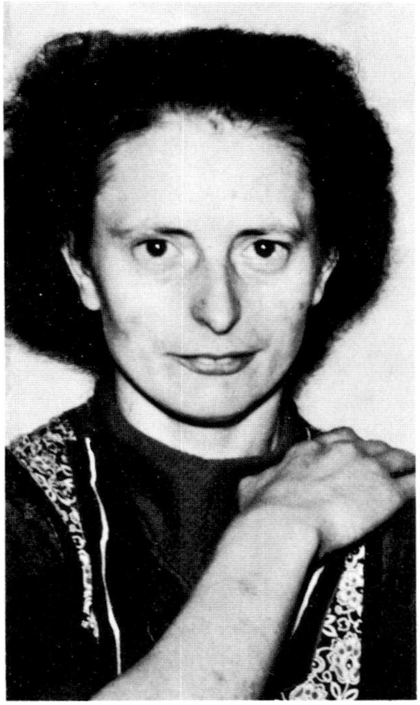

Abb. 73. Arsenicum-album-Typ

Das 28jähr. Fräulein entspricht dem kachektischen Arsen-Typ.

Große Magerkeit, glänzende, etwas vorstehende Augen verraten die zugrunde liegende Hyperthyreose. Herzklopfen, Tachycardie, Unruhe und Schweißneigung sind weitere thyreotoxische Züge. Auch die Psoriasis, am Unterarm mit 2 Effloreszenzen in Erscheinung tretend, gehört zum Arsen-Bild.

Behandlung mit *Arsenicum album* D 6 und D 12 wegen Hyperthyreose mit Angiospasmen (Brennen und Taubheit, auch nachts). Besserung auch der chronischen Sinusitis mit scharfem Sekret.

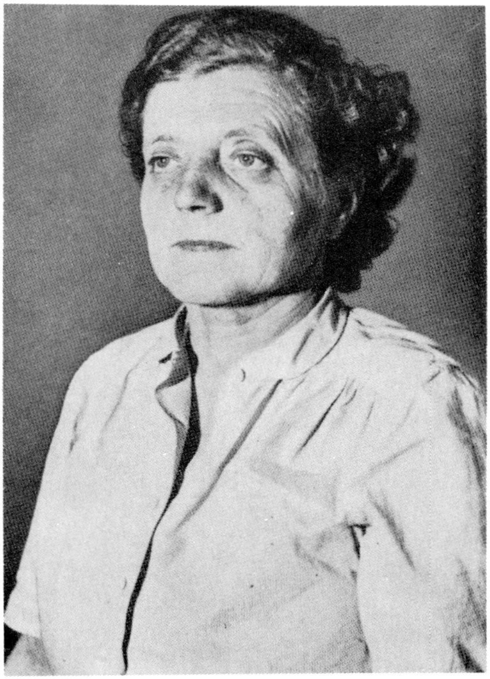

Abb. 74. Arsenicum-album-Typ

Diese 53jähr. wärmebedürftige Frau zeigt die Ekzemneigung des mehr korpulenteren Arsen-Typs. Seit 5 J. leidet sie an einem trockenen, allergischen Ekzem der linken Wange mit Brennen und Jucken, sowie Verschlimmerung durch nasse Kälte. Dunkle Augenringe weisen auf eine Wasserhaushaltstörung hin.

Behandlung mit *Arsenicum album* D 12 wegen des chronischen Wangenekzems bessert auch den Durst und die Ödemneigung der Beine.

Krankheitsbilder

Die folgende Arsen-Anwendung von Dahlke bei nächtlichen Ulcus-cruris-Schmerzen wird wegen der gebrauchten Potenzen und der Sulfur-Anwendung als Reaktionsmittel angeführt: „Frau B., 47 J., Unterschenkelgeschwür seit 11 J. Die Wunde ist klein, flach, mit breitem, rotem Rand. Absonderung gering, blutig gefärbt. Viel Schmerzen, nachts schlimmer von ziehendem, brennendem Charakter, gegen Mitternacht ist es am schlimmsten. Hat nachts Anfälle von Schmerzen, daß sie aus dem Bett muß. Appetitlosigkeit, Krampfadern. Erhält am 27. 4. *Arsen* D 6, 2mal 4 Tr. tgl. Am 3. 5. keine Besserung Dann *Sulfur* D 3.

14. 5. eher schlechter, ständig Schmerzen, erhält *Arsen* D 30 tgl. eine Gabe.

4. 6. Erhebliche Besserung, besonders der Nächte. *Arsen* wird in immer selteneren Gaben fortgesetzt. Heilung."

Ein 34jähr. Mann erhält Mitte Dez. 1949 eine arsenhaltige Zahneinlage zwecks Füllung eines cariösen Molarzahnes links unten. Kurz nach Weihnachten desselben Jahres tritt ein psoriasiformes Ekzem am Halse auf, das im Laufe der nächsten 14 Tage auf den obersten Teil des Schultergürtels übergreift. Erst nach insgesamt 6 Wochen wird die Arseneinlage aus dem Zahne entfernt. Bis April 1950 findet eine wenig erfolgreiche Behandlung des Halsekzems als „Schuppenflechte" statt. Mitte April kommt Pat. in meine Behandlung wegen seiner hartnäckigen „Schuppenflechte". Beiläufig mache ich die Bemerkung, daß er wohl von Jugend an schon an Psoriasis leide. Es erfolgt jedoch Widerspruch und kommt dadurch zur Erhebung der eingangs angegebenen Vorgeschichte, nachdem ich den Kranken gefragt hatte, ob er vor dem ersten Auftreten des Halsekzems irgendwelche medikamentöse Behandlung erfahren hätte. Da zweifellos die nicht rechtzeitig entfernte arsenhaltige Zahneinlage als ekzemauslösend in Frage kam, wurde von äußerlicher Behandlung Abstand genommen und lediglich *Arsenicum album* D 6 3mal tgl. 1 Tbl. verordnet. Nach 8 Tagen trat bereits Rückgang des bisher jeder Behandlung trotzenden psoriasiformen Halsekzems ein. Nach insgesamt 4 Wochen war restlose Heilung erfolgt. In der 3. Behandlungswoche wurden tgl. 2 Tbl., in der 4. Woche am Tag nur noch 1 Tbl. verabreicht. Anschließend konnte Pat. bis Ende 1951 beobachtet werden, ohne daß ein Rezidiv eintrat. Es darf deshalb wohl völlige Heilung angenommen werden.

Der Ähnlichkeitssatz findet in diesem Falle eine überzeugende Bestätigung. *Arsen* löst in starker Konzentration von der Zahnpulpa her ein psoriasiformes Ekzem am Halse aus; die Heilung erfolgt durch *Arsen* in schwacher Konzentration.

Auch in segmentdiagnostischer Hinsicht sind Reizort und Ekzemlokalisation bemerkenswert; Krankheitsverlauf und -heilung stehen darnach mit neuralpathologischen bzw. neuraltherapeutischen Vorstellungen durchaus im Einklang.

Homöopathischer Jod-Typ

Der Jod-Reaktions-Typ ist mager trotz guten Appetits, ewigen Hungers und vielen Essens. Er zeigt gelblich fahle Gesichtsfarbe. Auffällig ist die innere Unruhe, gesteigert bis zur Angst, und der Beschäftigungsdrang. Er ist geistig lebhaft, sprunghaft und vergeßlich infolge seines fahrigen Wesens. Stillsitzen kann er nicht (Schulkinder, Erwachsene bei Vorträgen). Vom Magen ausgehende zittrige Schwäche macht ihn ungeduldig, wenn das Essen, welches bessert, nicht gleich angerichtet ist. Wärme (Zimmer, Sommerhitze) wird trotz Frostigkeit schlecht vertragen, steigert die Nervosität und Angst (hyperthyreotischer Typ, oxygenoide Konstitution nach v. GRAUVOGL mit Grundumsatzsteigerung).

Bei den abgemagerten Kindern handelt es sich um schnellgewachsene Lymphatiker mit harten, schmerzlosen Drüsenschwellungen, neben den angeführten psychischen und vegetativen Störungen. Ihre Schleimhautanfälligkeit der oberen Luftwege äußert sich in Schnupfen mit Schmerz über der Nasenwurzel, verstopfter Nase abends und im Zimmer, in Laryngitis mit Heiserkeit, Aphonie und kruppartigem Husten mit inspiratorischer Dyspnoe (Kind wirft Kopf zurück und greift nach dem Kehlkopf). Der Husten wird schlimmer im warmen Zimmer und beim Liegen auf dem Rücken.

Der homöopathische Jodum-Reaktions-Typ entspricht dem **Reaktions-Typ B nach Lampert:** Sympathicotonische Einstellung, guter Appetit, Starkschwitzer, Wärmeunverträglichkeit, Erregtheit, Fahrigkeit: nur die Hautblässe und Magerkeit sind vagotonische Züge.

Anwendung von Jodum

1. auf Grund persönlichkeitsbestimmter Charakter- und Gemütssymptome
Betätigungsdrang durch innere Unruhe mit Reizbarkeit, Zittern und Depression (Angst). Das Jod-Kind will immer essen, wird ärgerlich, wenn es nicht gleich zu essen bekommt (trotzdem mager!).

2. bei persönlicher Abwandlung der Beschwerden
(= Modalitäten, hervorgerufen durch das vegetative System): Innere Hitze und Fieberempfindung, in Erschöpfungsstadien anhaltendes Frösteln. Schweißausbrüche. Verschlimmerung durch Ruhe, Sonnenbestrahlung und Wärme; besser durch Bewegung an frischer Luft (bes. die kongestiven Kopfschmerzen). Immer Hunger, besser durch Essen.

3. bei persönlicher Abweichung des Reaktionsgrades vom Normalen
Desensibilisierung durch *Jodum* bei allergischen Schleimhauterkrankungen (Rhinitis vasomotoria, Heuschnupfen, Asthma bronchiale), ferner bei Hyperthyreosen (Struma) bis Thyreotoxikosen (Basedow) mit endokriner Wirkung über das Schilddrüsen-Thyroxin; und schließlich bei Neu-

rodermatitis und allergischen Ekzemen (Erythema nodosum, Urticaria, pustulöser Dermatitis, Akne, Furunkulose).

4. **bei bestimmten Diathesen mit persönlicher Anfälligkeit und Krankheitsbereitschaft**
Am Bindegewebe und den Drüsen kommt es zu proliferativen Entzündungen. Harte Drüsen, keine Neigung zu Eiterung. Drüsenaffektionen der Skrofulose, exsudativen Diathese, der Tonsillen und der Keimdrüsen mit harten Schwellungen (Hypertrophie) und Neigung zur Atrophie (Lymphome, Bubonen, Speicheldrüsenerkrankungen). Von Gefäßaffektionen gehören hierher: Arteriosklerose, Lues, Gumma, Aortitis, Aneurysma; Hypertonie und Apoplexie. Phlebitis.

5. **beim Chronischwerden von Krankheiten infolge persönlicher Abwehrschwäche**
Chronische Schleimhautentzündungen der Luftwege: Rhinitis, Ozaena, Laryngitis, Bronchitis. Pneumonie, Lungentuberkulose mit zähem, scharf salzigem Auswurf, schmerzhaftem Husten und Verschlimmerung durch Wärme. Chronische Entzündung der Schleimhäute und Drüsen des Verdauungskanals: Entzündete Mundhöhle mit Geschwüren und Foetor. Gastritis mit Heißhunger, muß immer essen. Schwäche und Durst (Essen bessert). Ulcus ventriculi et duodeni; Leber- und Milzschwellung, Pankreatitis. Vegetative Dysfunktion des Darmes (Durchfall wechselt mit Verstopfung).

Mittelbeschaffenheit und Dosierung

Jod in Alkohol gelöst.

Konstitutionelle Behandlung verlangen selbstverständlich alle Kranken mit Hyperthyreosen und Toxikosen bis zum ausgesprochenen Basedow mit *Jodum* D 12, D 30 u. D 200 unter Beachtung zunehmender Pausenlänge. Diese Erfahrung aus der Praxis konnte übrigens bestätigt werden bei der Austestung von Jod-Typen mit dem Elektropunkteur von Dr. Voll, wobei die angeführten Potenzen sämtlich zum Ausgleich führten. Mehr organotrope Wirkung auf Lymphdrüsenaffektionen, Skrofulose, Lymphome, Drüsenatrophie, sowie auf Gefäßerkrankungen und Schleimhautentzündungen erzielt man mit *Jodum* D 3, 4. Diese Potenzen gelten auch für die Jodsalze *(Kalium jodatum, Calcium jodatum, Arsenum jodatum),* bei denen Stiegele von einer „Jod-Zügelung" sprach, um die Minderung der Jod-Wirkung zu charakterisieren. Bei Luikern ist die Reizbarkeit gegenüber *Jod* herabgesetzt, so daß *Kalium jodatum* D 1 oder *Solutio salina (Kal. jodat,* 4,0, *Spirit. vin.* dil. u. *Aqua dest.* aa 5,0) homöopathische Anwendung finden, wenn die Kalium-Komponente mit nächtlicher Verschlimmerung und Besserung beim Umhergehen ausgeprägt ist.

Typenbilder

Abb. 75. Jodum-Typ

37jähr. hagere, hochwüchsige Frau. 1941 Strumektomie. Hals 39 cm. Puls 4 × 22. RR 105/60.
Behandlung mit *Jodum* D 15, D 30 wegen depressiver Verstimmung mit Schwindel, Herzklopfen und Extrasystolie. Halsumfang auf 35,5 cm zurückgegangen, Heißhunger geschwunden.

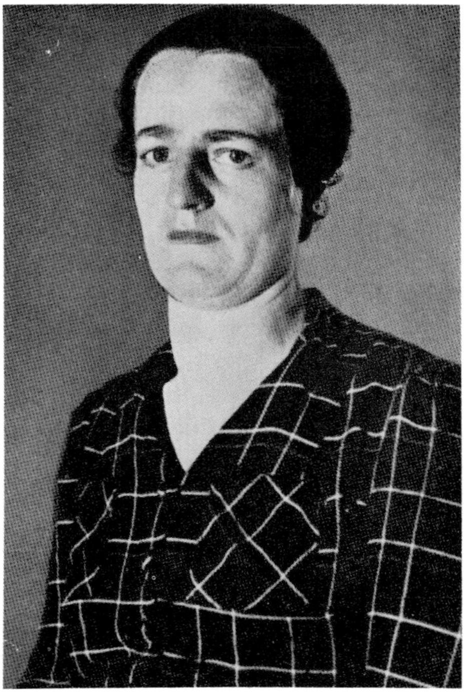

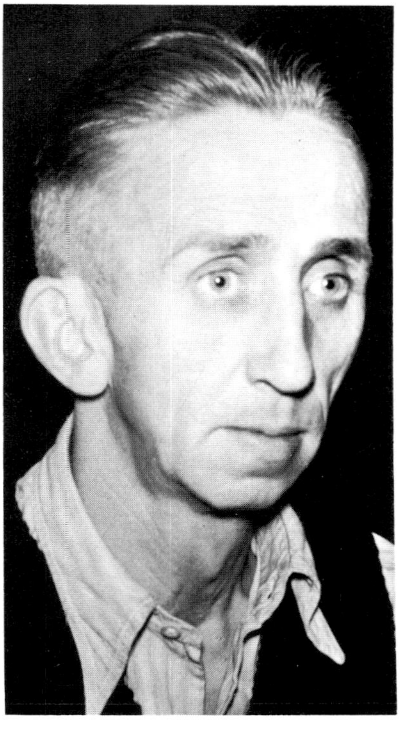

Abb. 76. Jodum-Typ

Der magere, hochgewachsene (172 cm), 41jähr. Mann, der trotz guten Appetits keine Gewichtszunahme erfährt, läßt im Gesichtsausdruck seine innere Unruhe, Angst und nervöse Gereiztheit gut erkennen.
Auch die innere Hitze ist thyreotoxischer Natur. Die gelbliche Gesichtsfarbe ist auf eine Gastroduodenitis mit Beteiligung des Pankreas zurückzuführen.
Behandlung mit *Jodum* D 12 und D 30 wegen Heuschnupfens, Hyperthyreose mit Tachycardie (Puls 4×32) und Herzklopfen, sowie Gastritis mit Heißhunger und zittriger Schwäche. Zugleich bessere Verträglichkeit von Sonne und Wärme.

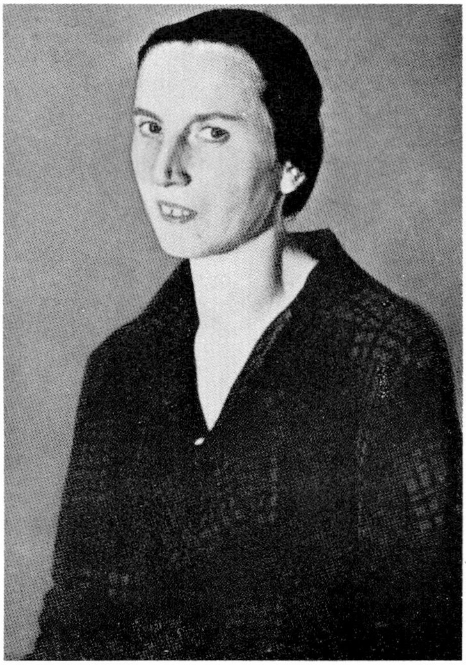

Abb. 77. Jodum-Typ

45jähr. hagere, nervöse Frau mit Neigung zu Durchfällen und Schweißen. Struma: Halsumfang 36 cm.
Behandlung mit *Jodum* D 15 und D 30 wegen Hyperthyreose. *Arsenicum jodatum* D 4, wegen Rhinitis gegeben, mußte wegen Durchfallszunahme abgesetzt werden.

Krankheitsbild

Bei mageren Kindern mit fehlender Gewichtszunahme trotz guten Appetits (hyperthyreoide Grundumsatzerhöhung) verordne ich *Ferrum jodatum* tbl. D 3. Daß man mit *Jodum* D 30 die gleiche Wirkung erzielen kann, zeigt ROYAL (nach STIEGELE):

„Ein dunkelfarbiges, 11jähr. Mädchen von tuberkulösem Habitus, dessen Mutter an dieser Krankheit gestorben war, wurde von ihrem Vater mit der Frage gebracht: ‚Was soll ich mit dem Mädel anfangen? Es ißt mich zum Hause hinaus, aber das wäre nicht das Schlimmste, seit einem Jahr magert sie zusehends ab, sie hat um diese Zeit 12 Pfund abgenommen.' Bei der Untersuchung fand ich eine Schwellung von Leber und Milz. Erythrocyten 3 251 000, Leukocyten 9000. Die Tonsillen waren nach 3 Erkrankungen an Angina entfernt worden. Verordnung *Jod* D 30, morgens und abends 5 Tr. Nach der 2. Woche begann der Heißhunger nachzulassen und das Gewicht anzusteigen, am Ende der 3. Woche wurde *Jod* abgesetzt. 3 J. später berichtete die Mutter: ‚Meine Tochter menstruierte vor 5 Monaten, die Blutung ist reichlich und zwischen den Regeln besteht ein ätzender Ausfluß, sie verliert wieder an Gewicht, obwohl sie mit gutem Appetit ißt.' Sie erhielt wieder *Jod* D 30, die nächste Regel war schwächer, der Ausfluß nahezu beseitigt und der Appetit normal. 5 Monate später waren die Regeln ganz in Ordnung."

Kreislaufs-Typen mit fehlerhafter Blutverteilung und venöser Stase

Homöopathischer Ferrum-Typ

Das blutarme Ferrum-phosphoricum-Kind ist schwächlich grazil, nervös reizbar und weinerlich. Das blasse Gesicht mit den blau durchscheinenden Schläfenvenen und den großen Augen zeigt jähe hellrote Verfärbung bei jeder Erregung („Blühende Bleichsucht"). Das lebhafte Kind übernimmt sich leicht beim Spiel, kommt mit hochrotem Gesicht nach Hause und kollabiert dann unter plötzlichem Erblassen; auch hellrotes Nasenbluten in der kongestiven Phase ist nicht selten. Bei raschem Wachstum blasser, leicht erschöpfbarer Kinder wird *Ferr. acet.* bevorzugt.

Der Ferrum(-met.)-Typ der Frauen entspricht dem chlorotischen Mädchen der Pubertätszeit. Er ist ebenfalls mager, grazil, schwächlich und zeigt die bereits erwähnten Symptome der „blühenden Bleichsucht" bei blassen Schleimhäuten, heißem Kopf, kalten Händen und Füßen. Psychisch weinerlich, gedrückt, launisch, reizbar, sonst sanguinisch; es wird über heftigen, klopfenden Nacken- und Hinterkopfschmerz (oft periodisch) geklagt, auch über Zungenbrennen. Die Kongestionen führen zu hellroten Blutungen (Nase, Niere, Blase und Uterus), beklemmenden Brustwallungen, Herzklopfen, Schwindel mit Gesichtsverdunkelung bei Überqueren von Brücken, am fließenden Wasser und beim Abwärtsgehen, Ohrensausen und Ohnmachtsanwandlungen. Dyspepsie mit Geschmack von faulen Eiern und Widerwillen gegen Fleisch. Wäßrige Durchfälle gleich nach dem Essen, auch nachts, sind schmerzlos. Reizblase mit quälendem Drang und unwillkürlichem Urinabgang (nur) im Gehen.

Die Stimmung ist leicht erregt und reizbar, mißmutig und ängstlich; manisch-depressiv, auch hypochondrisch. Schlaf spät eintretend, leicht, schlummerartig; öfteres Erwachen mit schwerem Wiedereinschlafen, unruhiges Umherwerfen, Ängstlichkeit, lebhaftes Träumen. Kopfschmerz mit rotem Gesicht und kalten Füßen, periodisch, besonders in Stirn- und Schläfengegend, schlimmer nach Mitternacht. Blutüberfüllung der Konvexität der Hirnrinde mit Überempfindlichkeit der Kopfhaut, klopfendem Kopfschmerz, Bewußtlosigkeit und tonischen Krämpfen. Temporäre Ischämie mit Schwächeanfällen, Schwindel und Ohnmachten.

Hitzegefühl in der Nase mit Nasenbluten, besonders aus dem linken Nasenloch. Trigeminusneuralgie. Trismus. Zungenschmerzen und Gefühlsabstumpfung (Nervus lingualis-Parese).

Zeitweiliges Unvermögen zu sprechen (Hypoglossusparese). Ohrenschmerzen mit Ohrensausen.

Fiebertyp: Frost mit rotem Gesicht, Durst; später schwächende Schweiße.

Der homöopathische Ferrum-Reaktions-Typ entspricht dem **Reaktions-Typ B nach Lampert:** Sympathicotonische Einstellung, hohes Fieber, Hautrötung, Starkschwitzer, Fleischabneigung, Bewegungsdrang, Erregtheit, Reizbarkeit.

Anwendung von Ferrum metallicum, aceticum, phosphoricum

1. auf Grund persönlichkeitsbestimmter Charakter- und Gemütssymptome
Manisch-depressiv, auch hypochondrisch reizbar mit Verschlimmerung bei Zuspruch. Schwäche bei seelischer oder körperlicher Beanspruchung. Ängstlich, schlaflos mit Umherwerfen. Kongestive Kopfschmerzen (Pulsieren) mit Schwindel (heißer Kopf, kalte Füße), bes. nach der Regel. Migräne mit Herzklopfen. Trigeminusneuralgie. Trismus. Zungenschmerzen und Gefühlsabstumpfung (Nervus lingualis-Parese). Zeitweiliges Unvermögen zu sprechen (= Hypoglossusparese).

2. bei persönlicher Abwandlung der Beschwerden
(= Modalitäten, hervorgerufen durch das vegetative System): Vasomotorenstörungen mit fehlerhafter Blutverteilung (zentrale Hitze, periphere Kälte; Kopfwallungen bei kalten Füßen). Thyreoide Störungen wie Angst, Tachycardie, Schweiße und Durchfälle. Verschlimmerung der Beschwerden in der Ruhe (Stase) und nach dem Essen; Besserung durch mäßige Bewegung. Der Charakter der Beschwerden ist wandernd und periodisch. Heißhunger mit Abneigung gegen Fleisch.

3. bei persönlicher Abweichung des Reaktionsgrades vom Normalen
Ferrum ist infolge seines Valenzwechsels zu Sauerstoff (2- oder 3wertig) Katalysator der Oxydationsprozesse über das Hämoglobin und die Zelloxydasen. Dadurch behebt es die Stoffwechselinsuffizienz (Anämiefolgen) des Ferrum-Typs und über die Vasomotoren seine fehlerhafte Blutverteilung (Blutungen aus Nase, Niere, Blase und Uterus).

4. bei bestimmten Diathesen mit persönlicher Anfälligkeit und Krankheitsbereitschaft
Akute Schleimhautentzündungen mit Rötung, Schwellung und Schmerzhaftigkeit; Fieber und Blutungsneigung (Fiebermittel asthenischer Kinder ist *Ferrum phosphoricum* D 6, 12): Conjunctivitis, Rhinitis, Laryngitis, Bronchitis, Pneumonie; Grippe (meist *F. phosph.)*, Anämie. Chlorose. Naevus vasculosus. Teleangiektasie.

5. beim Chronischwerden von Krankheiten infolge persönlicher Abwehrschwäche
Rheumatisch-neuralgische Gliederschmerzen (Muskeln und Gelenke, bes. der Schultern und Hüften), die zum Umhergehen zwingen. Anämiefolgen mit Pepsin- und Salzsäuremangel am Verdauungskanal: Gärungsdyspepsie mit Erbrechen meist gleich nach dem Essen; Enteritis mit Koliken, Poltern und Kollern, meist Durchfall, seltener mit Verstopfung wechselnd. Am Urogenitalsystem: Reizblase mit Blasenschwäche beim Gehen. Sexuelle Erregbarkeit, Pollutionen; Regel zu stark und früh, Abortneigung; dünner ätzender Fluor.

Mittelbeschaffenheit und Dosierung

Ferrum metallicum, Eisenpulver durch Reduktion von erhitztem Eisenoxyd im Wasserstoffstrom gewonnen; deshalb *Ferrum reductum* (Fe).

Seinen therapeutischen Eigenschaften entsprechend steht *Ferrum* zwischen *Arsen* und *Phosphor.* Ihre gleichsinnigen Wirkungen werden nutzbar gemacht in *Ferrum arsenicosum* tbl. D 3 — 4 (bei Struma mit Angst, nächtlicher Verschlimmerung, bei Kachexie, Anämie und Bantischer Erkrankung) und in *Ferrum phosphoricum* tbl. D 6 u. D 12, dem bekannten Fiebermittel für Astheniker und Anämische.

Ferrum aceticum tbl. D 4 gibt man gern, wie bereits eingangs erwähnt, blassen, leicht erschöpfbaren Kindern, die rasch gewachsen sind.

Ferrum jodatum tbl. D 3 findet Anwendung bei Skrofulose, bei der Struma anämischer Mädchen und in der Pubertät; ferner bei Lageveränderungen und Schwäche des genitalen Bandapparates feingliedriger Frauen (Stiegele).

Gegen Omarthritis mit nächtlicher Verschlimmerung wird von Erfolgen mit *Ferrum muriaticum* tbl. D 3 und mit *Ferrum oxydatum nitricum* tbl. D 3 berichtet.

Typenbilder

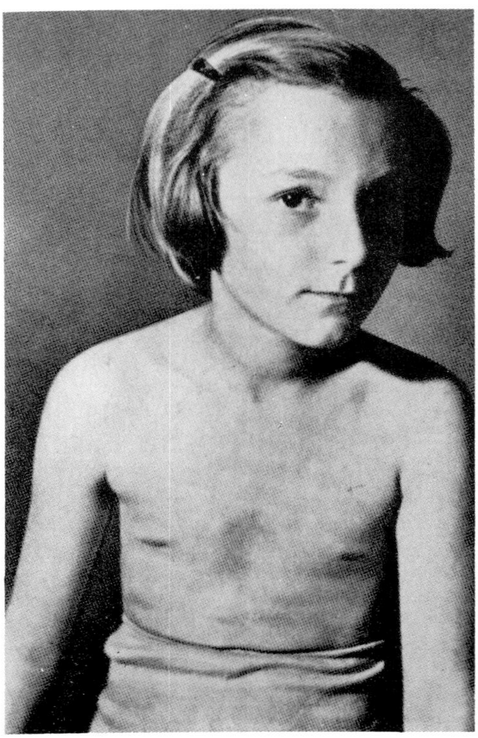

Abb. 78. Ferrum-arsenicosum-Typ

Das schwächliche, grazile, blutarme und nervöse 7jähr. Mädchen ist ein Ferrum-arsenicosum-Typ. Das große, glänzende Auge und die weiche Struma verraten die thyreoide Komponente mit Ängstlichkeit, Herzklopfen, Schweiß- und Durchfallneigung.

Behandlung mit *Ferrum arsenicosum* D 6 und D 12 wegen Anämie, Blutverteilungsstörungen (heißer Kopf, kalte Füße und Ohnmachtsneigung), sowie wegen eines Herpes zoster der Brusthaut bis zum Rippenbogen (quere dunkle Streifen im Bilde gerade noch angedeutet).

Abb. 79. Ferrum-aceticum-Typ

Ein rasch gewachsener, blasser, lebhafter, aber leicht erschöpfbarer, 6jähr. Knabe mit blau durchscheinenden Schläfenvenen, großen glänzenden Augen und jäher Gesichtsrötung bei Erregungen. Als Ferrum-Typ neigt er zu Nasenbluten und Kopfkongestionen bei kalten Füßen. Behandlung mit *Ferrum aceticum* D 4 wegen Appetitlosigkeit infolge Gärungsdyspepsie mit Erbrechen gleich nach dem Essen. Besserung auch der Fieberbereitschaft, des Herzklopfens und der kongestiven Kopfschmerzen.

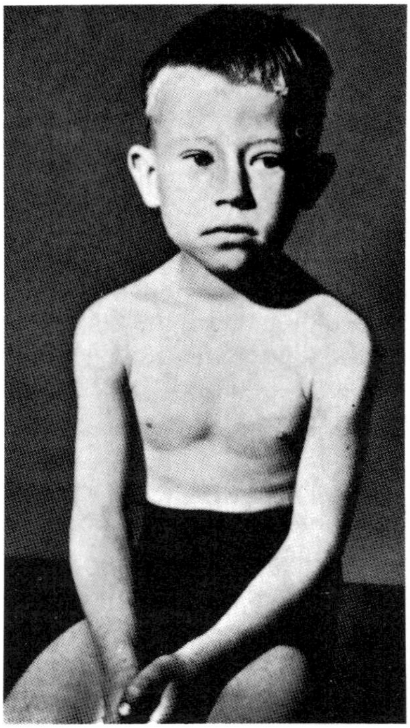

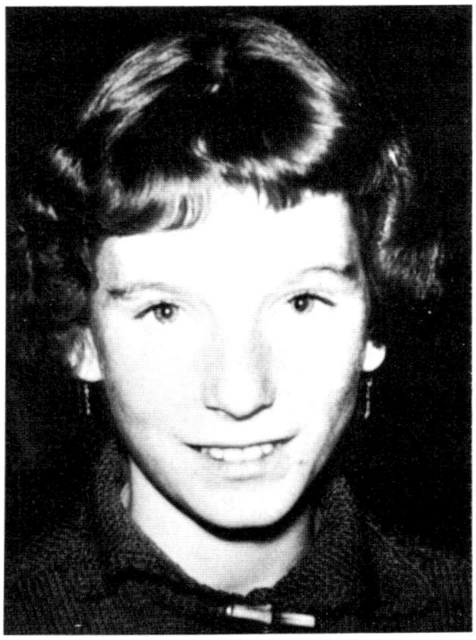

Abb. 80. Ferrum-arsenicosum-Typ

Das lebhafte, blasse, sommersprossige, abgemagerte 14jähr. Mädchen mit Heißhunger, Struma und Tachycardie zeigte langen Gewichtsstillstand bei 35,5 kg und 159 cm (statt 47 kg und 149 cm). Die Hyperthyreose ist deutlich zu erkennen.
Behandlung mit *Ferrum jodatum* brachte noch keine Änderung des Zustandes; erst auf *Ferrum-arsenicosum* tbl. D 4 trat rasche Besserung der nervösen Beschwerden ein und eine stete Gewichtszunahme von 1/2 bis 1 kg, jeweils binnen 14 Tagen.
Reaktionsmäßig erwies sich der Typ also als Ferrum-Typ.

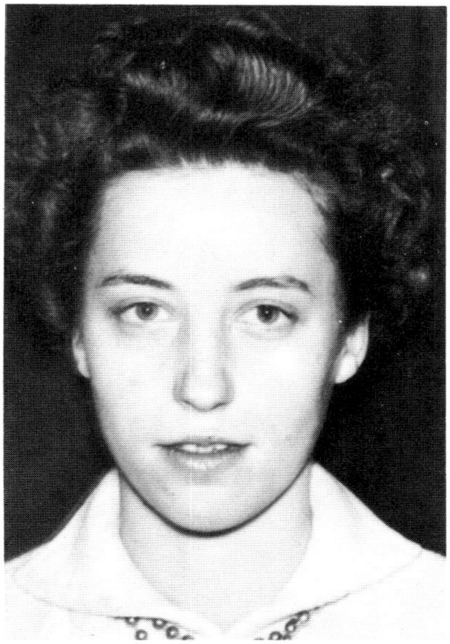

Abb. 81. Ferrum(-metallicum)-Typ

Die blasse, grazile, 22jähr. Frau mit Neigung zu jähem Erröten, Herzklopfen und Ohnmachten läßt die zugrunde liegende Anämie gut erkennen. Auch der scharfe Fluor und die kongestive Dysmenorrhoe gehören ins anämische Ferrum-Bild. Behandlung mit *Ferrum metallicum* D 6 wegen Menorrhagien mit dünnem, ätzendem Fluor und wegen fehlerhafter Blutverteilung (zentrale Hitze und periphere Kälte). Auch die wandernden rheumatischen Gliederschmerzen wurden gebessert.

Abb. 82. Ferrum-arsenicosum-Typ

Ein hyperthyreoider Ferrum-Typ eines 24jähr. Fräuleins im Stadium der Kopfkongestion mit Gesichtshitze. Die großen glänzenden Augen gehören ebenso zum Ferrum-Typ wie zum Arsen-Typ.
Behandlung mit *Ferrum arsenicosum* D 4 wegen weicher Struma (Hals 35,5 cm), Herzklopfen mit Angst und wegen Durchfallsneigung bei Aufregungen. Zugleich Besserung des Schwitzens und der zu starken und verfrühten Regel.

Krankheitsbild

Eine junge Frau bringt ihren 8jähr. schwächlichen, rasch gewachsenen Knaben in großer Sorge zur Beratung, weil er wiederholt vom Spielen erhitzt mit hochrotem Gesicht nach Hause kommt, plötzlich blaß wird und sich niederlegen muß, damit er nicht ohnmächtig wird. Das Ferrum-phosphoricum-Bild ist bei dem blassen Knaben mit den großen Augen, dem die Röte ins Gesicht schießt, als ich mich ihm zuwende, gegeben. Schmerzhafte Durchfälle gleich nach dem Essen und Abneigung gegen Fleisch bestätigen weiter das Krankheitsbild. 3 Wochen lang wird *Ferrum phosphor.* tbl. D 6, anschließend D 12 2mal tgl. 1 Tbl. gegeben. Das bringt die bedrohlichen Blutverteilungsstörungen zum Schwinden. Fortschreitende Gewichtszunahme unter *Ferrum phosphor.* D 12 1mal tgl. 1 Tbl. bestätigt auch die allgemeine Stoffwechselbesserung. Nach weiteren 6 Wochen ist keine Behandlung mehr erforderlich.

Homöopathischer Sulfur-Typ

Der klassische Sulfur-Reaktions-Typ ist ein hagerer, neurasthenischer Stubenhocker mit gebücktem Gang. Ungesunde, gelbliche Gesichtsfarbe, oft gerötete Nase, sowie unreine, faltige Haut mit Neigung zu Jucken und Brennen, in der Bettwärme verschlimmert, und rote entzündete Körperöffnungen (Afterbrennen, scharfe Absonderungen) lassen den Typ unschwer erkennen. Scheitelhitze bei kalten Füßen, die im Bett brennen und deshalb entlößt werden, Abneigung gegen Wasser (Waschen und Baden), gegen Stehen (venöse Stase) und Flauheitsgefühl im Magen gegen 11 Uhr vormittags sind besonders charakteristische Klagen, welche Anhiebsdiagnosen erlauben.

Süßigkeiten und geistige Getränke werden begehrt, bekommen aber nicht. Obstipation wechselt mit Morgendurchfällen, die aus dem Bett treiben.

Der venösen Stase entspricht auch die seelische im Sinne der Gedankenunordnung (Spintisieren, unproduktives Erfinden, aber auch begabte künstlerische Sonderlinge) mit egozentrischem, hypochondrischem Wesen und Arbeitsscheu: dazu kommen rasche Ermüdbarkeit, Tagesschläfrigkeit, unerquicklicher Schlaf mit Angstträumen, Aufschreien und Gliederzucken — Erwachen gegen 3 Uhr und Einschlafen erst gegen Morgen wieder.

Sulfur-Kinder sehen alt aus infolge der welken Haut.

Es gibt noch einen hepatocardialen Sulfur-Typ: Pykniker mit Zwerchfellhochstand, rotem, gedunsenem Gesicht und rotem Hochdruck. Die Abdominalplethora hat sich bei ihm gewissermaßen nach oben ausgewirkt.

Der klassische homöopathische Sulfur-Reaktions-Typ entspricht dem **Reaktions-Typ A nach Lampert:** Vagotonische Einstellung, hager, Stubenhocker, gelbblasse Gesichtsfarbe, Wärmeverlangen, Nachmittagswohlbefinden.

Der homöopathische hepatocardiale Sulfur-Reaktions-Typ entspricht dem **Reaktions-Typ B nach Lampert:** Pyknisch, Gesichtsröte, Erregtheit, Aufbrausen, Rohkostbevorzugung, sympathicotonische Einstellung.

Anwendung von Sulfur

1. auf Grund persönlichkeitsbestimmter Charakter- und Gemütssymptome

Stoffwechselbedingte Depressionen, Hypochondrie, Gedächtnisschwäche, Interesselosigkeit und Abneigung gegen jede Arbeit. Frühes Erwachen (3—4 Uhr), schlechtes Wiedereinschlafen, unausgeschlafen am Morgen. Leeregefühl im Magen 11 Uhr vorm. Blutverteilungsstörungen mit Scheitelhitze bei kalten Händen und Füßen, die beim Warmwerden (im Bett) Brennen und Herausstrecken der Füße bewirken.

2. bei persönlicher Abwandlung der Beschwerden
(= Modalitäten, hervorgerufen durch das vegetative System): Hauthitze, Brennen der Haut (Jucken) und Schleimhäute (gerötete Körperöffnungen). Abneigung gegen Wasser und Waschen. Verschlimmerung der Beschwerden durch Nässe, Kälte und Wetterwechsel, abends und nach Mitternacht; ferner durch die venöse Stase begünstigende Momente wie Bettwärme, Ruhe und langes Stehen. Besserung durch Bewegung, Wärme und trockenes Wetter. Klimakterische Hitzewellen (mit und ohne Schweiße), Scheitelhitze, Frostschauer; Verlangen nach frischer Luft, periodisches Auftreten der Beschwerden.

3. bei persönlicher Abweichung des Reaktionsgrades vom Normalen
Reaktionsschwäche bei Infekten wird bei jedem Typ durch *Sulfur* behebbar (= Reaktions-Mittel) über das reticuloendotheliale Gewebe der Leber und über die schwefelreiche Nebenniere (Cortin-Mangel).

4. bei bestimmten Diathesen mit persönlicher Anfälligkeit und Krankheitsbereitschaft
Exsudative Diathese. Skrofulöse Lidrand- und Bindehautentzündungen. Carbonitrogene Konstitution v. Grauvogls mit C- und N-Verschlackung (*Sulfur* regt das biokatalytische Geschehen an).

5. beim Chronischwerden von Krankheiten infolge persönlicher angeborener Abwehrschwäche
An der Haut: Übler Geruch und Schweiße, Rhagaden; schlechte Heilhaut. Ekzeme meist trocken mit Jucken und Brennen. (Waschen verschlechtert.) Seborrhoische und psoriatische Ekzeme mit Dermatitis, Akne und Furunkulose. Gerötete Körperöffnungen.
Schleimhautentzündungen mit scharfen, brennenden Sekreten. Chronische Rhinitis mit Anosmie und Nasenbluten. Katarrhe der Luftwege mit Brennen, Wundheitsgefühl und Brustbeklemmung (auch Pleuritis und Bronchialasthma).
Am Verdauungskanal: Gastritis mit weiß belegter Zunge, Foetor, fadem Geschmack, Durst und Heißhunger (rasch satt), sowie Sodbrennen nach begehrten Süßigkeiten. 11 Uhr vorm. flaues Gefühl im Magen. Leberinsuffizienz mit venöser Stase (Hämorrhoiden, Krampfadern mit Ulcerationen), Durchfall (brennend, stinkend, morgens aus dem Bett treibend) wechselt mit Verstopfung (Tenesmen). Geröteter After. Gegen Pb- oder Hg-Vergiftungen.
Am Urogenitalapparat: subakute und chron. Gonorrhoe mit Brennen und Stechen, Pressen beim Lassen des übelriechenden Urins. Pollutionen und Erektionen ohne psychische Beteiligung. Menorrhagien. Fluor scharf brennend, übelriechend.

Die venöse Stase der Glieder führt in Muskeln, Nerven und Gelenken zu Schmerzen, die nachts in der Ruhe und Bettwärme schlimmer sind (auch Wadenkrämpfe). Stechende, brennende Nervenschmerzen (auch Ischias).

Mittelbeschaffenheit und Dosierung

Schwefelblume, sublimierter Schwefel (S).

Wenn konstitutionelle oder personotrope Umstimmung von *Sulfur* erwartet wird, wie dies bei der sog. carbonitrogenen Konstitution v. Grauvogls mit ihrer venösen Stase, Sauerstoffverarmung und Kohlensäureüberladung erforderlich ist, muß *Sulfur* in Potenzen von D 30 an aufwärts angewandt werden. Das Gleiche gilt auch für seine Verordnung als Reaktionsmittel auf alle Typen, welche durch Infektionsintoxikation, unterdrückte oder zurückgetretene Ausschläge, durch Giftretention (auch autotoxischer Art), durch Anhäufung von Stoffwechselschlacken, bes. bei herabgesetzter Entgiftungsfunktion der Leber, Reaktionsmangel erlitten haben. Organotrope Wirkung mit *Sulfur* D 6, D 12. Bei Arthropathien älterer Leute mit zentralnervlichen Einflüssen gibt man *Sulfur* D 3.

Typenbilder

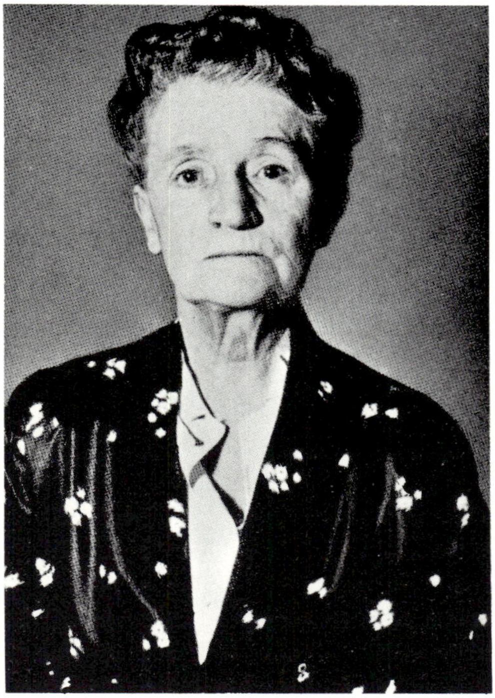

Abb. 83. Sulfur-Typ

Diese hagere, neurasthenische 79jähr. Frau mit ungesunder Gesichtsfarbe und unreiner, faltiger Haut entspricht dem klassischen asthenischen Sulfur-Typ. Die geröteten, chronisch entzündeten Lidränder verraten die Schleimhautentzündungen des Typs mit Jucken und Brennen sowie mit scharfen Sekreten. Behandlung mit *Sulfur* D 12 und D 30 wegen stinkender Morgendurchfälle, die aus dem Bett treiben und mit Obstipation wechseln, infolge Leberinsuffizienz mit hellen Stühlen. Besserung auch der Hypertonie (RR von 190/80 auf 165/75 zurückgegangen), des Schwindels und des Alterspruritus.

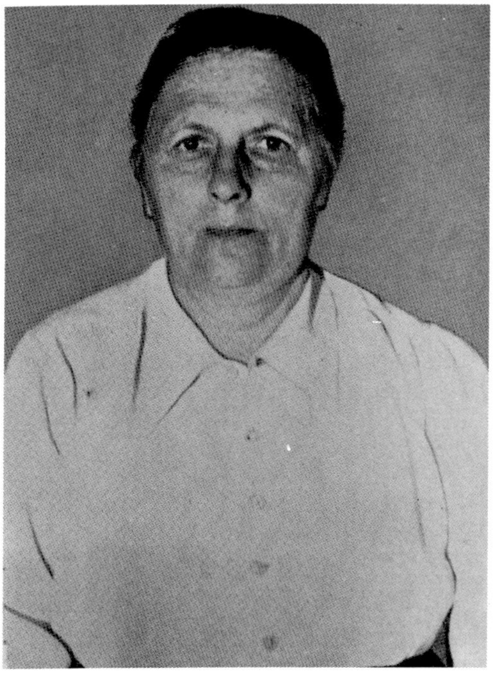

Abb. 84. Sulfur-Typ

Diese 58jähr. Frau stellt im Gegensatz zu Abb. 83 einen weiblichen hepatocardialen Sulfur-Typ dar mit Zwerchfellhochstand, gedunsenem Gesicht und rotem Hochdruck (RR 190/95). Die gelblichbraune Gesichtsfarbe ist hepatopathischer Herkunft.
Behandlung mit *Sulfur* D 12 und D 30 wegen Obstipation, die mit Morgendurchfällen wechselt, brennenden Hämorrhoiden, Krampfadern und scharfem, üblem Fluor: Gleichzeitig Besserung des Hautjuckens und der Hauthitze, der Frostigkeit, der stoffwechselbedingten Depressionen und des leichten Schlafes mit Angstträumen. Abneigung gegen Wasser ist geblieben. (Zeitweise auch *Crataegutt* und *Hepafungin.)*

Abb. 85. Sulfur-Typ

Ein klassischer asthenischer Sulfur-Typ ist dieser hagere 16jähr. Jüngling mit seiner ungesunden gelblichen Gesichtsfarbe und der unreinen Aknehaut mit Hitze, Jucken und Brennen. Im Profil ist die sonst schlechte gebückte Haltung an der ausgeprägten Nacken-Rücken-Rundung zu erkennen. Er leidet an Scheitelhitze und Fußkälte. Nässe und Kälte sind ihm ebenso unangenehm wie kalte Waschungen. Seine Minderwertigkeitsgefühle durch die Akne vulgaris werden durch üblen Hautgeruch und Schweiße gesteigert. Weiße Zunge, Foetor, Durst und Sodbrennen nach begehrten Süßigkeiten sind Folgen seiner chronischen Gastritis. Die Leberschwäche führt zu Wechsel von Durchfall und Verstopfung mit Afterrötung (venöse Stase).
Behandlung mit *Sulfur* D 12 (zeitweise unterstützt durch *Hepafungin*) hat zur Abheilung der Akne und Beseitigung der gastritisch-biliösen Störungen geführt. Haut- und Schweißgeruch sind viel geringer geworden und haben ihren üblen Charakter verloren.

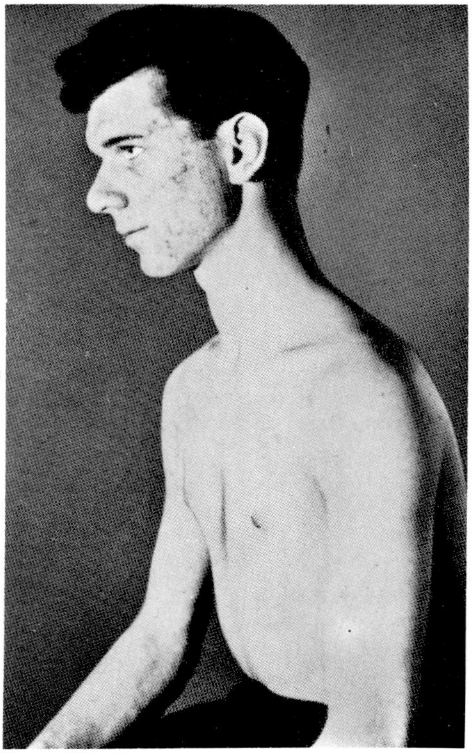

Krankheitsbilder

„Das 38jährige Fräulein X. gibt bei der Aristokratie von Toulouse Privatunterricht. Sie ist eine ziemlich kleine Brünette von recht guter Konstitution. Jedes Jahr leidet sie 6 Monate hindurch entsetzlich an einer Gesichtsneuralgie, deren Ausgangspunkt immer die Zähne der rechten Seite sind. 6 Jahre schon dauert dieser Zustand, und man hat ihr während der Anfälle alle möglichen Narkotica verordnet. Der zuletzt befragte Arzt hat ihr Alkoholeinspritzungen ins Zahnfleisch gemacht. Nichts hat geholfen, und nur der nahende Frühling kann die arme Patientin von ihrer Tortur befreien. Im vergangenen Dezember nun kommt sie zu mir und zeigt mir ihren Mund, der nur noch die Hälfte ihrer Zähne aufweist; sie ist nämlich dabei, sich alle, einen nach dem andern, ausziehen zu lassen, obgleich sie ein besonders schönes und starkes Gebiß hat. Die Regel ist schwach, etwas verzögert. Lungen o. B., Herz o. B. Meine erste Verordnung ist *Coccus cacti* und *Dulcamara*. Das letztere Mittel scheint mir indiziert wegen des schädlichen Einflusses von Feuchtigkeit und Winterkälte; denn vom 15. März bis zum 20. Oktober etwa hat Frl. X. keinerlei Beschwerden. Nach 10tägiger Behandlung sehe ich wenig oder gar keinen Erfolg. 5 andere Verordnungen schlagen ebensowenig an. Bei der 7. Konsultation endlich merke ich mir schriftlich alle ihre Antworten auf mein sehr genaues Ausfragen. Nichts Hervorstechendes in der Vorgeschichte der Kranken, die sich nur auf Masern mit darauf folgender Otitis besinnen kann. Schließlich bemerkte sie, daß sie auf dem Rücken des rechten Fußes seit 15 Jahren ein leichtes Ekzem habe.

‚Meine Zähne sind gut, doch scheinen sie mir nicht gesund zu sein. Ich leide hauptsächlich nachmittags, und in der größten Steigerung meiner Schmerzen ist es mir, als ob alle meine Zähne auf der re. Seite herausgerissen würden, manchmal ist mein Zahnfleisch geschwollen, ein anderes Mal habe ich die Empfindung, als ob ein kalter Wind durch alle Zähne der kranken Seite hindurchblase.'

Ich bat die Pat., am nächsten Tag meine Verordnung abzuholen, ich arbeitete die Pathogenese von *Sulfur* durch, das mir wegen der alten Hauterkrankung etwas angezeigt erschien, sodann auch wegen der Eigenart ihrer Regel, schließlich erinnerte der äußere Habitus an den von *Sulfur*.

Sehen wir in der Arzneimittellehre HAHNEMANNS unter *Sulfur* nach, so finde ich unter ‚Gesicht': ‚Reißen in der ganzen re. Gesichtshälfte'. Weiter unten: ‚schneidender Schmerz, der alle Zähne wie ein kalter Wind durchzieht, jeden Nachmittag Zahnschmerzen, es ist ihm, als ob man ihm die Zähne ausreiße. Die Zähne scheinen locker zu sein.'

Also, meine Kranke braucht dieselben Ausdrücke, wie die Prüfungspersonen des Meisters. Es gibt kein weiteres Besinnen mehr, ich muß ihr *Sulfur* verordnen. 48 Std. später klagt sie nur noch über ein Taubheitsgefühl, wohl erträglich nach ihren fürchterlichen Leiden.

Seit 1½ Monaten benötigt sie kein Mittel mehr, ist schmerzfrei, und wir waren dennoch weit entfernt von jenem Zeitpunkt, an dem die Schmerzen zu verschwinden pflegten." (Aus CHARETTE, La matière médicale pratique, nach STIEGELE.)

60jähr., pyknischer Postbeamter mit gerötetem Gesicht, Hämorrhoiden und brennendem Analekzem (Afterrötung), RR 170/110, erhält als plethorischer Sulfur-Typ *Sulfur* tbl. D 12 3mal tgl. 1 Tbl. Nach 14 Tagen Rückgang des Ekzems. Hämorrhoiden geringer geworden. Unter *Sulfur* tbl. D 30 und *Hametumsalbe* erhebliche Besserung nach 3 Wochen. *Sulfur* D 30 nur noch 2mal in der Woche. Nach 4 Wochen beschwerdefrei. Rückfall nach ½ J. *Sulfur* D 30 3mal in der Woche hilft binnen 3 Wochen.

Bei Psoriasis hilft in geeigneten Fällen früh *Sulfur* D 12 4stdl. im Wechsel mit *Graphites* D 12 einige Wochen lang gegeben, besonders wenn venöse Stase besteht.

Homöopathischer Carbo-vegetabilis-Typ

Der livide Carbo-Mensch ist zu erkennen an seinem langen, hageren cyanotischen Gesicht, dem Lufthunger, kurzen, kalten Atem, seinem Mangel an Lebenswärme und ranzigem Aufstoßen bei großer Flatulenz mit Neigung zu Blutungen. Es handelt sich nach STIEGELE um den „venösen Menschen" der alten Ärzte, um die carbonitrogene Konstitution nach v. GRAUVOGL mit mangelnder Vitalität. Ursachen sind Störungen der „inneren Atmung" (BOMMER), die anlagebedingt oder durch längere erschöpfende Infektionskrankheiten mit Blutungen hervorgerufen sein können. Kreislaufschwäche, Hautkälte, Cyanose, kalte Schweiße und Kollapsneigung. Daraus erklären sich das Verlangen nach frischer Luft (Zufächeln im Bett), die Verschlimmerung bei feuchtwarmem Wetter, die Frostigkeit und Beinkälte (von den Knien abwärts bei innerlichem Brennen), die Besserung der venösen Stase durch Beinhochlagerung; die Stauungskatarrhe der Luftwege mit stinkendem Auswurf, das Asthma und die Dyspnoe alter, lebensschwacher Leute mit Cyanose.

Ferner sind charakteristisch: Großes Mattigkeits- und Zerschlagenheitsgefühl, Gliederschwere mit Neigung zum Einschlafen der Glieder, Blutwallungen und Ohnmachtsanwandlungen, Tagesmüdigkeit mit Gähnen, schlechtes Einschlafen wegen Hitzegefühls und allgemeiner Unruhe, Träumen und Irrereden.

Die Stimmung ist teilnahmslos mit Unlust zu geistiger Arbeit. Angst im Dunkeln, Gespensterfurcht, Hypochondrie. Zeitweise Reizbarkeit, auch psychische Reaktionen mit zornigen Wallungen und läppischer Lustigkeit.

Die Kopfbeschwerden sind kongestiver Natur: Schwindel und Druck nach Übelkeit, Empfindlichkeit des Kopfhaares; Reißen im Ober- und Unterkiefer.

Die Gefäßstörungen an den Augen führen zu Muskelschmerzen, Trübsichtigkeit und Mouches volantes (Aderhautgefäße), an den Ohren zu Stechen nach den Tuben zu, Ohrenklingen und Empfindlichkeit gegen laute Töne.

Der homöopathische Carbo-Reaktions-Typ entspricht dem **Reaktions-Typ B nach Lampert:** Sympathicotonische Einstellung, Unverträglichkeit feuchter Wärme, Frischluftverlangen, kalte Schweiße, innerliches Brennen, Hautcyanose, Körperunruhe.

Anwendung von Carbo vegetabilis

1. auf Grund persönlichkeitsbestimmter Charakter- und Gemütssymptome

Schwäche, Tagesmüdigkeit, Teilnahmslosigkeit mit zeitweiser Reizbarkeit (verdrießlich, ärgerlich, weinerlich) charakterisieren die Stimmung. Klagen über dumpfe Hinterkopfschmerzen (Hut drückt), Denkverlangsamung und unruhigen Schlaf mit beängstigenden Träumen und Irrereden; Einschlafstörungen wegen Hitzegefühls und allgemeiner Körperunruhe.

2. bei persönlicher Abwandlung der Beschwerden
(= Modalitäten, hervorgerufen durch das vegetative System): Brennschmerzen (Magen). Verschlimmerung durch feuchtwarmes Wetter mit erschwertem Gasaustausch. Verlangen nach frischer Luft (auch Zufächeln derselben). Abneigung gegen fette Speisen, Milch (bläht) und Alkohol (Kopfhitze).

3. bei persönlicher Abweichung des Reaktionsgrades vom Normalen
Die allgemeine Reaktionsschwäche der kachektischen Patienten wird überwunden durch katalytische Oberflächenwirkung des Kohlenstoffs auf die Körperkolloide. Es handelt sich dabei um ein Adsorptionsgeschehen an den negativen Körperkolloiden mit Steigerung der oxydativen Phase des Redoxgeschehens. Deshalb auch die günstige Wirkung auf die Präcancerose.

4. bei bestimmten Diathesen mit persönlicher Anfälligkeit und Krankheitsbereitschaft
Innere Erstickung durch Kohlensäureüberladung des Blutes mit Gefäßschädigungen der Haut (Eiskälte, kalte Schweiße, kalte Hände, Fußkälte bis zu den Knien, Cyanose, Akne rosacea) und Schleimhäute (venöse Stase) sowie mit Kollapsneigung. Lebensmittelkollaps, z. B. durch Kalttrinken nach Genuß fetter Speisen. Präcancerosen infolge innerer Verschlackung.

5. beim Chronischwerden von Krankheiten infolge persönlicher Abwehrschwäche
Die Kohlensäureüberladung des Blutes und venöse Stase bewirken:
An der Haut: Furunkel, Karbunkel. Ulcerationen mit übelriechenden Sekreten und cyanotischer Umgebung (Ulcus cruris varicosum). Akne rosacea.
An den Luftwegen (venöse Stasewirkung): Kehlkopf- und Bronchialkatarrh mit Lufthunger, Reizhusten, Pfeifen auf der Brust und Schleimrasseln; Bronchiektasie, Emphysem, Bronchialasthma.
An den weiblichen Genitalorganen: Abdominalplethora mit Menorrhagie, Metrorrhagie; scharfen, stinkigen, jauchigen Fluor. Carcinoma uteri. Vulvavaricen. Aphthen an den Labien.
Am Verdauungskanal: Mundaphthen, faulige Dyspepsie mit Wasserhochkommen, Gastritis, Magenatonie; Meteorismus, gastrocardialen Symptomenkomplex (ROEMHELD). Ulcus ventriculi mit Gasspannungsschmerz und zeitweisem Brennen, „wie von glühenden Kohlen". Magen- und Mastdarmcarcinom. Blähungskoliken. Chronische Obstipation mit Tenesmen.
Die verwandte Carbo animalis ist das zugehörige Konstitutions- bzw. Reaktions-Mittel, wenn die Kreislaufstörungen zurücktreten gegenüber Drüsenindurationen und Präcancerose (vgl. dazu S. 153).

Mittelbeschaffenheit und Dosierung

Carbo vegetabilis: Geglühte Holzkohle von Birken oder Rotbuchen (95% Kohlenstoff in feinster Verteilung mit großer Oberflächenwirkung). Tabletten D 4, D 6, D 12, auch D 30 (bei Kollaps).

Carbo animalis: Herkunft und Darstellung: Aus verkohltem Rindsleder. Verreibungen nach § 7 des Homöopathischen Arzneibuches. Homöopathischer Reaktions-Typ: Der gleiche wie der homöopathische Carbo-vegetabilis-Reaktions-Typ. Wirkungsweise: Im Vordergrund steht die Wirkung auf Veränderungen der Drüsen (Vereiterungen und Verhärtungen) und auf Neubildungen (Tumoren). Anwendung: Im Sinne organotroper Wirkung bei Ulcus molle, Lues, Lymphdrüsen- und Speicheldrüsenaffektionen, Sarkomen und Carcinomen, bei Tumoren der Mammae, Hoden, Leber und Milz, sowie bei Leukämie. Dosierung: D 4 — D 6 (D 12). Bei fehlender Reaktionsfähigkeit kann bis zu D 2 herabgegangen werden, z. B. gegen den Brennschmerz bei Magencarcinom.

Typenbilder

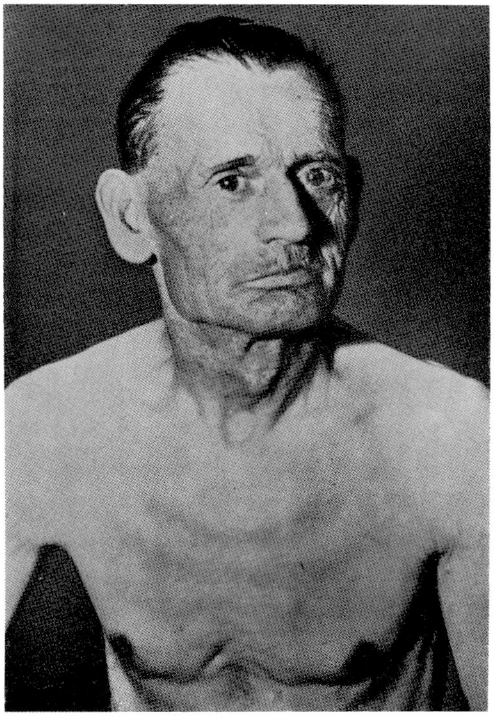

Abb. 86. Carbo-vegetabilis-Typ

Der blasse, kachektische 67jähr. Mann mit den blauen Lippen ist ein livider Carbo-Patient, ein „venöser Mensch" der alten Ärzte im Sinne der carbonitrogenen Konstitution nach von Grauvogl (Störung der „Inneren Atmung" Bommers). Senkrechte Ulcusoperationsnarbe in der Magengrube.
Behandlung wegen Cyanose und Kurzatmigkeit infolge von Bronchialasthma und Herzmuskelschaden, sowie wegen venöser Stase mit Hämorrhoiden. Besserung auch der Gesamtvitalität und der inneren Frostigkeit.

Abb. 87. Carbo-vegetabilis-Typ

Die reaktionsschwache, kachektische Greisin ist als Carbo-Typ das Pendant zu Abb. 86. Bei ihr stehen Schwindel, große Mattigkeit, Mangel an Lebenswärme und „Versagen des Magens" im Vordergrund der Beschwerden.
Behandlung mit *Carbo vegetabilis* D 6 und zeitweise auch mit *Carbo animalis* D 4 wegen Unverträglichkeit der meisten Speisen (auch Milch macht Blähungen) mit ranzigem Aufstoßen und großer Flatulenz. Schmerzfreiheit, bessere Speisenverträglichkeit, sonst nur mäßige Besserung.

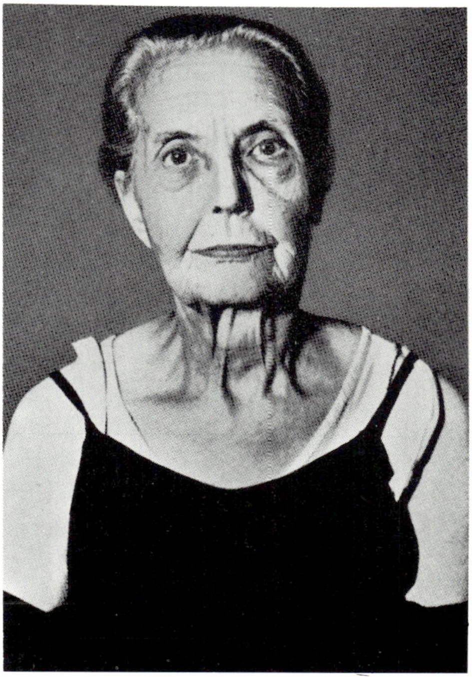

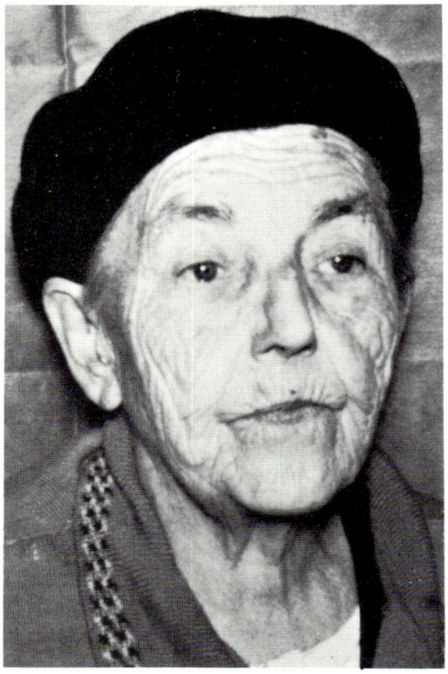

Abb. 88 Carbo-vegetabilis-Typ

Die Kreislaufschwäche dieser 77jähr. Frau verrät sich in der Kälte der Haut und der Unterschenkel. Ihre Verdauungsstörungen gehen mit Blähungskoliken und habitueller Obstipation einher. Scharfer Fluor und Vulvavaricen sind Folgen der bestehenden Abdominalplethora.
Behandlung mit *Carbo vegetabilis* D 6 wegen Altersherz mit Bradycardie (Puls 4×14); wegen der Trockenheit der Haut und Schleimhäute (verschrumpeltes Gesicht des Alumina-Typs) zeitweise auch *Alumina* D 6.

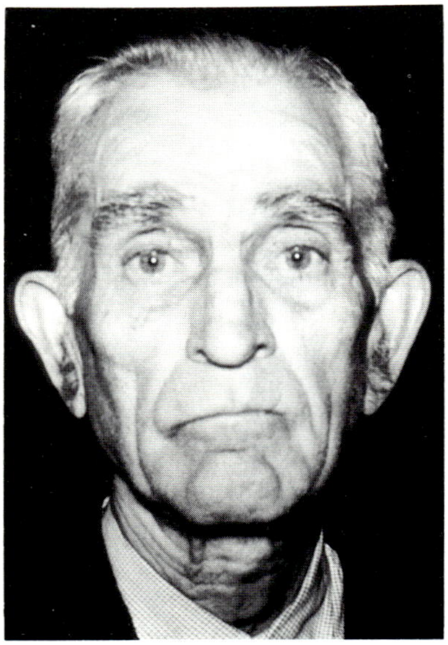

Abb. 89. Carbo-animalis-Typ

Der kachektische 71jähr. Mann mit seinem Mangel an Reaktionskraft infolge Magenleidens und Bronchialasthmas leidet an Hautkälte, kalten Händen und Füßen, sowie an venöser Stase und Gaskotbauch. Wegen einer früheren Magenoperation infolge eines Tumors kann der Kranke auch als Carbo-animalis-Typ angesprochen werden. Behandlung mit *Carbo animalis* D 4 und D 6 wegen Altersherz mit Arrhythmie, Bronchialasthmas und Präcancerose, da erneute Krankenhausbehandlung mehrmals abgelehnt wurde. Besserung der allgemeinen Vitalität.

Krankheitsbild

Eine 51jähr. Patientin mit Hepatopathie (Gallenoperation vor 3 J.) klagte über das Hochkommen von Bissen nach dem Essen, so daß sie zum Wiederkauen gezwungen war. Krebs war nicht feststellbar. Da gleichzeitig über Frostigkeit und starke Gasbildung und Lufthunger von der lividen, hageren Frau geklagt wurde, erhielt sie *Carbo animalis* tbl. D 4 3mal tgl. 1 Tbl. Nach 14 Tagen war die Rumination, die über 1/2 J. bestanden hatte, verschwunden. Vorsichtshalber wurde noch *Chininum arsenicosum* tbl. D 4 gegeben 2mal tägl. 1 Tbl. Das Allgemeinbefinden wurde sichtlich gebessert.

Leber-Typen mit gelblicher Gesichtsfarbe

Homöopathischer Nux-vomica-Typ

Der Nux-vomica-Reaktions-Typ ist ein hagerer, hitziger, auch boshafter, meist dunkelhaariger Mensch mit gelblicher Gesichtsfarbe. Morgens ist er schlecht ausgeruht (3 Uhr Erwachen), ärgerlich reizbar und kommt erst langsam in Gang, meist erst nach Kaffeegenuß und der üblichen Zigarette. Nach der Hauptmahlzeit müde und arbeitsunlustig, wird er abends munter und aktiv. „Krampf ist der erste Grundton von *Nux vomica,* der zweite ist die gesteigerte Sensibilität" (CLARKE). Kopfweh mit Übelkeit und Erbrechen (*Nux vomica* = Katermittel). Es handelt sich um Menschen mit falscher Lebensweise: Mißverhältnis von sitzender Lebensweise (Abdominalplethora) und „sorgfältiger" geistiger Arbeit (Pedanterie) beim „Staatshämorrhoidarier". Reizmittelmißbrauch (Zigarette, Alkohol, Hotelreizkost, sexuelle Exzesse) beim gehetzten Geschäftsmann (Manager-Typ). Als Frauen wirken sie männlich aktiv, heftig und reizbar.

Kopfbeschwerden: Kongestiver Schwindel mit Völle- und Betäubungsgefühl (wie betrunken) nach Reizmittelgenuß und als Folge von Verdauungsstörungen. Periodische Störungen im Hinterkopf, aber auch in der Stirn- und Schläfengegend; auch halbseitig und in Form heftiger Migräneanfälle. Kribbeln und Ameisenlaufen im Gesicht und am Kopf. Die Augen neigen zu Bindehautentzündung mit Jucken und Brennen, auch Flimmern und Funkensehen. In der Nase treffen wir auf Kribbeln, Jucken und verfeinerten Geruch; am Ohre auf Stechen, Jucken und gesteigerte Gehörsempfindlichkeit.

Gesichtsaffektionen: Zeitweilig glühende Röte des fahlgelben Gesichts. Zuckungen einzelner Gesichtsmuskeln, Kinnbackenkrampf (Trismus), Lidzucken, krampfhafter Lidschluß (Blepharospasmus) mit Tränenfluß.

Bemerkenswert ist die Abneigung gegen Tabak, Kaffee und Alkohol, solange die von ihnen hervorgerufene Dyspepsie besteht; dann wieder Sucht danach.

Der homöopathische Nux-vomica-Reaktions-Typ entspricht dem **Reaktions-Typ A nach Lampert:** Vagotonische Einstellung, Spasmenneigung, hager, Stubenhocker, gelbblasse Gesichtsfarbe, Wärmeverlangen, Fleischverlangen, Gründlichkeit, Pedanterie, Sturheit, Abendarbeiter.

Anwendung von Nux vomica

1. auf Grund persönlichkeitsbestimmter Charakter- und Gemütssymptome

Reizbarkeit, Hypochondrie bis zum Lebensüberdruß. Tadelsucht und Eigensinn. Reizmittelsucht. Kopfschwindel wie betrunken

(„Kater"), bes. früh. Migräne mit Gesichtsparaesthesien. Traumreicher Schlaf mit zeitigem Erwachen (3 Uhr); nach spätem Wiedereinschlafen morgens unausgeschlafen und reizbar.

2. **bei persönlicher Abwandlung der Beschwerden**
(= Modalitäten, hervorgerufen durch das vegetative System): Verschlimmerung durch nasse Kälte, frische Luft, geistige Anstrengungen, Ärger, Reizmittel (Kaffee, Nikotin, Alkohol, starke Gewürze), Exzesse, Nachtarbeit und sitzende Lebensweise. Schlechter beim Erwachen und nach dem Essen. Frostigkeit, sucht warmen Ofen. Periodizität der Beschwerden.

3. **bei persönlicher Abweichung des Reaktionsgrades vom Normalen**
Erhöhte Reflexerregbarkeit des reiz-überbeanspruchten Typs mit psychoneurotischen, vasomotorischen, spastischen Störungen, sowie Hyperaesthesien, Paraesthesien, Paralysen und Konvulsionen.
Psychoneurotische Störungen: Überempfindlichkeit gegen äußere Reize (Licht, Geräusche, Gerüche, Berührung), Erektionen, Pollutionen, bes. morgens. Vasomotorenstörungen (Wallungen, Migräne, Rhinopathie). Spastische Störungen im Sinne der Vagotonie (Bronchialasthma, Pylorospasmus, Obstipation mit Blähungskoliken und erfolglosem Stuhldrang; Dysmenorrhoe bei starker, langer Regel).

4. **bei bestimmten Diathesen mit persönlicher Anfälligkeit**
Erkältungsneigung (nasse Kälte, frische Luft) mit Katarrh der oberen Luftwege (Fließschnupfen, nachts verstopft); Laryngitis und Tracheobronchitis mit hohlem Reizhusten und Brustkrämpfen. Cystitis nach Erkältungen oder Alkoholgenuß mit Tenesmen. Rheumatisch-neuralgische Beschwerden mit Steifigkeit, Verkrampfung, Paraesthesien (Kribbeln, Zittern, Taubheit) und Morgenverschlimmerung. Dabei immer Kältegefühl; Wechsel von Frost und Hitze mit Schweißen.

5. **beim Chronischwerden von Krankheiten infolge persönlicher Abwehrschwäche**
Autointoxikation vom Magen-Darm-Kanal her durch falsche Lebensweise (Verschlackung, Schlemmergastritis); gastritisch-biliöser Typ. Gastritis mit Völlegefühl, Aufstoßen, Sodbrennen und Magendrücken nach dem Essen. Abdominalplethora (durch vasomotorisch bedingte Pfortaderstauung) mit blutenden Hämorrhoiden. Wechsel von Durchfall und Verstopfung.

Mittelbeschaffenheit und Dosierung

Aus dem gepulverten Samen des ostindischen Brechnußbaumes, Strychnos nux vomica. (Strychnin und Brucin wie in Ignatia, aber in einem anderen Verhältnis, wobei das 5mal giftigere Strychnin die Brucin-Wirkung völlig verdeckt.) Dilutionen oder Tabletten (D 4, D 6, D 12, auch D 30).

Typenbilder

Abb. 90. Nux-vomica-Typ

Der 28jähr. Versicherungskaufmann ist beruflich gehetzt und vielem Ärger ausgesetzt. Er leidet an Gastralgie mit Steingefühl und Leberstechen. Es handelt sich um eine Ulcusdiathese.
Zum spastischen Krankheits-Bild gehören auch die Reizblase und der erfolglose Stuhldrang.
Überraschend war, daß, unabhängig von diesem ihrem Sohn, die Mutter (Abb. 51) als Ignatia-Typ erfaßt wurde. *Ignatia* und *Nux vomica* enthalten ja beide Strychnin und Brucin, aber in verschiedenen Verhältnissen: *Ignatia* 1:1, *Nux vomica* 2:1. Behandlung mit *Nux vomica* D 6 und D 12 wegen der angeführten Störungen; bessert auch die ärgerliche Reizbarkeit, die gesteigerte Sensibilität und die Erkältungsneigung.

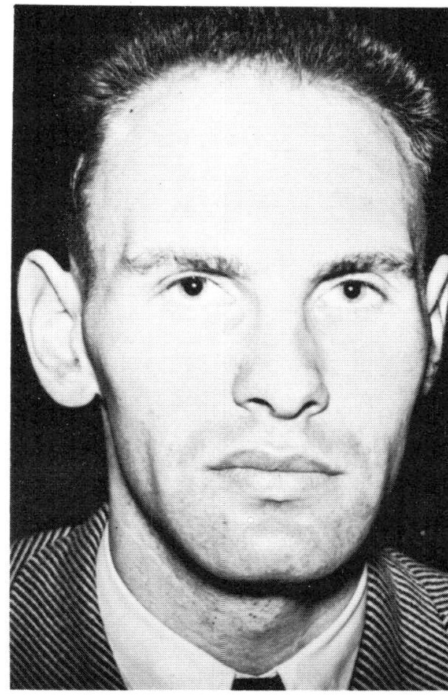

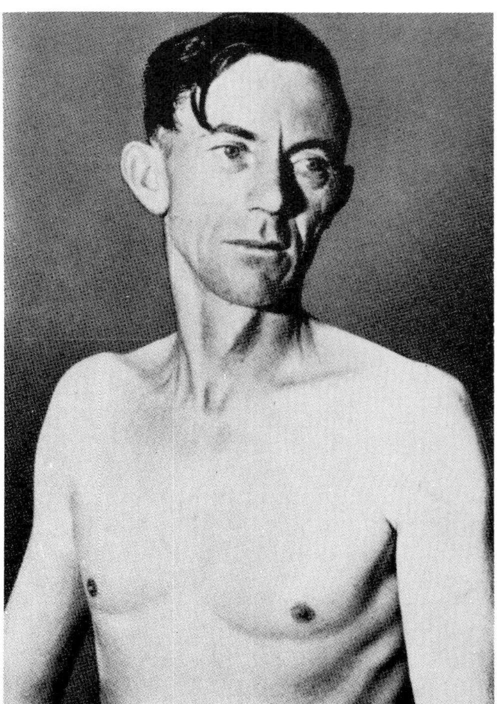

Abb. 91. Nux-vomica-Typ

Der dunkelhaarige, blasse, fahlgelbe, hagere, nervöse 46jähr. Mann ist ein Nux-vomica-Typ. Seine ärgerbereite Reizbarkeit hat zu den Zornesfalten zwischen den Augenbrauen geführt. Die schmalen Wangen und die vertieften Leid- und Schmerzerduldungsfalten seitlich um den Mund ziehend vervollständigen das Gastritiker-Aussehen. Relativ fleischige Lippen sprechen für Neigung zu gutem Essen und Trinken mit Reizmittelmißbrauch.
Behandlung mit *Nux vomica* D 6 und D 12 wegen Nikotinabusus, chronischer Gastroduodenitis mit Schwindel, Völlegefühl und Magendrücken nach dem Essen, wegen spastischer Obstipation mit Blähungskoliken und erfolglosem Drang (Vagotonie mit RR 120/75). Besserung unter Rauchverbot auch des kurzen, traumreichen Schlafes, der Migräneneigung und der Frostigkeit.

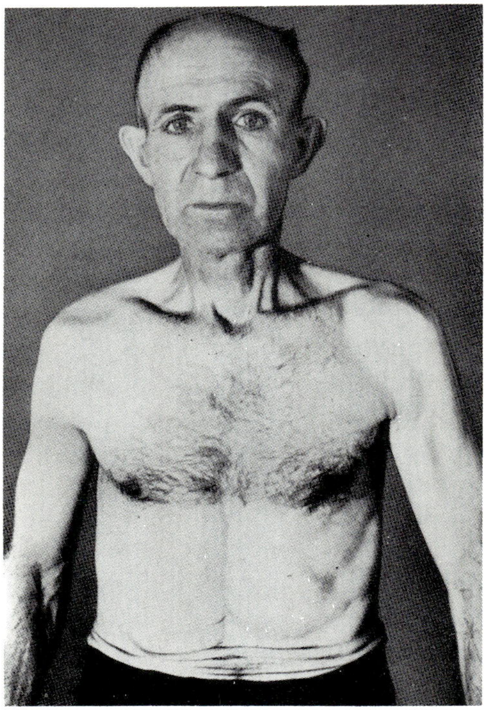

Abb. 92. Nux-vomica-Typ

66jähr. Mann mit Bauchnarben (Gallenblasen- und Ulcusoperation). Verkrampft, gelbblasses Gesicht. Unwillefalten über der Nasenwurzel, vertiefte Nasen-Lippen-Furchen als Schmerzerduldenszeichen.
Behandlung mit *Nux vomica* D 6, 12, 30 wegen Vagotonie (RR 115/70) und gastrisch-biliöser Beschwerden. Schmerzfreiheit und bessere Speisenverträglichkeit.

Krankheitsbild

„Ein 41 J. alter Mann litt von jeher an „schwachem Magen", seit längerer Zeit auch an Verstopfung, ist diese stärker, so treten Kopfschmerzen ein. Nach dem Essen Unbehaglichkeit und Völle, wacht morgens um 4 Uhr auf, saures Aufstoßen, früher reichlicher Kaffeegenuß. Alles lauter Nux-Symptome. Der Stuhl besteht aus abgeflachten Stücken. Ein zweites, leicht zu Verwechselung führendes und bei spastischer Verstopfung vorkommendes Symptom waren Schmerzen in der Coecalgegend, welche durch einen Kontraktionszustand dieses Darmteiles hervorgerufen werden. *Nux vomica* tat auch hier gute Dienste. Mit der Besserung der Verstopfung nahmen auch die Kotmassen wieder ihre natürliche Form an." (Z. Berl. Ver. homöop. Ärzte 26: 128—135).

Man gibt in der Praxis bei Magenleiden *Nux vomica* oft nicht allein, sondern mit einem anderen angezeigten Mittel im Wechsel, z. B. mit *Graphites (Nux vomica* D 12 1 Stde. vor und *Graphites* D 12 1 Stde. nach dem Essen); auch mit *Anacardium* D 4, D 6.

„Fräulein A. K., 21 J., leidet seit 1 J. an Magenschmerzen, die 1 Stde. nach dem Essen auftreten, sie kommen schnell und vergehen langsam, dabei viel Aufstoßen, Stuhlgang träg, jeden 2. Tag mit erfolglosem Drang. Verordnung: *Nux* D 12 im Wechsel mit *Graphit* D 12. Nach 3 Wochen berichtet die Magenkranke, in den ersten Tagen des Einnehmens habe sie an rasenden Kopfschmerzen gelitten, dann setzte Besserung des Stuhlganges ein, der täglich erfolgt, die Magenschmerzen haben nachgelassen. 3 Monate später treffe ich sie beschwerdefrei wieder." (STIEGELE).

E. H., 48 J., nervöser hagerer Mann mit erfolglosem Drang beim Stuhlgang, klagt über Krämpfe in den Beinen, die ihn zum Stehenbleiben zwingen. Da er starker Raucher ist, erhält er 3mal tgl. 1 Tbl. *Nux vom.* D 6. Nach 14 Tagen ist der Stuhlgang gebessert, die Gefäßspasmen bestehen noch. Pat. entschließt sich, das Zigarettenrauchen einzustellen: weiter 3mal tgl. 1 Tbl. *Nux vom.* D 6. 4 Wochen später sind die Gefäßspasmen behoben, der Stuhlgang erfolgt ohne Tenesmen, ist aber zeitweise noch etwas hart. Weiter *Nux vom.* D 12. 2 Monate später beschwerdefrei. Pat. macht einen viel ruhigeren Eindruck. Sein sichtliches Wohlbefinden ist allerdings zum großen Teil darauf zurückzuführen, daß er nicht mehr raucht.

Ein Beamter an verantwortungsreicher Stelle mit viel Sitzungen klagt über heftige Migräneanfälle, die seine Tätigkeit fast infrage stellen. Nikotingenuß wurde von dem etwa 50jähr. Pat. bagatellisiert. Mehrere homöopathische Migränemittel erwiesen sich als wirkungslos. Zufällig beklagte sich die später in Behandlung kommende Ehefrau über das Kettenrauchen von Zigaretten ihres Mannes. Mit *Nux vomica* steigend D 4, D 6 und schließlich D 12 wurde erhebliche Besserung erzielt. Die Willensschwäche und mangelnde Einsicht des Kranken führte aber immer wieder zu Nikotinabusus, so daß keine Heilung zu erzielen war. Seine Hilflosigkeit geht daraus hervor, daß er trotzdem weiter von Zeit zu Zeit zur Behandlung kommt. Es besteht also noch Aussicht, ihn zum Einstellen des Rauchens zu bewegen.

Homöopathischer Lycopodium-Typ

Der Lycopodium-Reaktions-Typ sieht wegen seiner schmutziggelben, faltigen Haut und dunklen Schatten um die Augen älter aus, als er ist. Seine körperliche Schwäche steht im Gegensatz zu seinem scharfen Verstand; die abgemagerte obere Körperhälfte zur gedunsenen unteren Körperhälfte (aufgetriebener Bauch und dicke Beine). Melancholisch reizbar, wird er bei Widerstand cholerisch aufbrausend aggressiv. Acidismus (saurer Geschmack, Sodbrennen, Wassererbrechen) mit Heißhunger, aber rascher Sättigung infolge Völlegefühl (kein Gürteldruck!). Verlangen nach Süßigkeiten. Nachmittagsverschlimmerung und venöse Stase (Varicen, Hämorrhoiden) sind charakteristisch für die hepatopathische Grundstörung. Warme Speisen und Getränke, Lockern der Kleider, Bewegung an frischer Luft bessern. Trägt keinen Hut.

Das schwächliche und magere Lycopodium-K i n d fällt auf durch den Gegensatz zwischen gut entwickeltem Kopf und kleinem, kümmerlichem Körper. GAILHARD führt für den kindlichen Lycopodium-Reaktions-Typ an: „Körperlich schwaches Kind mit dünnen Gliedern und großem aufgetriebenem Bauch, frühreifem Gesichtsausdruck und unreiner trockener Haut. Es wird als streitsüchtiges, unzugängliches, selten lächelndes Schürzenkind bezeichnet, mit auffallender Kälteempfindlichkeit und Schwierigkeit bei der Stuhlentleerung trotz heftigen Dranges, mit Diarrhoen abwechselnd. Große Mattigkeit kommt auch in geringer Lernfreudigkeit trotz guter Begabung zum Ausdruck. Im Essen ist es wählerisch und rasch gesättigt. Kurz danach schon Klagen über Beschwerden im Oberbauch.“ Reichliche Gasbildung und Husten mit viel Schleim tags und nachts führen nicht selten zum rechtsseitigen Leistenbruch. Oft ist der eine Fuß kalt, der andere heiß. Nachts Atmen mit offenem Mund wegen trockenen Nasenkatarrhs mit Krusten und zähem Schleim.

Der homöopathische L y c o p o d i u m - R e a k t i o n s - T y p entspricht mit v a g o t o n i s c h e n Z ü g e n dem **Reaktions-Typ A nach Lampert:** Schmutziggelbe Blässe, Abmagerung, Gärungsdyspepsie, morgens schlecht gelaunt; mit s y m p a t h i c o t o n i s c h e n Z ü g e n dem **Reaktions-Typ B nach Lampert:** Starkschwitzer, Bewegungsdrang an frischer Luft, hypochondrische Reizbarkeit.

Anwendung von Lycopodium

1. auf Grund persönlichkeitsbestimmter Charakter- und Gemütssymptome

Reizbar, besonders m o r g e n s schlecht gelaunt; Hypochondrie mit Verschlimmerung durch Widerspruch. Gedächtnis- und Konzentrationsschwäche. Unruhiger, traumreicher Schlaf mit Aufschrecken. Meist Stirnkopfschmerz mit Schwindel.

2. bei persönlicher Abwandlung der Beschwerden

(= Modalitäten, hervorgerufen durch das vegetative System): Trotz Frostigkeit und Erkältungsneigung Bewegungsdrang an frischer Luft wegen v e n ö s e r S t a s e. Hepatopathische Verschlimmerung morgens und besonders einige Stunden nach der Hauptmahlzeit, sowie durch Wärme; rechte Seite bevorzugt. Schweiße sauer oder mit Zwiebelgeruch.

3. **bei persönlicher Abweichung des Reaktionsgrades vom Normalen**
Zur cholerischen Reizbarkeit infolge mangelhafter Entgiftungsfunktion gesellt sich die herabgesetzte Stoffwechselfunktion mit Neigung zu Verschlackung (= funktionsschwache Leber) und Pfortaderkreislaufstauung (= carbonitrogene Konstitution).

4. **bei bestimmten Diathesen mit persönlicher Krankheitsbereitschaft und Anfälligkeit**
Bei Hepatopathie mit venöser Stase und Gallensteinleiden; bei harnsaurer Diathese mit Konkrementbildung (Pyelonephritis, Steinbildungen), beim Lymphatismus der Kinder (Lymphdrüsen, Schleimhäute der Luftwege) mit Blasenbeschwerden infolge des uratreichen Urins.

5. **beim Chronischwerden von Krankheiten infolge persönlicher Abwehrschwäche**
Chronische Schleimhauternährungsstörungen der Luftwege mit Verschlimmerung durch kalte Luft: Nasenrachenraum, Bronchien, Lunge (Pneumonie, Grippe) mit salzigem, eitrigem, übelriechendem Auswurf. Rheumatisch-arthritische Schlackenerkrankungen, schlimmer in der Ruhe, besser bei Bewegung (Brennen zwischen den Schulterblättern). Stomatitis, Tonsillitis (rechts), Speicheldrüsenentzündung. Gastritis acida mit Verlangen nach Süßem (geradezu das Mittel für Schlecker nach Süßem); Heißhunger, aber satt nach wenigen Bissen. Leberschwäche meist familiär. Gastroduodenitis mit Ulcusneigung, Gasblähungen (Kleiderdruck unerträglich). Meist habituelle Obstipation mit Tenesmen, auch weiche Stühle. Pfortaderstauung mit Varicen, brennenden Hämorrhoiden; bei Frauen verfrühte starke Menses mit Zwischenblutungen, sowie scharfem Fluor. Trockene Vagina mit Brennen vor und nach dem Coitus. Impotenz junger Männer nach Exzessen.

Mittelbeschaffenheit und Dosierung

Verriebene Bärlappsporen, Lycopodium clavatum (50% fette Öle mit Hydrokaffeesäure, Sporonin, Phosphor- u. Kieselsäure; die Sporenasche enthält 54% Aluminium).

Bei mehr organotroper Wirkung auf den Verdauungskanal mit seiner aerophagen (Luftschlucker!), gastro-intestinalen Atonie, mit seiner funktionsschwachen Leber und venösen Stase ist die gebräuchlichste Potenz von *Lycopodium* D 6, später D 12. Man kann aber auch bis auf D 3 herabgehen, z. B. bei leichter Gallensteinkolik und bei habitueller Obstipation. Bei den chronischen Störungen des intermediären Stoffwechsels, wie sie Stiegele bei „Leberfamilien mit vererbten Beschwerdekomplexen" beschrieben hat, gibt man *Lycopodium* D 12, D 15 u. D 30. Dies gilt auch für *Lycopodium* als Zwischenmittel bei rheumatischen, arthritischen Erkrankungen des mittleren und höheren Alters.

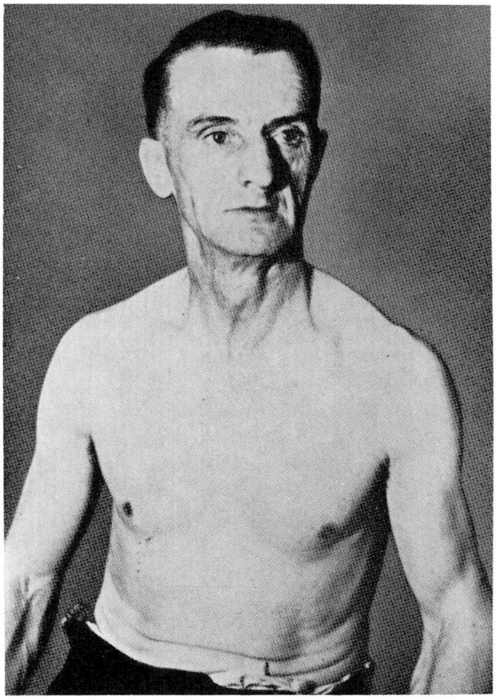

Typenbilder

Abb. 93. Lycopodium-Typ.

Ein 50jähr. gastrisch-biliöser Patient, der im Habitus dem Nux-vomica-Typ (Abb. 91) ähnelt und ihm auch verwandt ist. Es handelt sich um einen Lycopodium-Typ mit schmutziggelber, faltiger Haut, scharfen intelligenten Augen und hepatopathischer Nachmittagsverschlimmerung, sowie Verlangen nach Süßigkeiten. Trotz Heißhungers ist er satt nach wenigen Bissen.

B e h a n d l u n g mit *Lycopodium* D 6 und D 12 wegen Cholelithiasis (kirschkerngroße Steine) mit Koliken nach Motorradfahren. Da Operation abgelehnt wird: *Lycopodium* D 6 und D 12; Schmerzfreiheit wird erreicht und die Toleranz für leberbelastende Kost erhöht. Die Steine ruhen.

Abb. 94. Lycopodium-Typ

Eine 45jähr., klimakterische, subikterische Patientin mit abgemagertem Oberkörper und gedunsener unterer Körperhälfte (Bauchauftreibung, gestaute, dicke Beine). Dies ist charakteristisch für den Lycopodium-Typ. Das Erdulden des Schmerzes steht im Vordergrund ihres Gesichtsausdruckes: Die mittlere Oberlippe ist hochgezogen, so daß die Seitenteile der Oberlippe nach der vertieften Nasen-Lippen-Furche zu rücken; Fehlen der Unwillensfalten zwischen den Augenbrauen.

B e h a n d l u n g mit *Lycopodium* D 6 und D 12 wegen Hepatopathie mit Gasbauch und hellen Stühlen. Wechsel von Durchfall und Verstopfung. Besserung auch der Pfortaderstauung und der sauren Schweiße.

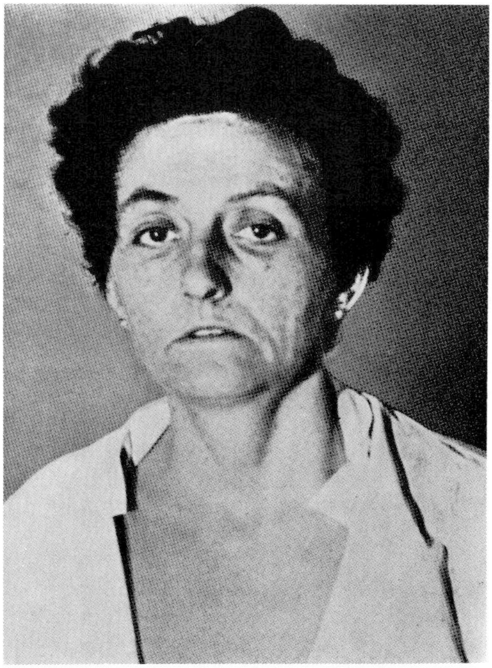

Abb. 95. Lycopodium-Typ

Der abgemagerte 58jähr. Lycopodium-Patient sieht wegen seiner schmutziggelben, faltigen Gesichtshaut älter aus, als er ist. Stirn, Augen und Wangen entsprechen der hypochondrischen Reizbarkeit und dem chronischen Schmerzerlebnis.
Behandlung mit *Lycopodium* D 6 und D 12 nach der Entlassung aus dem Krankenhaus, wo er wegen Ulcus ventriculi an der kleinen Curvatur und in der Pars pylorica behandelt wurde. Unter Rauchverbot wird Schmerzfreiheit und Besserung der spastischen Obstipation mit Tenesmen erreicht.

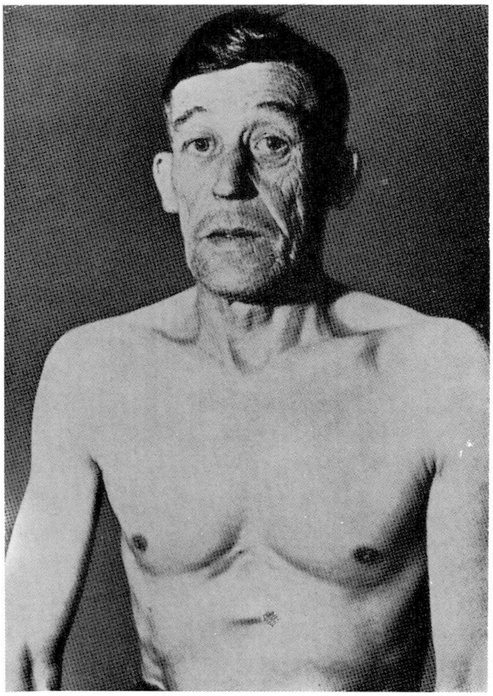

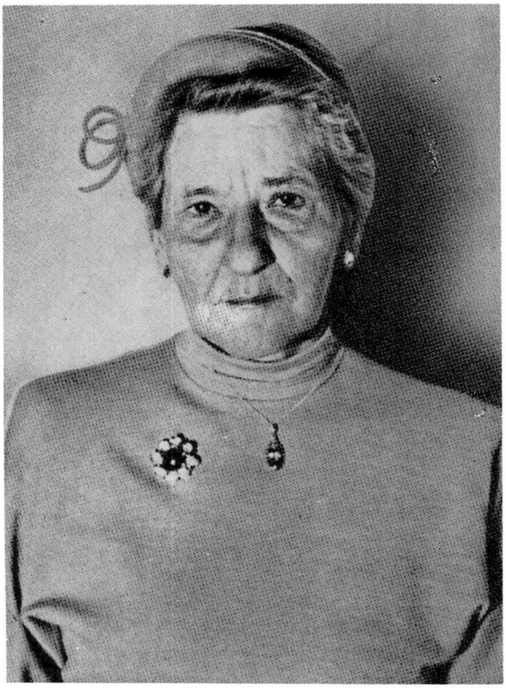

Abb. 96. Lycopodium-Typ

Eine abgemagerte 63jähr. Patientin des Lycopodium-Typs mit den dunklen Augenringen und der gelblichbraunen, faltigen Gesichtshaut. Charakteristisch sind die Unwillen verratenden Steilfalten zwischen den Brauen und die leidgeformte Wangen-Mund-Partie.
Behandlung mit *Lycopodium* D 6 (neben *Hepafungin*) wegen Hepatopathie mit Gasbauch und Pfortaderstauung (brennende Hämorrhoiden und Varicen mit Ulcus cruris re.). Besserung auch der rheumatisch-arthritischen Schulterschmerzen rechts.

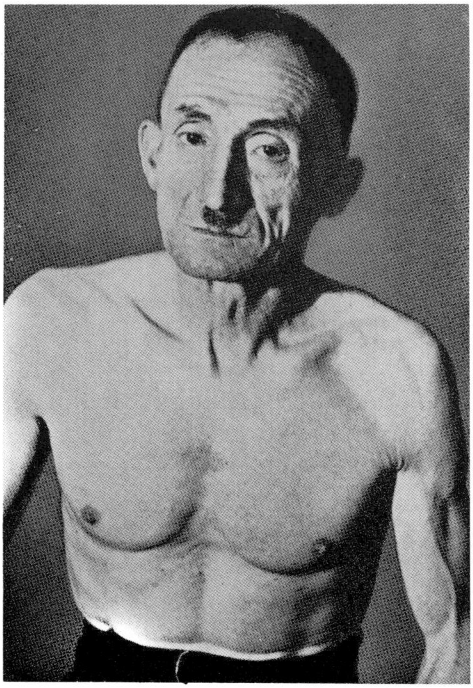

Abb. 97. Lycopodium-Typ

Dieser vorzeitig gealterte, 58jähr., kachektische Hepatopathiker zeigt die Verkrampfung und Verschlackung des Lycopodium-Typs in so starkem Grade, daß er bereits Züge des Carbo-vegetabilis-Typs trägt.
Behandlung mit *Lycopodium* D6 wegen Hepatopathie mit venöser Stase und Kachexie. Besserung auch der Frostigkeit, des schlechten, unruhigen Schlafes und des gastrocardialen Symptomenkomplexes.

Krankheitsbild

Seit 5 J. ist die abgemagerte, 55jähr. leberleidende Pat. nicht mehr schmerzfrei gewesen. 3 Monate Behandlung mit *Bryonia* D 4 und *Lycopodium* D 6, später D 12 und D 30 lassen die Kranke frei von Schmerzen so aufleben, daß sie es kaum zu glauben wagt. Auch die gefürchteten Koliken treten in den nächsten Monaten nicht wieder auf und die Fettintoleranz hat sich erheblich gebessert. Für die Verordnung waren besonders maßgebend: der magere Oberkörper, der gedunsene Unterkörper und das Verlangen nach Süßem, sowie der Heißhunger mit rasch auftretendem Völlegefühl. Nach einem halben Jahr ist Pat. kaum wiederzuerkennen, so günstig hat sie sich, auch psychisch, verändert. In größeren Abständen nimmt sie weiter *Bryonia, Lycopodium* und *Carduus marianus.*

Homöopathischer Sepia-Typ

Die müde und verbrauchte, dunkelhaarige, hagere Sepia-Patientin mit schlaffer Faser besitzt schmutzig-gelbe Hautfarbe mit gelbem Sattel über der Stirn und oberen Wangen-Nasen-Partie und zeigt allgemeine Ptose (schlechte Haltung, Senkungsbeschwerden, Schmerz und Schwäche in der Lendengegend). Durch ihre düstere Miene und ihr egozentrisches psychisches Verhalten mit depressiver Verstimmung, Angst, Weinen und Interesselosigkeit gegen Haushalt und nächste Angehörige wirkt sie unsympathisch. Ihre Störungen stehen im Zusammenhang mit dem Geschlechtsapparat: Prolapsgefühl des strapazierten Uterus im Unterbauch mit Besserung durch Beinkreuzen, klimakterische Gefäßstörungen in Gestalt von Wallungen mit Bangigkeit, Schweißen und Schwäche, Frigidität, brennend heiße Vagina, Schwangerschaftserbrechen schon beim Speisengeruch und Hautjucken an den äußeren Genitalien mit Brennen beim Kratzen. Endokrin-klimakterische ringförmige Ekzeme der alternden Haut (auch Alopecie) finden sich gern an Wangen (auch als Herpes circinatus), Kopf, Gelenkbeugen, Vulva und Anus. Verschlimmerung durch Stehen, gegen Abend, vor Gewitter, Gonorrhoe. Unverträglichkeit äußerer Wärme und Besserung durch kräftige Ausarbeitung im Freien (Holzhacken) gehören zum Typ, ebenso wie das Verlangen nach sauren oder gewürzten Speisen, die Unverträglichkeit von Milch (Leber-Galle) und die hämmernden Kopfschmerzen (auch Migräne), die sich über einem Auge festsetzen, in Nacken und Hinterkopf ausstrahlen und sich durch heiße Umschläge bessern.

Den Sepia-Typ finden wir nicht nur bei Frauen, sondern auch bei Männern: Es gibt ja auch Männer mit schlaffer Faser, venöser Stase (Krampfadern, Hämorrhoiden), Hepatopathie, Keimdrüsenausfall und Gefäßstürmen, z. B. im Anschluß an den Coitus. Vergessen wir nicht, daß HAHNEMANN auf *Sepia* aufmerksam wurde durch die nervösen Störungen eines Malers, der die schlechte Gewohnheit besaß, an seinem Sepia-Pinsel zu lecken. Die Prostatahypertrophie weist ebenfalls auf *Sepia* hin, weil der Prostatamittellappen entwicklungsgeschichtlich dem Uterus entspricht.

Die alternde Haut mit ihrer ungenügenden Durchblutung und Verschlackung kann zu quälenden, schuppenden oder stark nässenden Ekzemen bei Mann oder Frau führen und heilt nach *Sepia*-Gaben (STIEGELE gibt D 3).

Der homöopathische Sepia-Reaktions-Typ entspricht mit vagotonischen Zügen dem **Reaktions-Typ A nach Lampert:** Hagerkeit, Sturheit, Verschlossenheit, Gefühlsmangel, abendliche Munterkeit; mit sympathicotonischen Zügen dem **Reaktions-Typ B nach Lampert:** Starkschwitzer, Enteroptose, Bewegungsdrang an frischer Luft.

Anwendung von Sepia

1. auf Grund persönlichkeitsbestimmter Charakter- und Gemütssymptome

Negativistische Einstellung (Widerspruchsgeist) mit Gleichgültigkeit und Gefühlsmangel gegen engste Angehörige. Depression in der Klimax (Weinen,

Schwarzsehen). Schlaflos, tags müde. Berstender Kopfschmerz, bes. morgens; Ruhe, Druck und Essen bessern. Migräne mit Stechen vom linken Auge zum Hinterkopf.

2. bei persönlicher Abwandlung der Beschwerden

(= Modalitäten, hervorgerufen durch das vegetative System): Blutverteilungsstörungen der Hände und Füße (wechselnd kalt oder warm), Frösteln, Kältegefühl auf dem Scheitel und zwischen den Schulterblättern. Klimakterische Wallungen mit Schweißen. Die venöse Stase bedingt Verschlimmerung der Beschwerden früh, abends, nachts und beim Stehen; Besserung durch tüchtige Ausarbeitung. Verschlimmerung vor und während der Regel, vor Gewitter, gegen Abend, durch Ostwind und sexuelle Exzesse. Erkältungsneigung (kalte Luft), Wärme bessert. Morgens elend, abends munter. Abneigung gegen warme Räume mit viel Menschen. Übelriechende Schweiße (Achseln, Genitale, Füße).

3. bei persönlicher Abweichung des Reaktionsgrades vom Normalen

Ärgerliche Reizbarkeit, aber auch Apathie und Gleichgültigkeit gegen Haushalt und Familie.

4. bei bestimmten Diathesen mit persönlicher Anfälligkeit und Krankheitsbereitschaft

Allgemeine Ptose (Bindegewebsschwäche, „Alles fällt"), bes. des Herzens, der Bauch- und Beckenorgane. Venöse Stase im Pfortadersystem; im weiblichen Genitalapparat mit Gefühl des Herabdrängens, Kreuzschmerzen und scharfem, gelbem Fluor (strapazierter Uterus).

5. beim Chronischwerden von Krankheiten infolge persönlicher Abwehrschwäche

Chronische Ekzeme (Handrücken, Kniekehle); Ringflechte, Akne rosacea, Herpes, Psoriasis, Ulcus cruris varicosum.

Enteroptose von Magen-Darm mit bitterem oder fauligem Aufstoßen, Fleischabneigung und Schwächegefühl (Essen bessert). Hepatopathie mit venöser Stase (Varicen, stechende Hämorrhoiden). Obstipation mit Knollengefühl auch bei weichem Stuhl; Durchfall nach Milchgenuß.

Am Genitale: Chron. Adnexitis und Parametritis. Dumpfe Beckenschmerzen, Herabdrängen (Beinkreuzen entlastet), scharfer gelber Fluor oder trockene Scheide mit Coitusabneigung. Dysmenorrhoe, aussetzende Regel, Myomblutungen. Klimakterische Wallungen und Schweiße. Chronische Gonorrhoe bei beiden Geschlechtern. Prostatitis und Prostatahypertrophie (Mittellappen entspricht Uterus!); Urin trüb, übelriechend, schleimig, satzig.

Myalgisch-arthralgisch-neuralgische Beschwerden in der Klimax mit Schwäche und Schmerzen im Kreuz im Sitzen, besser durch Gehen im Freien. (*Sepia* ist das Mittel für Waschfrauen.)

Mittelbeschaffenheit und Dosierung

Inhalt des Beutels des Tintenfisches (Melanin). Tabletten D 6 u. D 12.

Typenbilder

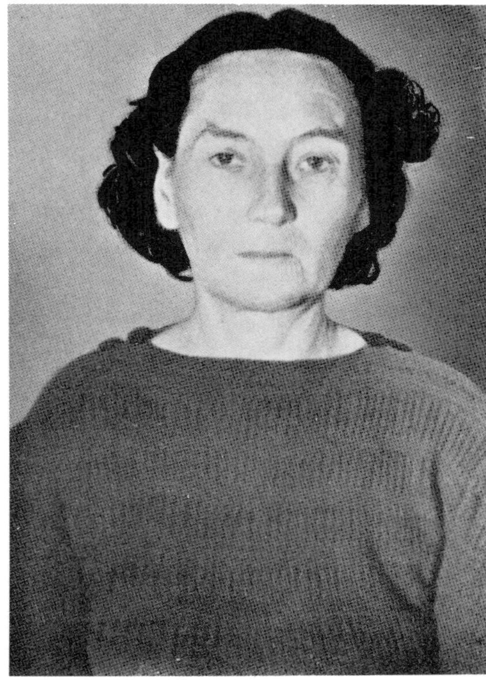

Abb. 98. Sepia-Typ

58jähr., müde und verbrauchte, dunkelhaarige Patientin mit schlaffer Faser und schmutzig-gelber Hautfarbe. Der etwas leere, starre Blick und die zusammengepreßten Lippen verraten ihr abweisendes, egozentrisches psychisches Verhalten mit Neigung zum Weinen.

Behandlung mit *Sepia* D 6 und D 12 wegen Senkungsbeschwerden mit Herabdrangen im Unterleib, wegen scharfen, klebrigen Fluors und wegen atonischer Obstipation mit Knollengefühl und Hämorrhoiden. Beseitigung der organischen Störungen erfolgte unter gleichzeitiger Besserung der psychischen Störungen.

Abb. 99. Sepia-Typ

Diese 56jähr., dunkelhaarige Sepia-Patientin zeigt die schmutziggelbe Hautfarbe und die Bindegewebsschwäche (alles fällt, siehe die Wangen-Hals-Partie) ihres Typs. Sie wirkt durch die allgemeine Ptose fülliger als sie eigentlich ist. Der etwas leere Blick läßt die hypovarielle Gefühlsarmut erkennen; die schmale, eingezogene Unterlippe verrät Eigenwilligkeit im Sinne egozentrischer seelischer Verfassung.

Behandlung mit *Sepia* D 6 und D 12 wegen Hepatopathie mit venöser Stase und Obstipation mit Knollengefühl. Besserung auch der Kreuzschmerzen, des scharfen, gelben Fluors und der übelriechenden Schweiße.

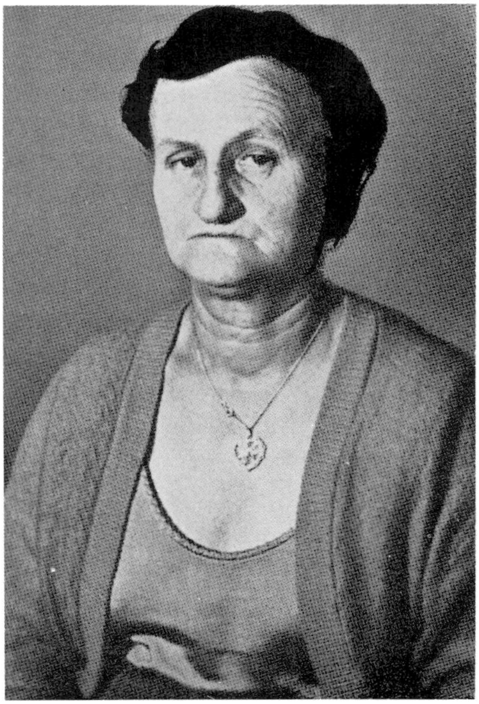

Abb. 100. Sepia-Typ

Diese müde und verbrauchte, dunkelhaarige, 62jähr. Sepia-Patientin ist an ihrer gelblich-bräunlichen Gesichtsfarbe und besonders an ihrer düsteren Miene unschwer zu erkennen. Ihre allgemeine Ptose verrät sich nur wenig an den Oberlidern, weil sie hier durch Hochziehen der Stirn etwas verdeckt wird.
Behandlung mit *Sepia* D 6 und D 12 wegen Angiospasmen mit Frösteln, Herzerschlaffung mit Erwachen durch Husten gegen 4 Uhr morgens (Tonuserhöhung), venöser Stase und habitueller atonischer Obstipation. Besserung auch der übelriechenden Schweiße, der Kreuzschmerzen und des scharfen, gelben Fluors.

Krankheitsbilder

Man lasse sich bei Sepia nicht irreführen in dem Sinne, daß man ihre Wirkung auf klimakterische Störungen beschränkt glaubt. Stiegele weist auf den „Wert der Sepia bei Ekzemen im höheren Lebensalter bei Frauen" und bei älteren Männern hin, ohne jüngere Lebensstufen von dieser Anzeigestellung auszuschließen.

Bei Ringflechten einer Wange, verschlimmert zur Regelzeit, oder an der Kniekehle habe ich auch bei längerem Bestehen gute Erfolge bei Frauen zwischen 30 u. 40 J. gehabt. Bei einer 56jähr. Frau mit Intertrigo der linken Kniekehle kürzlich erst nach einer Zwischengabe von *Sulfur* D 30; vielleicht weil ich *Sepia* D 6 bevorzuge, während Stiegele in den folgenden Fällen D 3 anwandte:

„25. 6. 47: H. J. Pf., 74 J., leidet seit 1/4 J. an einem sich über den ganzen Körper verbreitenden, stark nässenden und teilweise dann schuppenden Ekzem, das ihn Tag und Nacht quält. Fachärztliche Behandlung ohne Erfolg. *Sepia* D 3 3mal tgl. 1 Tbl. 26. 7. 47 berichtet er: Seit 14 Tagen bestehen keine nässenden Stellen am Körper mehr, nur noch Reste der Schuppung. Bericht 27. 3. 48: seither hat die Heilung angehalten."

„5. 5. 47: Frau F. B., 50 J. alt. Seit einem Jahr ist die Regel ausgeblieben; seither entwickelte sich ein Ausschlag im Gesicht. Bisherige Behandlung ohne Erfolg. Befund: Akne rosacea auf Stirn, an Wangen und Kinn. Verordnung: *Sepia* D 3 3mal tgl. 1 Tbl. 28. 6. 47: Ausschlag fast ganz geschwunden, an Stirn, Nase und Wangen noch einige kleine Pusteln. Rep. 3. 10. 47: Ausschlag blieb beseitigt, bei kalter Witterung tritt noch eine bläuliche Verfärbung der Haut auf."

„15. 1. 45: Frau R., 67 J., wurde mit 48 J. wegen Blutungen bestrahlt, leidet seit Mai 44 an nässendem Ekzem am Genitale; auf Rö.-Bestrahlung, *Sulfur,* durch *Sepdelen* vorübergehend gebessert, jetzt überaus heftiger Juckreiz, kann nur auf einer Gesäßhälfte sitzen. Obj.: ekzematöse, fleckige Rötung zu beiden Seiten des Afters über dem Damm bis in die Scheide hinein, an den Rändern schorfig, beide großen Labien verdickt und gedunsen. *Sepia* D 3 3mal tgl. 1 Tbl. Dauernde Heilung nach 2monatiger Behandlung."

VII. Die Homöopathie in naturwissenschaftlicher Erkenntnis

Für die naturwissenschaftliche Erkenntnis unserer Zeit ist neben der Erkenntnis der Relativität das Streben nach Ganzheitserfassung unverkennbar. Dazu gehören die mathematischen Bestrebungen EINSTEINS und HEISENBERGS, eine alles umfassende Feldgleichung herzustellen. Erfolgreich begegnen wir diesem Streben nach Ganzheit in der Physik bei der Verschmelzung von Raum und Zeit zur Raum-Zeit-Einheit: Die Zeit wird zum bewegten Raum. Es ist weiter von Erfolg gekrönt in der Erkenntnis der Einheit von Energie und Materie gemäß der Formel $E = mc^2$. Materie kann sich in Energie verwandeln. Versagt blieb der Physik ihr Bestreben nach Ganzheitsbetrachtung des Lichtes; die Vereinigung der „Bilder“ von Korpuskel und Welle ist nicht geglückt. Sollte es vielleicht daran liegen, daß beide falsch sind?

Auf Umwegen hat sich in der Biologie und in der Medizin die Verschmelzung von Seele und Körper zur Seele-Körper-Einheit der Organismenwelt vollzogen: Über die Weltanschauung des Dualismus mit seiner Trennung von Seele und Körper ging der Weg über die Weltanschauung des Monismus mit seiner Verneinung der Seele zur modernen Ganzheitsbetrachtung alles Lebenden im Sinne seiner untrennbaren Seele-Körper-Einheit.

Aus der Dämonenvorstellung des Medizinmannes, nach der ein Dämon den gesunden Menschen befallen und ihn krank gemacht hat, entwickelte sich der „Begriff der Krankheit“ des Mediziners, immer noch gedanklich vom Körper abtrennbar. In der Verschmelzung von Krankheit und Organismus zum kranken Menschen hat sich schließlich auch in der medizinischen Wissenschaft der Heilkunde (kurz Medizin genannt) die Ganzheitsbetrachtung erfolgreich durchgesetzt, während ihre Ganzheitsbehandlung noch in den Anfängen steht. Vom Causalitätsgesetz der Physik (mit gleicher Ursache und gleicher Wirkung) macht sich die Biologie immer mehr frei, indem sie dafür mit dem Gesetz von Reiz und individueller (nicht gleicher!) Reaktion erkenntnismäßig arbeitet; worin ihr die Medizin wenigstens in ihrer Reiztherapie gefolgt ist. Betrachten wir daraufhin die Homöopathie, so können wir mit Genugtuung feststellen, daß ihr Begründer HAHNEMANN bereits 1810 die **Ganzheitsbetrachtung** zur wissenschaftlichen Erfassung und Behandlung des Kranken als Fundament seiner „neuen Lehre“ erklärte. Die Gesamtheit der subjektiven und objektiven Symptome setzte er damals schon an die Stelle eines mystischen Krankheitsbegriffes und auch an die Stelle der homöopathischen Mittelwirkung (festgestelltes Gesamtsymptomenbild des nach dem Ähnlichkeitsvergleich angewandten Mittels). Die Einheit vom Gesamtkrankensymptomenbild und Gesamtarzneimittelsymptomenbild durch den Ähnlichkeitsvergleich entspricht einer Ganzheitsbetrachtung, die heute noch so weit jeder anderen bekannten Heilweise vorauseilt, daß sie in unserer Zeit in ihrer Bedeutung nur von Wenigen erfaßt wurde. Das Gleiche kann man auch von der Beachtung des Gesetzes von Reiz und individueller Reaktion sagen. Sie ist stets grundlegend für die Homöopathie und für die Homöotherapie gewesen und war stets die Basis ihrer Erfolge.

VIII. Zur Korrelation der homöopathischen Konstitutionstypen mit der Umwelt

Die Beobachtungen der neueren Genetik, daß Umweltreize die Konstitution zu beeinflussen vermögen, wurden, wie bereits erwähnt (Seite. 15), durch die Molekulargenetik bestätigt. Wie sehr und wie lange auch die homöopathische Richtung in der Medizin ihre Arzneimittel-Konstitutionstypen unter den gleichen Gesichtspunkten betrachtet, geht aus dem folgenden Artikel des Verfassers aus dem Jahre 1954 (siehe Anmerkung) hervor. Darin heißt es:

„Als gute Beobachter haben bereits von Grauvogl und Rademacher bei diesen allgemeinen Stoffwechseltypen ihre Korrelation mit der Außenwelt erkannt, indem bei Ozonmangel an heißen, trockenen Sommertagen oder in kohlensäurereicher, sauerstoffarmer Stadtluft diese Typen Verschlimmerung ihrer Beschwerden erfahren oder bevorzugt Infekten anheimfallen. Der Genius epidemicus mit dem therapeutisch zugehörigen Epidemiemittel erfährt so seine Erklärung durch Befallensein eines bestimmten Personenkreises gleicher Keimblattreizbarkeit bzw. Konstitution.

Als weiteres Beispiel enger terrestrischer Verhaftung auch des gesunden Menschen sei auf die Konstanz des Na-, K-, Ca- und Mg-Ionen-Verhältnisses (Isoionie und Isotonie) des Blutes hingewiesen, die bestimmend für physiologisches biologisches Geschehen ist und mit dem entsprechenden Ionenverhältnis des Meerwassers übereinstimmt.

Die Abhängigkeit des gesunden und kranken Menschen von terrestrischen bzw. kosmischen Geschehen entwickelt Leeser analytisch (Lehrbuch der Homöopathie, Hippokrates 1933) im Hinblick auf das natürliche periodische System der Elemente. Er zeigt, daß die konstitutionsbestimmenden Aufbauelemente ihrer kosmischen Häufigkeit entsprechen:

1. Die chemischen Elemente mit den Ordnungszahlen bis 29 = Cu sind die häufigsten; sie umfassen 99,99 % der Erde. Zu ihnen gehören die organischen Grundelemente H, C, O, N. Je weniger zusammengesetzt ihre Atomkerne sind (1–29), um so eher erfolgte ihre Bildung und um so häufiger haben sie Bestand gehabt; deshalb wurden sie zu organischen Aufbauelementen.

2. Die äußeren Elektronenschalen (= chemische Affinitäten) bekommen mit zunehmender Differenzierung der Erde Einfluß auf die Häufigkeit der Elemente.

3. In den Organismen ist für die spezifische Eigenart und das Vorkommen der Elemente ebenfalls ihre Kernstruktur (Ordnungszahl) maßgebend. Ihre Verteilungsweise und der physikalisch-chemische Austausch wird von ihren Elektronenhüllen bestimmt, das heißt von den Gruppenverwandtschaften des periodischen Systems.

4. Wasser tritt als Lösungsmittel (Medium) auf und führt zum Ionengeschehen, elektrisch geladene Atome oder Atomkomplexe, und zum Einfluß saurer, basischer oder neutraler Reaktionen auf den Dissoziationsablauf der Elektrolyse.

5. Die Mittelstellung der C-Atome mit je 4 positiven und negativen Valenzen sowie ihre homöopathischen Bindungsmöglichkeiten C–C macht sie zum Ausgangspunkt der ungeheuren Zahl- und Variationsmöglichkeiten der organischen C-Verbindungen.

6. Die Grundelemente H, C, O, N besitzen ein Höchstmaß von Bindungsmöglichkeiten. Jedes nimmt die 1. Stelle einer Gruppe im periodischen System ein.

7. Die Aufbauelemente wirken durch ihre Stellung im periodischen System als Konstitutionsmittel in den aus ihnen gebildeten Arzneien (LEESER). Umgekehrt erwiesen sich Störungen im Aufbauelementenstoffwechsel wegen ihrer zentralen Natur, d. h. wegen ihres kosmischen Charakters, als Konstitutionstypen bildend.

Es wurde absichtlich etwas ausführlicher auf die engen Beziehungen zwischen Mensch und Natur auch hinsichtlich der Konstitutionstypen eingegangen, weil sie das Verständnis erleichtern für die Beziehungen zwischen den keimblattgebundenen medizinischen Konstitutionstypen einerseits und den ganzheitsreaktionsgemäß homöopathischen Konstitutionstypen andererseits.

Dem biogenetischen Grundgesetz HAECKELS (Parallelität von Ontogenie und Phylogenie) entsprechend sind auch die Keimblattreaktionen einstmals unter gleichen Natureinwirkungen entstanden, wie sie heute noch auf die Organismen einwirken. Die Keimblattreaktionen wirken sich dementsprechend auch heute noch konstitutionsbestimmend aus. Darauf beruht die Keimblattkorrelation der anthropologischen, klinischen und homöopathischen Konstitutionstypen."

IX. Chromosomenpathologie

Die Chromosomenpathologie begann 1959 mit der Entdeckung eines überzähligen Autosoms bei der mongoloiden Idiotie durch LEJEUNE, GAUTIER und TURPIN. Im gleichen Jahre fand FORD bei einer Kranken mit unterentwickelten Ovarien ein Chromosom zu wenig vor (Turner-Syndrom). Später zeigte sich, daß außer solchen numerischen Chromosomenstörungen (normal sind 44 Autosome und 2 Gonosome) auch Anomalien in der Gestalt der Chromosomenschleifen vorkommen. Deshalb wurde 1960 in Denver/USA die internationale Nomenklatur der Chromosomen (= Denver System) festgelegt, nach welcher die Chromosomen der Größe nach numeriert werden: Nr. 1 ist das größte, Nr. 22 das kleinste Chromosom. Außerdem werden mit A bis G sieben Gruppen mit besonderen Merkmalen (Größe und Sitz des Zentrosoms, sowie der Besitz von Satelliten) bezeichnet. Bei numerischen Änderungen, welche für den ganzen Chromosomensatz (= Genom) gelten, spricht man von Haploidie (von jedem homologen Paar ist nur ein Chromosom vorhanden) bzw. von Polyploidie (Triploidie, Tetraploidie, Pentaploidie usw.), wenn mehr Genome vorhanden sind.

Unter den Zahlenaberrationen der 22 Autosomenpaare ist die 21-Trisomie des Mongolismus die häufigste neben der 17,18-Trisomie (Edwards-Syndrom) und einer D-(13,15)-Trisomie (Patau-Syndrom).

Die numerischen Anomalien der Gonosomen zeigen 2 Typen: den XO-Typ bei meist sterilen Frauen mit nur 45 Chromosomen, weil das Y-Chromosom fehlt (= Ullrich-Turner-Syndrom-Häufigkeit: 1 zu 5000 Geburten).
Der zweite Typ findet sich bei debilen (sterilen) Männern mit einem überzähligen X-Chromosom (also XXY-Chromosom) d. h. ein Genom von 47 Chromosomen [Häufigkeit 1 zu 800], sog. Klinefelter-Syndrom).

Bei XO-Typen kommen auch Mosaikbildungen vor, d. h. ein Teil der Zellen hat diese, ein anderer Teil jene Chromosomenkonstellation (z. B. Gewebe XX, Blut XO). Diagnostisch kann hier manchmal bereits die Kerngeschlechtsdiagnose helfen. Die Kerngeschlechtsdiagnose wird aus Gewebekernen (Mundepithelabstrich) und aus den sog. Trommelschlegelanhängsel der polymorphkernigen Leukozyten (Blutausstrich) gestellt. Es handelt sich um geschlechtsspezifische (nur bei XX-weiblichen Individuen) Chromatinkörperchen (Barr-Bodies), die sich randständig an den Epithelzellkernen und gestielt als Trommelschlegel an polymorphkerningen neutrophilen Leukozyten befinden (siehe Abb. 5).

1–2 % der Bevölkerung leidet an Formen der Intersexualität, welche durch die

Kerngeschlechtsdiagnostik weitgehend geklärt werden kann. Dies ist therapeutisch von besonderer Wichtigkeit, weil dadurch geklärt werden kann, ob die Therapie auf hormonal, gonodal oder chromosal bedingte Intersexualität eingestellt werden muß.

Chromatin-negativ sind: XY bei normalem Mann, Hermaphrodismus, testikulärer Feminisierung – XO bei Gonadendysgesie und Turner-Syndrom; Chromatin-positiv sind: XX bei normaler Frau, adrogenitalem Syndrom, Hermaphrodismus, Gonadendysgenesie – XXY bei Klinfelter-Syndrom, XXX bei Triplo-X-Frauen.

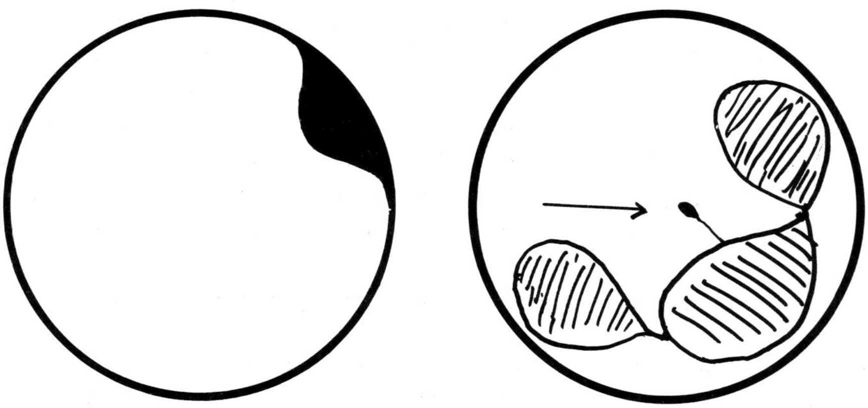

Abb. 5

Randständiges Kerngeschlechtschromatin-Körperchen (Mundepithelkern)

Polymorphkerniger neutrophiler Leukozyt mit geschlechtsspezifischem Trommelschlegelanhängsel

Diese Beispiele, die auf Vollständigkeit keinen Anspruch erheben, sollen nur die Mannigfaltigkeit der Anwendung der Kerngeschlechtsdiagnostik demonstrieren. (Nach Prof. Dr. C. Overzier, Die Heilkunst 9/1964).

Chromosomenaberrationen und Lebenserwartung

1. Die Lebensfähigkeit der Zelle wird beeinträchtigt, wenn es sich um größere Autosome handelt (kleinere Nummer), sowohl bei überzähligen Chromosomen, als auch bei Monosomie (nur 45 Chromosomen). Als lebensfähig tragbar gerade noch ist ein kleiner Stückausfall (Deletion) der Nr. 5 beim Katzenschrei-Syndrom des Säuglings, der diese Chromosomenstörung anzeigt.

2. Das Y-Chromosom des Mannes, das auffällig kleiner als das weibliche X-Chromosom ist, scheint für die etwas kürzere Lebensdauer des Mannes verantwortlich zu sein. Ein kleines Y-Chromosom scheint für kleinwüchsige Männer ursächlich zu sein. Das Gleiche gilt für die 47 XYY-Anomalie, die ihr zugeordnete Brutalität bzw. Kriminalität des Trägers scheint zweifelhaft.

Letale Genotypen bedingen etwa 26 % aller Aborte.

Chromosomal bedingte Krankheiten stecken oft hinter der Unfruchtbarkeit der Frau!

Mit zunehmendem Alter nimmt bei der Frau die Wahrscheinlichkeit einer Zahlenanomalie der Chromosomen zu: bei 25jähriger Gravida 1 : 1000, bei 40jähriger 15 : 1000 und bei 45jähriger 20 : 1000.

Ein zusätzliches Y-Chromosom macht nicht männlicher, ein zusätzliches X-Chromosom nich weiblicher.

Gonosomen-Aberrationen sind auch bei Lebendgeborenen häufiger als angenommen.

Bei allen chromosomalen Zahlenanomalien treten bei ganz verschiedenartigen Anomalien die gleichen Symptome auf, was darauf hindeutet, daß nicht nur bestimmte Gene eine Störung verursachen, sondern daß das Gleichgewicht des gesamten Genoms und dadurch die Embryonalentwicklung gestört wird. C. Roux, Paris, erklärt das vorzeitige Absterben des Eies durch die Schwere der Hirnmißbildung. Die Frucht stirbt ab, wenn die für jede Chromosomenanomalie spezifische Zeitspanne abgelaufen ist. Dabei machen sich am stark durchblutenden Gehirn die Stoffwechselstörungen besonders bemerkbar.

Ursachen der Chromosomenaberrationen, der Mutationen

Mutagene Wirkungen sind bekannt von Strahlen und chemischen Stoffen. Schätzungsweise tragen etwa 20 % aller Menschen eine oder mehrere neu entstandene Mutationen.

Strahleninduzierte Chromosomendefekte sind schon nach kurzer Einwirkung in den kleinen Lymphozyten des peripheren Kreislaufs feststellbar (Chromosomen- und Chromatinaberrationen sowie Defekttypen). Sie verringern Teilungs- und Lebensfähigkeit der Zellen. Schwere strahleninduzierte Chromosomendefekte (Hiroshima) bedingen genetische Schäden, die sich oft erst nach Generationen noch manifestieren: Antigene vermögen mit Hilfe spezifischer Lymphozyten ein immunologisches „Gedächtnis“ aufzubauen, das erst später auf einen spezifischen Antigenreiz die Zellen sich teilen und profilieren läßt.

Offenbar noch ernster ist die mutagene Wirkung durch Chemikalien zu nehmen. Immer mehr Agenzien, die wir als Nahrungs-, Genuß- oder Arzneimittel zu uns nehmen (neben Farben, Kunststoffen, Kosmetika, Waschmitteln usw.) erweisen sich als mutagen, indem sie Mutationen bzw. Aberrationen auslösen. Die individuelle und konstitutionelle Empfindlichkeit spielt dabei die Hauptrolle. „Man muß bedauern, daß es noch keine sicheren Methoden gibt, die erlauben, über die immer komplex bleibende Wirkung von Arzneiwirkstoffen exakte Aussagen für jeden Reaktions- und Konstitutionstyp zu machen (Zilch, „Mehr praktische Pharmakologie“ in Der prakt. Arzt 6/69). „Mehr Anthropologie und Konstitutionsbiologie“ wird deshalb für die Arztausbildung gefordert. In diesem Sinne ist auch dieses Buch zu verstehen. So sollte sich auch die in Fluß kommende Pharmakokinetik orientieren. Die Pharmakokinetik hat eine genetische Komponente. Der genetische Faktor spielt eben eine entscheidende Rolle für die Reaktion des Organismus auf ein Medikament, ob es sich verträglich erweist oder ob es bei anderen Kranken zu sogenannten Nebenwirkungen oder gar toxischen Begleiterscheinungen führt. Das erschütternste pharmakogenetische Großexperiment mit Thalidomid, das nur bei manchen Müttern zu Mißbildungen ihrer Kinder geführt hat, sollte wenigstens nachträglich noch konstitutionell ausgewertet werden, indem an Hand der Krankenblätter die Konstitution aller Frauen ermittelt würden, die während der Schwangerschaft Contergan eingenommen haben. Die Pharmakogenetik des Individuums stellt eine Resultante aus genetischen und exogenen Faktoren dar unter Berücksichtigung der vegetativen Ausgangslage (siehe diese Seite 35). Man wird dabei um die Feststellung der Beteiligung des Konstitutions- bzw. Reaktionstyps nicht herumkommen, was um so notwendiger ist, weil man so sicherer die zu erwartende Reaktion des Kranken therapeutisch berücksichtigen kann. Aus der Praxis sind den Ärzten genetische, teratogene, toxische und karzinogene Pharmaka zur Genüge bekannt. Man darf dabei nicht vergessen, daß die Menschen auch in enzymatischer Hinsicht nicht gleich sind, wie die sich immer mehr häufenden angeborenen bzw. ererbten Stoffwechselstörungen (z. B. Phenylketonurie) zeigen, bei denen ja Enzymblockierungen als Ursache erkannt sind. Ihr frühzeitiger therapeutischer Ausgleich durch Diät vermag ja die Neugeborenen vor Imbezillität und Idiotie zu bewahren.

X. Humangenetische Probleme

1. Genetische Beratung

Zu ihr gehört vor allem die umfassende Kenntnis von Erblichkeit, Umwelteinflüssen, deren Beziehungen zueinander mit Beachtung des Konstitutions- und Reaktionstyps und der vegetativen Reaktionslage. Erst dann kann der Berater mit gutem Gewissen Ratsuchende oft über vermeintliche Erbleiden beruhigen bzw. über die Gefährdung zu erwartender Kinder aufklären oder gar warnen. Daß dazu nur Beratung an den humangenetischen Instituten der Universitäten (zur Zeit wenigstens noch) empfohlen werden muß, ist um so einleuchtender, als in der Genetik immer neue Erkenntnisse gewonnen werden, und weil die Heterozygotie-Tests (Heterzygotie erschwert die Voraussage, weil die beiden Allele im zusammengehörigen Chromosomenpaar mehrere Möglichkeiten offen lassen) und weil im Karyogramm Zahl und Form der Chromosomen nur an diesen Instituten festgestellt werden kann (Computerangelegenheit). Die Kunst des Praktikers besteht darin, den richtigen „Riecher“ dafür zu haben, welche Kranke oder Ratsuchende er rechtzeitig den Beratungsstellen zuführen muß, und dies um so mehr, als die meisten Menschen von diesen Möglichkeiten noch keine Ahnung haben. Auf die bereits erwähnte Kerngeschlechtsdiagnose im Mundabstrich und Blutausstrich (Seite 191) sei hier nochmals hingewiesen. Auch an die rechtzeitige Diagnostik der angeborenen Stoffwechselstörungen sei ihrer Wichtigkeit und diätetischen Ausgleichsmöglichkeiten wegen ebenfalls erinnert.

2. Zur genetischen Zukunft des Menschen

Hören wir dazu Prof. Helmut Baitsch (DÄ 48/1968):

Motto 1: „Der menschliche Körper beharrt erstaunlich konsequent innerhalb dieses quartären Erdzeitalters, aber der Geist differenziert sich in immer neuen Ausdrücken, Ausbrüchen, neuen Auswegen seiner selbst. Man hat den Eindruck, die ganze Mutationsfähigkeit und Variabilität der Art ist in ihm allein tätig geblieben!“ (G. Benn: Roman des Phänotyps, Landsberger Fragment 1944).

Motto 2: „Biologisch gesehen stellt die menschliche Art einen außerordentlichen Erfolg dar. Dies vor allem deshalb, weil ihre Kultur sich stets viel schneller zu verändern vermag als ihr Genbestand. Während mindestens 10 000 Jahren, vielleicht während einer Jahrmillion, hat der Mensch seine Umwelt viel häufiger seinen Genen angepaßt als seine Gene seiner Umwelt.“ (Th. Dobzhansky: Dynamik der menschlichen Evolution, 1962, 1965).

„**Mutationen** sind der ‚Motor‘ des evolutiven Prozesses der Organismen. Sie entstehen ohne Rücksicht auf Vorteile oder Nachteile für den Organismus und sind insoweit ungerichtet. Die Mehrzahl der neu entstehenden erkennbaren Mutationen beim Menschen scheint schädliche Folgen zu haben (Mißbildungen, Krankheiten). Daraus kann man folgern, daß der Bauplan stabilisiert zu sein scheint. Er verträgt offenbar keine wesentlichen Änderungen." BAITSCH schätzt die **Mutationsrate** (ca. 20 % aller Menschen) als zu langsam für baldige Änderung der Menschheit in guter oder schlechter Richtung ein. „**Mutation** und **Selektion** sind aber dennoch grundsätzlich die wichtigsten Faktoren der Evolution der Organismen. Sie bestimmen auch den Polymorphismus einer Population. Die genetische Last ist aber zu groß als daß man die Menschheit genetisch gesund machen könnte. Sie beträgt etwa 4 ‚Letaläquivalent' pro Person."

Außerdem muß mit einer Erhöhung der Mutationsrate gerechnet werden, nicht nur wegen der bereits erwähnten Strahlenschäden und chemischen Schädigungen, sondern auch wegen der zunehmenden Umweltverschmutzung (SO_2, CO, Pb, Hg usw., Boden, Luft, Wasser). Hier bahnt sich zwar glücklicherweise eine zunehmende Erkenntnis an, aber die praktischen Folgerungen sind noch weit von ihrer Realisierung entfernt. Viel Egoismus steht da im Wege, und noch schlimmer und hemmender wirkt sich dieser aus, wenn man an die Riesengefahr denkt, welche der Menschheit durch Massenzunahme und Hunger droht. – Auch das gehört zur Konstitutionstherapie, wenn wir an den Einfluß der Umwelt auf die Erbmasse denken.

Das Risiko der Zukunft ist eine Folge der beschriebenen Variabilität des Lebens. Die wissenschaftliche Methode zur Schadensverringerung bei geplanten biologischen und soziologischen Maßnahmen stellt die Biometrie dar. Sie bedient sich der Statistik, Wahrscheinlichkeitsrechnung und der mathematischen Wahrscheinlichkeitstheorie mit ihren Hilfsmitteln (Varianzanalyse, multivariante Analyse, statistischer Schätzungstheorie usw.) mit Computerbenutzung. Bei der Beschaffung zuverlässiger Daten kann hier der Praktiker erfolgreich mitwirken, um so eine solide Grundlage für die Datenverarbeitung zu schaffen. Mit den Methoden der Biometrie arbeitet auch die Populationsgenetik. Als wichtigstes Ergebnis ihrer experimentellen allgemeinbiologischen Untersuchung hat sie gefunden, daß außer den Mutationen und der Selektion die Zusammensetzung des Gene-Pools („pool" im Sinne von Sammelbecken gebraucht) einer Population noch bestimmt wird von folgenden Faktoren: „Rekombination, Isolation, Migration, genetic drift (Antrieb), genetic drive (Richtung) und Heterosis". Darunter versteht man die Überlegenheit der Heterozygoten gegenüber den beiden homozygoten Ausgangstypen in dem Sinne, daß bei der Substitution eines Allels durch ein besseres die Träger des ursprünglichen Allels weniger „fit" (tauglich, angepaßt) als die des neuen sind. „Die Neu- und Umkombination der Gene unterliegt den Gesetzmäßigkeiten der Wahrscheinlichkeitsrechnung und der Kombinatorik. Die Ergebnisse der experimentellen Populationsgenetik können daher mathematisch analysiert werden und allgemeingültige Gesetzmäßigkeiten abgeleitet werden." (D. SPERLICH, Universität Wien – Fortsch. Med. 16/69).

Als wichtigste Erkenntnis für die Menschheit, im Sinne der Risikominderung, dünkt mich, daß sie nie ihre enge kosmische Verhaftung vergißt und sich der Begrenztheit ihres Wissens bewußt bleibt. Bisher ist jedenfalls mit der Zunahme des Wissens das „Ignorabismus" nicht kleiner geworden!

Literatur

BAUER, Julius: Die konstitutionelle Disposition zu inneren Krankheiten. Wien 1917.

BAYR, Georg: Kybernetik und Homöopathische Medizin. Heidelberg 1967.

BEUCHELT, Hellmuth: Praxis der wissenschaftlichen Homöopathie. 2 Bände. Georg Thieme Verlag. Leipzig 1950.

—: Homöopathische Konstitutionstypen in Wort und Bild. Karl F. Haug Verlag. Ulm 1956.

—: Homöopathische Reaktionstypen in Wort und Bild, 2. u. 3. Auflage. Karl F. Haug Verlag. Ulm 1960.

v. GRAUVOGL: Das homöopathische Ähnlichkeitsgesetz. Leipzig 1861.

HAECKEL, Ernst: Natürliche Schöpfungsgeschichte. Jena 1868.

—: Die Welträtsel. Jena 1899.

—: Die Lebenswunder. Jena 1904.

HASSENSTEIN, Bernhard: Biologische Kybernetik. Freiburg 1970.

HUTER, Karl: Die Naturell-Lehre. Detmold und Leipzig 1929.

KRETSCHMER, Ernst: Körperbau und Charakter. Berlin 1921.

—: Medizinische Psychologie. Leipzig 1922.

LEESER, Otto: Lehrbuch der Homöopathie. Stuttgart 1933.

MUTSCHLER, Ernst: Arzneimittelwirkungen. Stuttgart 1970.

OSTWALD, Wolfgang: Grundriß der Kolloidchemie. Leipzig 1917.

PSCHYREMBEL, Willibald: Klinisches Wörterbuch. Berlin 1969.

RADEMACHER: Erfahrungsheillehre. Berlin 1848.

SALLER, Karl: Homöopathische Konstitutionstherapie. Tübingen 1946.

—: Allgemeine Konstitutionslehre. Stuttgart 1950.

—: Über die Veränderlichkeit der Konstitutionstypen beim Menschen. Stuttgart 1957.

SCHLEGEL, Willhart: Körper und Seele. Hamburg 1957.

Zeitschriften: Bild der Wissenschaft und Ideen des exakten Wissens. Deutsche Verlagsanstalt Stuttgart.

Ferner: Ärztliche Praxis. Der deutsche Arzt. Der Kassenarzt. Deutsches Ärzteblatt. Deutsches medizinisches Journal. Der praktische Arzt. Diagnostik. Die Heilkunst. Erfahrungsheilkunde. Fortschritte der Medizin. Medical Tribune. Medizin heute. Münchener medizinische Wochenschrift. Niedersächsisches Ärzteblatt. Praxiskurier. Sandorama. Selecta. Therapiewoche. Status. Veröffentlichungen der chemischen Großindustrie.

Sachverzeichnis

Krankheiten